ein Ullstein Buch

Ullstein Krimi
Lektorat: Georg Schmidt
Ullstein Buch Nr. 10492
im Verlag Ullstein GmbH,
Frankfurt/M – Berlin
Titel der englischen
Originalausgabe:
The Special Collection

Deutsche Erstausgabe

Umschlaggestaltung & Fotorealisation:
Welfhard Kraiker & Karin Szekessy

Printed in Germany 1987
Gesamtherstellung:
Ebner Ulm
ISBN 3 548 10492 4

Oktober 1987

Vom selben Autor
in der Reihe der
Ullstein Bücher:

Die Alpha-Liste (10053)
In der Hand des Kreml (10067)
Die Saat der Angst (10083)
Die andere Seite des Schweigens (10150)
Seitenwechsel (10192)
Im Schatten der Spione (10216)
Jeder Spion hat seinen Preis (10287)
Am Rande der Einsamkeit (10303)
Das Mädchen aus Addis (10321)
Agenten sin treue Feinde/Operation Schneeball/Quadrille mit tödlichem Ausgang
Krimi Brummer (10319)
Die Rächerin (10333)
Rennie (10356)
Kinder der Geborgenheit (10376)
Ein nützlicher Deutscher (10439)
Codewort Cromwell (10471)

CIP-Kurztitelaufnahme
der Deutschen Bibliothek

Allbeury, Ted:
Unternehmen Sonderkollekte: Polit-Thriller / Ted Allbeury. Übers. von Malte Krutzsch. – Dt. Erstausg. – Frankfurt/M; Berlin: Ullstein, 1987.
(Ullstein-Buch; Nr. 10492: Ullstein-Krimi)
Einheitssacht.: The special collection <dt.>
ISBN 3-548-10492-4
NE: GT

Ted Allbeury

Unternehmen Sonderkollekte

Polit-Thriller

Übersetzt von Malte Krutzsch

Ullstein Krimi

Mit diesem Roman, meinem vierten, wird es Zeit, daß ich denjenigen meinen Dank ausspreche, die mich zum Schreiben gebracht haben und mich noch immer darin bestärken.

Anfangen muß ich mit der Person, die im November 1970 meine kleine Tochter Kerry entführt hat, so daß ich bis auf den heutigen Tag nicht weiß, wo sie ist. In der Trostlosigkeit dieses Unglücks begann ich mit einem Buch, das später A Choice of Enemies hieß. Mein Geschäftspartner und Freund Roger Coombs las es und schickte es dem Mann, der mein erster literarischer Agent wurde, Peter Janson-Smith. Er fand es gut und bot es Derek Priestley von Peter Davies Ltd an. Der kaufte es auf der Stelle und ermutigte mich zum Weiterschreiben. Seine fortwährende Unterstützung und seine nützlichen Ratschläge haben zu Unternehmen Schneeball, Der Omega-Minus-Prozeß und jetzt zu diesem Buch geführt. Mit Rücksicht auf die Probleme eines Anfängers wurden Manuskripte über Tage hinweg gelesen, und die Angebote waren stets großzügig.

Gewiß nicht zuletzt danke ich meiner Frau Grazyna, die alle Texte tippt, mir die Zeit zum Schreiben schenkt und mich wieder in die Welt zurückgeholt hat.

ERSTER TEIL

1

Zwei Pistolen lagen auf der mit grünem Filz bespannten Tischplatte, und der Waffenmeister beobachtete den hochgewachsenen Mann, wie er dastand und von der einen zur anderen schaute. Die eine war eine Luger PO 8, die andere eine Walther PP. Beide waren für 9 mm Parabellum-Munition bestimmt, und der feine Ölfilm, mit dem sie überzogen waren, hatte Spuren auf dem grünen Filz hinterlassen.

Mit der Walther hatte der hochgewachsene Mann einen Monat lang auf 25 Meter konstant 98 geschossen. Mit der Luger hatte er im gleichen Zeitraum 95 geschossen. Er zog die Luger vor. Sie fühlte sich in der Hand besser an. Sie sah sogar eher nach einer richtigen Pistole aus als die protzige Walther PP. Aber er wußte aus Erfahrung, daß die Luger zu leicht blockierte. Schmutz und Sand wurden vom Lugermechanismus geradezu angezogen, und das konnte buchstäblich tödlich sein. Es sprach sehr für die Luger, daß er in seiner Wahl überhaupt schwankte, aber wie einem jeder Schütze sagen wird, ist das Schießen auf dem Übungsstand eine Sache und das Schießen im Ernstfall eine andere. Außerdem spielt das Gefühl eine große Rolle. Nach kurzem Zögern streckte er den Arm aus und berührte die Walther. »Ich nehme die hier, Sergeant.«

Er hatte noch achtundvierzig Schuß abgefeuert, nachdem die Pistole neu geeicht worden war, und der beißenden Gestank von Kordit schien ihn zu begleiten, als er die Treppe vom Kellergeschoß zur Straße hinaufstieg. Er ging langsam über den Green Park in Richtung Hyde Park Corner und bog dann in die Gassen ein, die nach Shepherd Market führten. Der diensttuende Mann im Foyer des Curzon-Kinos beugte sich vor, um die Tür aufzuschließen. Er öffnete sie und sagte: »Morgen, Captain, Major Franks ist schon drinnen.«

Ein Standbild auf der Leinwand zeigte die Titelseite des *Berliner Tageblatts* vom Vortag, und eine Stimme aus den Lautsprechern verkündete gerade forsch, aber mit einem leichten Lispeln: »Und hier sind die heutigen Nachrichten zu deutsch ...« Als er sich auf den bequemen Sitz neben Franks gleiten ließ, meinte er: »Warum sagt dieser blöde Hund immer ›zu‹ anstatt ›auf‹?«

Franks lachte leise. »Wohl hauptsächlich, um Sie zu ärgern.«

Sie hörten eine Aufzeichnung der Kurznachrichten, die am selben Morgen von den Rundfunkstationen in Berlin, Hamburg und München ausgestrahlt worden waren. Sie sahen zwei aktuelle deutsche Wochenschauen und je eine Wochenschau aus dem besetzten Frankreich und Holland. Nach einer langen, aber derzeit beliebten Kinofassung der *Lustigen Witwe* in ziemlich dürftigen Farben trat eine kurze Pause ein, worauf die Ansage erklärte, sie bekämen nun einen Film gezeigt, der vor zwei Monaten auf besonderen Wunsch des Führers gedreht worden sei. Es gab keinen Kommentar zu den Aufnahmen, nur eine freundliche Klavierbegleitung, während etwa zwanzig bildhübsche junge Mädchen rhythmische Gymnastik vorführten. Die meisten von den Mädchen waren blond, und alle waren nackt. Das neue 300-mm-Teleobjektiv von Schneider verweilte liebevoll und schamlos auf hüpfenden Brüsten und jugendlichen Bäuchen. Als der Film endete, knisterten wieder die Lautsprecher, und ein Mann mit unverkennbarem Berliner Einschlag erzählte drei der neuesten Flüsterwitze, die im Deutschen Reich kursierten. Alle waren politisch, einer war zum Lachen.

Sie traten aus der Dunkelheit des Kinos hinaus in den hellen Dezembersonnenschein und schirmten ihre Augen ab, während sie nach einem Taxi Ausschau hielten. Es war der 20. Dezember 1944, und Captain Felinski sollte in vier Tagen mit dem Fallschirm über Deutschland abspringen.

Der Kontakt mit Felinski war im Mai hergestellt worden, nachdem sie fast einen Monat lang die Akten von SOE und MI-6 nach geeigneten Kandidaten durchforstet hatten. Drei waren in Frage gekommen, doch Felinskis Russisch- und Polnischkenntnisse hatten einige fehlende Qualifikationen aufgewogen.

Trotz seines Namens war Felinski in der dritten Generation Engländer. Sein Urgroßvater zählte zu den Opfern jenes schicksalhaften Jahres 1830, als die Pariser Julirevolution die Geschicke Frankreichs entschied. Die Haßgefühle aus dieser Revolte hatten ihre Saat nach Brüssel getragen und das unsichere Königreich Holland gespalten, und sie hatten auch polnische Offiziere und Grundbesitzer entflammt, die ihre aussichtslose Herausforderung Zar Nikolaus und dem russischen Reich entgegenschleuderten. Ein Jahr verging, bis die Flammen ausgetreten waren und mit ihnen die letzten Überreste polnischer Freiheit.

Von 1831 an wurde Paris zur intellektuellen Hauptstadt der Polen. Stefan Felinski war kein Intellektueller, und er hatte sich mit seiner Frau und seinem kleine Sohn in England angesiedelt, wo sein Talent als einer der besten Pferdezüchter und Trainer Europas auf einem Gut in East Anglia Verwendung fand. Nach Ablauf von zehn Jahren hatte er sich selber eine Farm gekauft und das erfolgreichste Gestüt für Arbeitspferde in den vier Grafschaften begründet. Sein Sohn hatte die Farm um weitere tausend Morgen vergrößert, bis sein Enkel auf die Welt kam. Stephen Felinski wurde an dem Tag einundzwanzig, als die Deutschen in Polen einfielen, und er war am Tag vor der Kriegserklärung in die britische Armee eingetreten.

In der zentralen Nachrichtendienstkartei lagen Tausende von einfachen Lochkarten, und im Mai 1944 war etwas, das einer großen Stricknadel auffallend ähnlich sah, durch die Löcher in einer Datenkontrollkarte gestoßen worden. Als es wieder hochkam, bestand die Ausbeute aus drei Karteikarten über Männer mit einer langen Liste von Fehlern und Vorzügen, die sie geeignet erscheinen ließen, auf feindlichem Gebiet ausgesetzt zu werden und sich mit minimaler Hilfe dort zu halten, bis der Krieg mit Deutschland vorbei war. Nach Einschätzung des gemischten Dienstausschusses würde das in sieben Monaten sein.

Wenn der britische Sicherheitsdienst sich zu einer solchen Operation entschließt und der Mann erst einmal ausgewählt ist, sind die Einweisung, Schulung und Unterstützung, die er erhält, schonungslos gründlich. Der erste Kontakt mit Felinski war verdeckt abgelaufen. Er wurde für zwei Wochen von der britischen Botschaft in Schweden nach Stockholm beordert, um auf dem Gestüt König Gustavs an einem Zucht- und Ausbildungsprogramm für die kommenden zehn Jahre mitzuwirken. Der König empfing gleichzeitig auch den Rat deutscher und amerikanischer Experten. Es war ein angenehmes, kultiviertes Zwischenspiel, doch der eigentliche Zweck des vierzehntägigen Ausflugs blieb Felinski rätselhaft. Seine Kenntnisse von Pferdezucht waren sehr begrenzt.

Sofort nach seiner Wiederankunft in London wurde er gefragt, ob er gewillt sei, sich für einen Sonderauftrag in Deutschland aussetzen zu lassen. Er hatte nicht gezögert und sich am selben Abend noch in Ringway, direkt außerhalb von Manchester, gemeldet. Als Fallschirmspringer gab er trotz der zusätzlichen Tage, die sie an den Grundkurs anhängten, keine gute Figur ab, doch sie kamen zu dem

Schluß, daß er den vorgesehenen einmaligen Absprung schaffen müßte.

In zwei Sitzungen bei einem Zahnarzt wurden seine Füllungen entfernt und durch ihre deutschen Entsprechungen ersetzt. Eine Blinddarmnarbe wurde überprüft, und eine kaum sichtbare Operationsnarbe an seinen Rippen wurde aufgetrennt und mit festlandsüblichen Stichen neu vernäht. Als letztes erhielt sein Haar einen Kurzschnitt.

Von da an hatte er in den zwei Zimmern einer Souterrainwohnung in Lancaster Gate gelebt, wo alles – Installationen, Möbel, Tapeten, Lichtschalter, Haushaltsgeräte und Zubehör – vollständig deutsch war. Er durfte keine Rundfunksender hören außer Berlin, Hamburg und München. Täglich empfing er zwei deutsche Zeitungen, einen Tag alt, von der Botschaft in Lissabon. Wahrscheinlich war er der am schlechtesten informierte Nachrichtenoffizier Seiner Majestät. Abgesehen von einer Handvoll Soldaten war ihm jeder Kontakt mit englischsprechenden Personen untersagt.

Im Obergeschoß von Peter Robinson's Warenhaus am Oxford Circus gab es lange Korridore mit Türen zu kleinen Büros, die klimatisiert und stark schallgeschützt waren. Hier wickelten die Spezialisten vom Abhördienst den Funkverkehr mit Agenten im feindbesetzten Europa ab. Und hier lernte Felinski den Gebrauch eines Morseschlüssels und eines Codes. Der Code basierte auf dem Datum und auf dem Text der beiden ersten Zeilen eines Schlagers von Charles Trenet mit dem Titel »Il pleut dans ma chambre«. Als sie feststellten, daß er nicht mit einem Lötkolben umgehen konnte, hatten sie den kleinen Sender-Empfänger auseinandergenommen und die meisten Lötstellen mit Krokodilklemmen versehen. Das Mädchen, das seinen Funkverkehr betreuen sollte, gab sich große Mühe, seine Arbeitstechnik zu verbessern und noch größere, um sich darüber klar zu werden, ob sie in den Mann verliebt war oder in den Zauber und die Gefahr seines Auftrags.

In den letzten drei Monaten hatte er täglich eine Stunde im Drury Lane Theater zugebracht, in dessen Zuschauerraum eine Ladenzeile angelegt war, wo er seine Lebensmittel und Bedarfsartikel zu deutschen Tagespreisen einkaufte und die dafür vorgesehenen Marken benutzte. Seine Lebensmittel waren auf die deutschen Einheitsrationen beschränkt. Man verwandte viel Zeit auf die Einzelheiten seiner Legende, und in der Schauspielergarderobe erhielt er weiteren intensiven Sprachunterricht.

Zweimal wöchentlich ging er zu Einsatzbesprechungen an einer der Deckadressen des MI-6. Gewöhnlich war das die MGM-Filiale in der St. James Street, wo perlenbehangene Mädchen in Twinsets als Dompteusen für einige wildere Elemente der Sicherheitsdienste fungierten. Bei der ersten Besprechung hatte man ihm Fotos und Landkarten von der Absprungzone ausgehändigt, zusammen mit dem Dossier des Mannes, der ihn in Deutschland decken sollte. Als er den Packen Fotos öffnete, erkannte er den deutschen Experten wieder, den er auf dem Gestüt des Schwedenkönigs kennengelernt hatte. Baron von Leder war ein Reiter von internationalem Ruf und hatte die deutsche Equipe bei Wettbewerben rund um den Globus angeführt, auch bei den Olympischen Spielen. Seine Reitkunst und sein Charme hatten ihm überall auf der Welt Freunde geschaffen, und diese Beliebtheit hatte es ihm erlaubt, sich von den Nazis fernzuhalten und dennoch zu überleben. Er äußerte sich niemals für oder gegen sie, weder öffentlich noch privat. Den Mut der Gruppe, die als »die Verschwörer des 20. Juli« bekannt wurde, hatte er zwar bewundert, doch hatten ihre Ungeschicklichkeit und Unsicherheit ihn entsetzt. Als Hitler sie in Berlin an Fleischerhaken aufhängen ließ, hatte ihr Schicksal ihn schaudern gemacht, doch er war keinen Augenblick von dem gewählten Weg abgewichen. In England gingen unterdessen Planung und Ausbildung voran, und erstmals bekam Felinski einen Hinweis, worin seine Mission in Deutschland bestand. Bei diesem Treffen hatte der stellvertretende Chef des militärischen Geheimdienstes humorlos trocken zu Felinski und den anderen gesagt: »Und wenn Sie vor der Kapitulation draufgehen, heißt das, wir haben unsere Zeit verschwendet.«

2

Die Einsatzbesprechung fand in dem »sicheren« Haus in der Ebury Street statt. Felinski und Franks saßen in dem kleineren Zimmer; drei hohe SIS-Leute und ein SOE-Offizier waren in dem größeren Raum bei Aktenordnern und Fotos versammelt.

Eine Aufnahme von der königlichen Familie auf Schloß Balmoral schmückte den langen Anrichtetisch, und an der Wand gegenüber dem Fenster hing ein Aquarell von Sisley, wenn auch kein gutes. An der Wand gegenüber Felinski hing ein Munnings, und sein braves englisches Herz wurde erwärmt von den hellen Strahlen der Sonne, die da einen prächtigen Braunen beschien. Aber Blut bricht sich Bahn, und irgendein von seinem polnischen Urgroßvater übriggebliebenes Chromosom ließ ihn bemerken, daß der Hengst auf schwachen Fesseln stand und obendrein den Schweif verkehrt trug.

Das Mädchen vom Hilfskorps brachte Kaffee herein, und obwohl sie Felinski nicht zu beachten schien, spürte er, daß sie ihn eingehend musterte. Als sie gegangen war, lehnte Franks sich zurück, schob seine leere Tasse über den Tisch und schlug die Beine an den Fußgelenken übereinander. Er hatte ein dünnes asketisches Gesicht, war Mitte Dreißig und beinah völlig kahl. Wieder einmal fragte sich Felinski, wie Franks in dieses rauhe, harte Geschäft geraten war und welche besonderen Fähigkeiten er besaß.

»Also Stephen, dann lassen Sie sich mal ins Bild setzen. Ich gebe Ihnen zunächst einen Überblick, und dann können wir die Einzelheiten ja ergänzen. Einverstanden?« Felinski nickte, sagte aber nichts, und Franks sprach weiter.

»Baron von Leder wird Ihnen, wie Sie wissen, Obdach geben. Sie werden sein geschäftlicher und landwirtschaftlicher Berater sein. Der Mann, den er vorher hatte, ist vor sechs Monaten gestorben. Wie Sie wissen, unterstützt uns der Baron, weil er Nazigegner ist. Er ist nie etwas anderes gewesen, und wir stehen seit etwa 1935 mit ihm in Verbindung, natürlich über Stockholm. Aber Sie dürfen nichts weiter als Zuflucht von ihm erwarten; mehr zu verlangen wäre nicht nur unfair, sondern höchst gefährlich. Ihre Tarnung ist eigens darauf ausgerichtet, ihn aus allem herauszuhalten, falls man Sie schnappt. In dem Moment würde er sich auf Ihren Schutz verlassen. Genau wie Sie sich bis dahin auf ihn verlassen haben. Klar?«

»Hat er das so festgelegt?«

»Überhaupt nicht. Wir haben es festgelegt. Er ist von großem Wert für uns und wird nach dem Krieg überaus wichtig sein. Wir würden viele Opfer bringen, damit er unangetastet bleibt.« Franks schaute herüber, um Felinskis Reaktion zu prüfen, aber es war keine erkennbar.

»Die kleine Gruppe, zu der Sie stoßen sollen, sind Russen.« Er sah die Überraschung auf Felinskis Gesicht, beachtete sie aber nicht, sondern schloß die Augen, wie um alles auszulöschen, was ihn von seinen Gedanken ablenken oder in seiner Rede behindern könnte.

»Die Leute sind schlecht ausgebildet und reichlich demoralisiert.

Sie haben eine Quelle, die sich als sehr wertvoll erweist – als potentiell wertvoll, sollte ich wohl sagen, denn im Moment kommt sie viel zu spät durch, um von Nutzen zu sein.«

»Haben wir Einzelheiten über die Quelle?«

»Ja. Sie sitzt in der Gauleitung in Hannover. Die Sekretärin des Gauleiters, um genau zu sein. Sie stellt politische und militärische Informationen. Die meisten sind erst einen Tag alt, wenn sie sie übergibt, aber bis die das Material herausschaffen, ist es ziemlich nutzlos.«

»Kein Funkgerät?«

»Wir nehmen an, es ist beschädigt worden, als sie gelandet sind.«

»Gelandet? Wie denn gelandet?«

»Mit dem Fallschirm. Vor knapp einem Jahr. Anscheinend waren die Russen ziemlich tolpatschig. Sie haben 1943 eine große Anzahl sowjetischer Staatsbürger abgesetzt. Die meisten wurden binnen Tagen aufgegriffen. Unzureichende Papiere, dürftige Legenden und mangelhafte Ausbildung. Den Rest griff man während der nächsten sechs Monate auf. Einer, ein gewisser Woronow, ist nie geschnappt worden. Er hat immer noch ein Funkgerät und stand bis vor drei Monaten mit der Moskauer Zentrale in Verbindung. Dann beachteten sie aus irgendeinem Grund sein Rufzeichen nicht mehr. Er ging acht Wochen lang jeden Tag pünktlich auf Planfrequenz. Aus Genf gibt es Hinweise, daß die Russen glauben, er sei aufgeflogen oder umgedreht worden. Wir sind ziemlich sicher, daß dem nicht so ist. Wir glauben, daß er wie die anderen schlecht ausgebildet wurde und das Funkgerät nicht reparieren kann. Das Material, das er schickt, ist hochkarätig, und wir wollen es haben, aber wir brauchen es schnell, über Funk.«

»Wie kommt es jetzt durch?«

»Er hat eine umständliche Verbindung zur SOE. Er schickt es nach Lüttich, von dort geht's nach Brügge, und das dauert im Schnitt drei Wochen. Außerdem ist das SOE-Fernmeldenetz in Belgien überlastet.«

»Wer sind die übrigen?«

»Alles Russen, aber neueren Datums. Die Moskauer Zentrale hat vor sechs Monaten noch einen Schwarm Fallschirmagenten abgesetzt. Ebenso schlecht ausgerüstet und geschult wie ihre Vorgänger. Drei sind schließlich Woronow zugespielt worden. Wir nehmen an, daß der Rest der Kommunistischen Partei Deutschlands sie zusammengebracht hat.«

»Die Moskauer Zentrale läßt sie einfach verkommen?«

»Nehmen wir an.«

»Warum?«

»Wir sind uns nicht sicher. Ein Grund ist vielleicht der, daß die Zentrale durch ein Netz in der Schweiz bestens über Deutschland unterrichtet wird. Es scheint, als hätten sie Woronow schon lange mißtraut. Normalerweise würde ein Agent, den sie kaltstellen, von ihnen überprüft, zumal ein Landsmann. Da haken sie nach. Stellt sich heraus, daß er umgedreht worden ist oder bleibt es ungeklärt, beseitigen sie ihn.«

»Erzählen Sie mir von Woronow.«

»Da gibt es nicht sonderlich viel, aber was wir haben, ist für Sie zusammengestellt worden. Es liegt nebenan.«

»Was springt für die Sekretärin des Gauleiters dabei heraus?«

»Sie schläft mit Woronow. Wie Sie sehen werden, ist das ein Bär von einem Mann. Gauleiter Lauterbacher ist klein; vielleicht mag sie sie groß und ruppig.«

»Vermutlich keine Anhaltspunkte, daß das Mädchen in deutschem Auftrag ›schmuggelt‹?«

Franks schürzte die Lippen und streckte sich bedächtig. »Das ist sorgfältig geprüft worden, Stephen – nichts deutet auf eine Falle hin.«

»Sie sagten, daß noch andere in der Gruppe sind. Arbeiten die auch, oder nur Woronow?«

»Wir haben nicht viel über sie. Nach unserem Eindruck sind sie eher eine Last als ein Gewinn. Aber einer von ihnen bringt die Sachen nach Lüttich – das Zeug, das Woronow von dem Mädchen bekommt. Er wendet sich an die dortige SOE-Truppe und es erreicht uns, wie gesagt, durch SOE-Kanäle. Da wir den Funker nicht überlasten können, muß das meiste mit der Lysander gebracht werden, wann immer wir Leute oder Nachschub landen. Jetzt wo wir im Anmarsch auf das Deutsche Reich sind, bricht unsere Verbindung fast mit Sicherheit zusammen.«

»Warum beliefern sie uns?«

»Gegen Entgelt und einige private Regelungen für Woronow – seine Eltern sind in Leningrad. Unsere Leute in Moskau behalten sie für ihn im Auge. Woronow und seine Jungs sitzen ja fest.«

»Betrifft irgend etwas von dem Zeug, das Woronow bekommt, die Russen?«

»Ja, da ist ziemlich viel Politisches über die deutschen Kommunisten und ihre Beziehungen zu anderen Gruppen, einschließlich Leuten in Moskau.«

»Und trotzdem lassen die Russen Woronow hängen.«

»Sie bekommen das Material nicht.«

»Weshalb?«

»Mit militärischen Nachrichten werden sie von Genf gut versorgt. Das andere Material ist politisch, und es liegt nicht in unserem Interesse, das weiterzugeben.«

»Welchen Auftrag habe ich also?«

Franks stand auf und zündete sich eine Zigarette an, ehe er weitersprach. »Wir möchten, daß Sie diese Gruppe festigen – sie anführen und uns die Sachen direkt per Funk übermitteln. Es ist unsere zuverlässigste Informationsquelle über die Moral innerhalb der Nazipartei wie auch in der Öffentlichkeit, und Hannover ist jetzt der Schlüssel zu den meisten Truppenbewegungen in Norddeutschland. Was wir bekommen ist hochklassiges Material, aber es kommt zu spät für den Gebrauch – das meiste jedenfalls. Und wir möchten uns ein Bild von den Kommunisten am Ort machen, die die Russen aktiv unterstützen.«

»Weiß die russische Gruppe, daß ich komme?«

»Noch nicht, aber sie erfährt es früh genug.« Er sah Felinski einen Augenblick an und setzte hinzu: »Am besten sage ich Ihnen klipp und klar, daß man Sie nicht unbedingt mit offenen Armen empfangen wird.«

Felinski verwandte zehn Tage auf die Durchsicht der über die Gruppe zusammengestellten Dossiers. Es gab fast nichts über die drei Russen, die kürzlich eingetroffen waren, und auch nicht viel über Woronow. Aber was da von der Gauleitung Hannover kam, war glühend heiß.

Da waren tägliche Lageberichte von der West- und Ostfront, einschließlich Gefechtsaufstellungen der Wehrmacht. Da waren Listen von Personen aus ganz Norddeutschland, die die örtliche Gestapo verhaftet hatte, und häufig lagen Auszüge aus Vernehmungsprotokollen bei. Die Tagesberichte von den Abwehraußenstellen in Hamburg und Hannover waren seit der Verhaftung von Canaris stark zurückgegangen, doch ihre Beurteilung der Bürgermoral hatte unschätzbaren Nachrichtenwert. Da waren zahlreiche Einzelheiten über den reduzierten Bahn- und Straßenverkehr infolge der alliierten Bombenangriffe. Da war geheimer Schriftverkehr zwischen Gauleiter Lauterbacher und Himmler – und ähnliche Korrespondenz mit Göring und Walter Schellenberg. Felinski verstand die Bedeutung, die dieser Quelle hochkarätigen Materials beigemessen wurde, sehr gut. Für ihn stand außer Zweifel, daß die Informationen nicht fingiert waren. Die plumpen internen Verrätereien, die der private Schriftverkehr des Gauleiters enthüllte, hätten niemals gefälscht werden können.

Gegen Ende der Vorbereitungszeit saß Felinski in seiner kleinen Wohnung und faßte ein Dutzend nichtssagender Briefe ab, die seiner Mutter geschickt werden sollten, wenn er fort war. Seine Heimatlegende war eine längere Reise nach Afrika, und das unterstrich, wie ihm schien, nur noch die Unwirklichkeit des Unternehmens, denn seine Briefe suchten den Eindruck von Hitze und Sonnenschein zu vermitteln, obwohl er sie in einem grauen, von V-Waffen zertrümmerten London schrieb. Unversiegelt übergab er sie Franks.

3

Ein warmes gelbes Licht kam von dem großen Hangartor, und dann schloß sich das Tor hinter ihnen, und Franks führte ihn zu einem kleinen Schuppen, der in einem abgesperrten Bereich des öden Gebäudes lag. Mechaniker arbeiteten an einem Flugzeug, und ihre Stimmen wie auch der Lärm von Werkzeugen auf Metall hallten lange in dem hohen Dachgewölbe wider. Felinski stellte fest, daß der Schuppen nicht nur abgesperrt, sondern ringsum von einem Maschendrahtkäfig umschlossen war. An der Metalltür stand ein Sergeant der RAF-Polizei Wache, und ein Kompanieführer der Field Security prüfte ihre Papiere. Er las sorgfältig jedes Wort und blickte, um die genauen Beschreibungen zu vergleichen, häufig auf ihre Gesichter. Schließlich nickte er dem Sergeant zu und beide salutierten, als Franks und Felinski durch die Tür traten.

Während Franks die Tür schloß, schaute Felinski sich in dem kleinen Raum um. Er war warm und hell erleuchtet, mit einem Spannteppich ausgelegt, aber fensterlos. Auf einer Seite befand sich ein Bad mit Duschgelegenheit. Als er Franks ansah, wies der Major ihm einen Stuhl zu, und er ging dorthin und nahm Platz.

»Stephen, wir müssen Sie jetzt einer sehr strengen Prozedur unterziehen. Sie verstehen sicher, daß es nur zu Ihrem Nutzen ist. Aber aus

Erfahrung weiß ich, daß es einen ziemlich niederdrückt. Wenn Sie also nachher etwas mitgenommen sind, ist das ganz normal. Ich weiß nicht mit Sicherheit, woran es liegt, und wir wären ausgesprochen interessiert, Ihre Ansicht darüber bei Gelegenheit zu erfahren. Fangen wir an?«

Und sie hatten bereits angefangen. Felinski fühlte sich für einen Augenblick geschmeichelt, daß man seine Meinung hören wollte, und dann unmäßig ernüchtert durch den Zusatz »bei Gelegenheit«. Daraus ging hervor, daß es eben schmeicheln *sollte* und daß seine Ansicht ihnen gleichgültig war. Aber er sah Franks an und nickte.

»Ich bin soweit, wenn Sie wollen.«

»In Ordnung. Machen Sie sich ganz frei und legen Sie alles auf den Brettertisch da drüben.«

Als auch seine Socken abgestreift waren und er nackt dastand, wies Franks ihn an, ein Bad zu nehmen und anschließend zu brausen. Nachdem er sich abgetrocknet hatte, schrubbte ein Sanitäter ihm die Finger und Zehen und pedikürte ihn. Dann öffnete Franks die Tür zum Nebenzimmer, und als sie hineingingen, fanden sich dort Kleiderbügel und -haken mit seiner deutschen Zivilkleidung. Franks setzte sich in einen der bequemen Lehnstühle und schwieg, während Felinski sich anzog. Die nächste halbe Stunde hindurch wurde Felinskis Ausrüstung Stück für Stück überprüft und die Funkverbindung nach London getestet. Das Mädchen im Obergeschoß von Peter Robinson's schien weit weg zu sein, doch die Bestätigung kam klar und deutlich.

Ein Field Security-Sergeant brachte ein Tablett mit Speisen, und Felinski aß die kräftige Hühnerbrühe und etwas braunen Toast. Als er damit fertig war, lehnte er sich auf seinem Stuhl zurück. Franks sortierte gerade Unterlagen auf dem Tisch, und als er sah, daß Felinski fertig gegessen hatte, hob er die Papiere der Reihe nach ab und benannte sie einzeln, während er sie ihm gab. Danach unterhielten sie sich über gemeinsame Bekannte und Kameraden, bis ein RAF-Staffelführer eintrat und sie aufstanden. Er kam zu ihnen an den Tisch, breitete Karten und graphische Darstellungen aus und plauderte unbefangen und fachmännisch drauflos, ohne sich vorzustellen.

»Der Wetterbericht ist gut. Kaum Gegenwind und taghell über der Wolkenschicht. Wir haben guten Mond, und für heute nacht sind über sechzig Bombenangriffe geplant, vorwiegend britische, deshalb wird die Flak alle Hände voll zu tun haben. Nun möchte ich, daß Sie sich die

Grundzüge dieses Kurses einprägen, falls irgend etwas schiefgehen sollte. Ich halte Sie unterwegs auf dem laufenden, aber es ist besser, Sie haben den Flugplan schon im Kopf. Wir nehmen nicht die übliche Route nach Hannover; wir werden fünfzehn Minuten Vorsprung vor einigen Yankees haben, die Kiel ansteuern, und wenn wir zu dieser Insel kommen, sie heißt Fehmarn, drehen wir fast genau nach Süden. Auf Hannover und Braunschweig finden Angriffe statt, und wir werden mitten zwischen den beiden Städten heruntergehen. Ungefähr hier, bei Celle, halten wir dann auf ein von Pfadfindern markiertes Absprungziel. Die Angriffe werden bereits etwa zweiundzwanzig Minuten laufen, bis wir eintreffen, und alles dürfte sehr beschäftigt sein. Wenn wir pünktlich sind, werden Sie kurz nach Mitternacht auf dem Boden sein und ›Frohes Fest‹ sagen. Haben Sie jetzt irgendwelche Fragen?«

Felinski zeigte auf die Landkarte. »Ich dachte, hier südlich von Hannover stehen schwere Flakbatterien.«

Der RAF-Offizier hob die Brauen. »Gut gemacht. Die Kartenbrüder würden sich über Sie freuen. Die Batterien stehen eher südöstlich von Hannover, vor der Bahnstation Salzgitter. Sie sind mobil, auf rollendem Bahnmaterial montiert. Das bedeutet, die mobilste Flugabwehr ist es auch wieder nicht. Sie deckt einen Bereich entweder grob Nordost oder Südwest, und wie die sie ausrichten, hängt davon ab, ob ein Angriff auf Berlin erfolgt. Wenn wir sie in Berlin abwerfen, legen sie gern einen Vorhang, um unsere Jungs auf dem Rückweg zu erwischen: Die fahrbare Flak deckt den Nordosten, und wer versucht, zwischen Braunschweig und Magdeburg durchzuschlüpfen, kriegt diese Packung in den Arsch, wenn er gerade anfängt sich zu entspannen. Heute nacht also wird sie der 5. US-Luftflotte zuliebe auf Berlin gerichtet sein. Sie haben freie Bahn.«

Damit war der Fall erledigt. Sie verglichen die Uhren, und es blieben noch zwanzig Minuten Zeit. Nach fünf Minuten fing Felinski an zu zittern. Plötzlich schien unfaßbar, daß es passierte. In wenigen Stunden würde er in Deutschland sein, und das ganze Einsatztraining würde sich bewähren oder nicht, aber jeder Rückhalt würde fehlen. In wenigen Sekunden entwickelte das Zittern sich zu einem Schüttelfrost am ganzen Körper, und als er sich überwand, Franks anzuschauen, entdeckte er Mitgefühl und Ermutigung. Franks hatte ruhig gesagt: »Kümmern Sie sich nicht um mich. Das ist immer so, bei jedem. Tun Sie, als wäre ich nicht hier, denn wenn Sie erst in der Maschine sind, geht's weg. Das sagen sie alle.«

Franks blickte zu Felinski hinüber in dem Bewußtsein, daß dieser mehr Grund zum Zittern hatte als die anderen, die unterstützt und notfalls aufgegriffen werden konnten – sie fielen unter Freunde. Dann sprach er aus, was er in den letzten Minuten zurückgehalten hatte: »Übrigens, Ihre Ernennung zum Major stand im zweiten Teil des heutigen Tagesbefehls. Gratuliere.«

Und Felinski war jung genug, um stolz darauf zu sein. Als er gerade etwas antworten wollte, ging die Tür auf, und der Staffelführer sagte: »Okay. Wir müssen weg.« Franks schien den Flieger nicht zu bemerken und holte tief Luft.

»Major Felinski, ich muß Sie davon in Kenntnis setzen, daß es Ihnen freisteht, von dieser Mission zurückzutreten, und ich weise Sie ordnungsgemäß darauf hin, daß Sie die Ausführung aus freien Stücken übernehmen, nicht auf direkten Befehl. Was meinen Sie dazu?«

Die formelle Ansprache, die gewährleisten sollte, daß die Regierung Seiner Majestät keine übermäßige Entschädigung an trauernde Hinterbliebene zu zahlen hätte, löste Felinskis Anspannung, und zum erstenmal lachte er. Er nahm seine vier Bündel auf und sagte zu Franks: »Korinthenkacker bis zum letzten. Wir sehen uns, wenn es vorbei ist.« Und er ging ruhig zur Tür. Dort drehte er sich noch einmal um, und Franks fand, daß er sehr jung aussah. Zu jung. »Sagen Sie ihnen, daß ich die Beförderung zu schätzen weiß – ich tue es wirklich.« Und damit hatte er sich abgewandt, und die Tür hatte sich geschlossen.

Vier weitere Mitglieder der Flugzeugbesatzung warteten im Vorraum, und auf einem luftwaffenüblichen Holzstuhl saß steif und gerade die Sergeantin vom weiblichen Hilfskorps, die immer sein Schirmzeug zusammenstellte. Auf einen Wink des Staffelführers stand sie auf, und gemeinsam brachten sie den Schirm herüber. Wegen Felinskis Gepäck war eine übergroße Schirmkappe angefertigt worden, und er bemerkte, daß das Gurtzeug dunkelbraun gefärbt war und die Schnallen mattschwarz. Er beugte sich leicht vor, als sie ihm den Schirm auf die Schultern packten. Die Beingurte für seine Packtaschen blieben offen, sie sollten erst während des Flugs angelegt werden. Einer von der Besatzung trug die Taschen für ihn, und so wanderte die kleine Gruppe schwerfällig zum Hangartor.

Draußen war es finster, und als sich dann seine Pupillen erweiterten, sah er das Flugzeug. Es war eine Dakota, und eine Holzleiter führte zum Einstieg. Sie stützten ihn von hinten, da das Gewicht auf seinem Rücken ihn aus dem Gleichgewicht brachte. Er sprang äußerst ungern aus Dakotas ab, denn das hieß Absprung aus der Seitenluke, und wenn man dort stand, während die Maschine nur so schlingerte, konnte man einen Winkel von über hundertachtzig Grad meilenweit sehen. Es war übelkeitserregend und entnervend, und der Sprung vom Rumpf weg schien immer knapp, wenn der Wind einen gleich wieder in den Luftschraubenstrahl stieß. Er schaute über der Tür nach, ob eine Halterung für die automatische Reißleine vorhanden war; der Staffelführer sah seinen Blick und wies grinsend auf den Bauch des Flugzeugs. Dort war sie, eine richtige Absprungluke mitsamt Karabinerhaken und gummigepolstertem Rand. Es war wie die Milch mit den Keksen abends an seinem Bett, als er klein war. Jemand sorgte für den Hasenfuß in der Familie.

Das Flugzeug schütterte, als beide Motoren auf volle Drehzahl gebracht wurden, und danach kam das grüne Licht einer geschwenkten Lampe und blasse, gespannte Gesichter. Jemand winkte, als sie anrollten, und als sie schließlich in der Luft waren, umgab sie nur noch Dunkelheit und Lärm.

Das Innere der Dakota war völlig leergeräumt worden; der Navigator hatte ein ganzes Brett mit Zusatzinstrumenten und reichlich Platz für seine Arbeit. Eine lange Metallbank mit losen Luftkissen und Gurten nahm das Backbord ein. Felinski mußte seitwärts auf ihr sitzen, um Platz für den Fallschirm zu haben. Ein RAF-Sergeant kam nach etwa einer halben Stunde, um ihm beim Befestigen der Packtaschen an seinen Beinen behilflich zu sein, und als er eben die letzte Schnalle festzog, ging das Flugzeug scharf in die Kurve und der Sergeant blickte auf. »Alles klar, Sir. Wir haben die Insel passiert und drehen um neunzig Grad. Jetzt dauert's nicht mehr lange.«

Der Navigator war wieder an seinem Pult beschäftigt, und Felinski hörte ihn über die Bordverständigung die neue Position an den Piloten durchgeben. Knapp eine Stunde später übernahm der Copilot, und der Staffelführer kam nach hinten. »Also, Soldat, wir haben einen schönen ruhigen Flug gehabt. In zehn Minuten sind wir am Ziel. Wir können Feuer in Hannover und Braunschweig sehen. Vielleicht kriegen wir ein wenig Flak ab, das wird aber nicht schlimm.« Er legte Felinski die Hand aufs Knie. »Ich weiß nicht, was Sie vorhaben, Kamerad, aber wir denken an Sie, wenn wir wieder am Stützpunkt sind.« Er stand auf. »Ich mache den Absetzer. Hoppla, wir gehen schon runter für Sie.« Er bückte sich, drehte die drei Klammern am Boden auf und schaute zum Navigator, der seine Kopfhörer zurechtrückte und dann die Hand hob. Er sah den Staffelführer an und nickte. Der Offizier beugte sich vor, umfaßte die beiden Griffe, zog, und der runde Lukendeckel hob sich mit einem Schwall kalter Luft. Dicht an Felinskis Ohr sagte der Offizier: »Setzen Sie sich jetzt auf die Marke. Ich tippe Sie einmal zur Vorwarnung an und danach zweimal. Dann springen Sie. Alles Gute und fröhliche Weihnachten.«

Als Felinski auf der weißen Markierung saß, blickte er hoch und der Navigator zeigte drei Finger. Dann krümmte er die oberen zwei Glieder eines Fingers, um zweitausendfünfhundert Fuß anzudeuten. Als der Navigator nur zwei Finger zeigte, fühlte Felinski den Schlag auf seiner rechten Hand, dann fast sofort zwei Schläge. Er machte sich lang, und als er die kalte Luft an seinen Beinen spürte, wußte er, er war draußen.

4

Die Reißleine zerrte leicht an ihm, ein jäher kurzer Sog kam von dem Luftschraubenstrahl, und danach war der Himmel still und leer. Die Dakota war weit fort, kaum noch zu hören. Was da klang wie fernes Maschinengeräusch, konnte auch sein Herzschlag sein. Das schwere Schirmzeug wurde ausgeglichen durch die Packtaschen an seinen Beinen, doch er spürte, daß sein Körper der Tendenz nach vom Kurs abkam, und beschloß auf Kosten der Erkundungszeit am Boden den freien Fall abzukürzen. Der Pilotschirm war offen, dann klatschte der Hauptschirm, wogte und füllte sich mit einem doppelten Schlag, so daß seine Beine rasch unter ihn kamen; ihr Zusatzgewicht zog ihn fast senkrecht hinab. Jetzt hatten seine Augen sich an die Dunkelheit gewöhnt, und im Nordwesten konnte er den flackernden Widerschein orangefarbener Flammen auf den Wolken sehen und Scheinwerferlicht, daß sich mit den spitzen Feuergraben von Flugabwehrkanonen mischte. Während er hinsah, ertönten die dumpfen Einschläge einer weiteren Bombenreihe. Es mußte Hannover sein, wo der Angriff noch lief. Er blickte nach Nordwesten, und weiter weg erkannte er den Widerschein von Bränden in Braunschweig. Als er dann tiefer stürzte, spürte er die Vibration in seinen Ohren, die Druckwellen von den Kanonen und Bomben.

Wasser schimmerte im Mondlicht, und in Gedanken überflog er das Modell der Absprungzone. Er erinnerte sich an kein Gewässer, doch jetzt stießen Schatten in das Mondlicht; der Boden raste ihm entgegen, und als er aufkam und sich überschlug, stauchte der Aufprall ihm den Rücken. Es tat so weh, daß er nicht aufstehen konnte, um die Luft aus dem Fallschirm zu schütteln. Einer der Behälter hatte sich von seinem Bein gelöst, und es schleifte ihn über den harten Erdboden, da ein leichter Wind den Schirm noch füllte. Dann blieb er plötzlich liegen.

Sein Kopf und seine Knochen schmerzten, und während er dalag, schrie eine Eule. Er konnte aufgestörte Vögel in den Bäumen flattern hören. Langsam befreite er sich von dem schweren Gurtzeug und sah, daß die Schirmkappe sich im Gestrüpp am Rand eines Waldes verfangen hatte. Das Mondlicht war sehr hell, und hastig zog er den Schirm auf die Erde herunter. Er wickelte ihn ungeschickt in den Verpackungssack und stieß ihn zusammen mit seiner Ausrüstung tief in das Gestrüpp hinein. Als er aufstand, meinte er, einen Hund bellen zu hören und erstarrte, doch als das Bellen dann wiederkam, wußte er, daß es ein Fuchs war. Ein Fuchsrüde behauptete sein Territorium.

Seine Uhr war bereits auf mitteleuropäische Zeit eingestellt: zehn Minuten nach Mitternacht. Erster Weihnachtstag.

Er schritt den Waldrand ab; es waren dreihundert Meter, und die Südkante verlief in einem stumpfen Winkel. Da wußte er, wo er sich befand – fast drei Meilen vom nächstgelegenen Punkt der Landezone entfernt. Der Absprung war für normale Trift berechnet worden, aber trotz des übergroßen Schirms hatte die schwere Ausrüstung den Abtriebswinkel fast völlig geschlossen und eine Abweichung von gut und gern vier Meilen bewirkt.

Er fand die Straße fast sofort und folgte ihr, indem er sich an Gräben und Hecken hielt, bis zu der Kreuzung nach Hildesheim. Es schien beinahe taghell zu sein. Nach beiden Seiten verlief die Straße schnurgerade, und man konnte leicht auf eine Viertelmeile sehen, ob sie jemand überquerte. Er legte sich lautlos in den Straßengraben, mit erhobenem Kopf, um zwischen den Stengeln erfrorenen Erdrauchs hindurchzuschauen. Hinter ihm war jetzt keine Hecke mehr, nur

Gräben markierten den Rand der Felder. Rechts von ihm stand ein Wegweiser. Die Angaben waren übermalt, aber er wußte, wo er war, als hätte er seit Monaten dort gelebt.

Die Straße glitzerte von Reif, und der metallische Belag würde Geräusche sogar noch besser wiedergeben als er das Licht zurückwarf. Einen Schuh hatte er bereits ausgezogen, und gerade wollte er den anderen aufschnüren, da hörte er einen Stein klappern. Er lag mucksmäuschenstill. Nach zehn Minuten hob er spähend den Kopf, und als er das tat, schlug ein Stein auf der Straße auf und sirrte an seinem Kopf vorbei. Er drückte sich flach auf den Boden. Er würde den Kontakt nicht wie vorgesehen aufnehmen können, doch es war vereinbart, daß er, wenn der Empfang verunglückte, auf nichts reagieren sollte als den letzten Teil des Schlüsselrituals. Durch die Luft fliegende Steine gehörten nicht zu diesem Ritual, aber wer immer die Steine warf, mußte ihn gesehen haben, und Dritte hätten sich dann nicht so verhalten.

Wieder hob er langsam den Kopf, und fast gleichzeitig vernahm er die leise gepfiffene Melodie von »Hörst du mein heimliches Rufen«, bis sie nach einigen Takten abbrach. Er blickte geradeaus über die Straße und fuhr dann rasch herum, als von rechts Schritte kamen. Jemand schlenderte langsam die Straße entlang auf ihn zu. Einige Meter entfernt hielt der Spaziergänger an, aber er konnte ihn nicht sehen, da sie im Schatten waren. Und dann sagte eine Stimme leise auf deutsch: »Wer singt ›Stille Nacht‹ heute?«, und automatisch, wie er es so viele Male geübt hatte, sagte er: »Ich heiße Bing Crosby.« Die Gestalt kam mit ausgestreckter Hand heran und kletterte zu ihm in den Graben. Es war Baron von Leder. »Ich habe Sie beim Runterkommen kurz gesehen«, sagte er leise. »Mir war klar, daß Sie die Landezone verfehlen würden, deshalb bin ich hergekommen. Sind Sie wohlauf?«

»Ja, aber ich war gezwungen, die Ausrüstung zu verstecken.«

»Die müssen wir gleich holen, weil es schneien wird, und wenn wir sie liegen lassen, müßte sie tagelang dableiben, sonst hinterlassen wir Spuren. Können Sie einigermaßen gehen?«

Erst knapp zwei Stunden später erreichten sie den Gutshof. Es war in der tiefen Dunkelheit vor dem ersten Zwielicht, und vereinzelt wirbelte schon Schnee herunter. Sie gingen an dem hohen dunklen Gemäuer einer Scheune vorbei und kamen zu einem kleinen Hoftor neben der breiten Einfahrt zu den Wirtschaftsgebäuden und dem großen Wohnhaus. Alles war genau wie das Modell im Besprechungszimmer.

Von Leder hielt den Mund an Felinskis Ohr und flüsterte: »Ich bringe Sie zur Forsthütte. Wissen Sie noch, wo die ist?« Felinski nickte, und sie folgten langsam und vorsichtig dem Verlauf eines Lattenzauns. Am Ende des Zauns mündete der Weg in einen Wald, und zweihundert Meter weiter kamen sie zu der Hütte. Drinnen fanden sich die glühenden Überreste eines Kaminfeuers. Von Leder leuchtete mit einer kleinen Taschenlampe den Fußboden und die Wände an. Es war ein einziger großer Raum mit einer durch Fichtenbretter abgeteilten Toilette und Bad.

Von Leder sagte leise: »Bringen wir Ihre Ausrüstung weg, bevor wir uns unterhalten.« Das Badezimmer war mit rostbraunen, unglasierten Fliesen alten Stils ausgelegt, und mit Hilfe eines Messers hob von Leder vier Fliesen ab, unter denen eine metallplattierte Wanne eingelassen war. Sie bot reichlich Platz für Ausrüstung und Fallschirm.

Wieder im Wohnraum, legte von Leder zwei Klötze auf das Feuer, und sie setzten sich vor dem gemauerten Kamin einander gegenüber.

»Im Schrank ist etwas Eßbares für Sie. Leider nicht sehr viel, bevor Sie essen, muß ich Ihnen sagen, daß der erste Teil unseres Plans durchkreuzt worden ist. Sie sollten hier sozusagen mit dem Zug aus Berlin eintreffen, der ein paar Minuten nach Mitternacht in Hannover hält. Der Zug ist wegen des Luftangriffs nicht angekommen. Was wird nun also aus Ihrer Tarnung?«

»Bis wohin ist er gefahren?«

»Ich habe keine Ahnung.«

Felinski war über diese Zugreise genau instruiert worden. Sie stellte das erste Glied dar, das die Echtheit seiner Legende untermauern sollte. Fehlte es, würde seine Geschichte im Tiefenverhör immer verdächtig sein.

»Haben Sie Telefon hier?«

Von Leder nickte und drehte sich um. »Es hängt dort an der Wand.«

»Ich muß herausfinden, wo der Zug angehalten hat und was passiert ist. Haben sich die Fahrgäste zerstreut? Wurden andere Transportmittel eingesetzt?«

Von Leder stand auf und ging zum Telefon. Es war ein altmodischer Apparat mit einer Kurbel, um die Vermittlung zu rufen. Er wartete auf Antwort, und dann hörte ihn Felinski sagen: »Hannover Hauptbahnhof bitte.» Eine Pause trat ein, ehe er weitersprach: »Herrn

Birkemeier bitte – ja, von Leder hier. Guten Tag, Herr Birkemeier; zunächst mal, wie geht es Ihnen? Danke, mir auch. Herr Vorsteher, ich habe einen Passagier mit dem D-Zug aus Berlin erwartet. Wie ist da im Moment die Lage?« Und dann hörte von Leder mit einigen Ahas und Jas und Zwischenfragen fünf Minuten lang zu. Als er eingehängt hatte, kam er wieder an seinen Platz zurück.

»Der Bahnhof in Hannover hat was abgekriegt. Sie löschen da immer noch. Die Gleise nach Berlin sind unmittelbar östlich von Hannover zerstört; der Zug kam nur bis Lehrte. Er war sehr voll, und für den Weitertransport ist nicht gesorgt worden. Die Reisenden mußten sich selber helfen.«

»Würden Sie den Bahnhof Lehrte kurz anklingeln, damit wir wissen, ob deren Fernsprecher funktionieren? Ihr Passagier hätte Sie von dort aus anrufen können.«

Die Fernsprecher funktionierten noch, und von Leder sagte: »Wir nehmen den Kleinlaster. Sie können sich hinten verstecken.«

»Wenn wir dort sind, springe ich raus und Sie lassen mich ausrufen. Sie können noch zwei, drei andere mit zurücknehmen, dann bin ich wirklich gut abgedeckt.«

Es herrschte immer noch ein beträchtliches Gewühl, als sie zum Bahnübergang nach Lehrte kamen, und Felinski glitt vom Heck des Lastwagens und wanderte in die Menge hinein. Wenige Minuten später hörte er eine Stimme aus einem Lautsprecher rufen: »Baron von Leder sucht Herrn Hartmann.«

Vier andere Leute warteten vor dem Lastwagen, als Felinski sich einstellte, und in die Begrüßung flossen Wünsche für ein fröhliches Weihnachtsfest und Flüche auf die »Terrorflieger« ein. Jetzt hatte er Zeugen für seine Ankunft, und das war noch besser als die ursprüngliche Tarnung.

Felinski hielt sich an den nächsten beiden Tagen in der Hütte auf und wurde am dritten Tag dem Gutspersonal vorgestellt. In London waren die letzten fünf Jahrgänge der Geschäftsbücher des Gutshofs eingehend untersucht worden, und Agrarexperten hatten verschiedene Pläne zur Steigerung seiner Rentabilität entwickelt. Felinski als der neue Berater des Gutsherren von Leder war gründlich in die Pläne, die Alternativen und das technische Wissen, das zu ihrer Durchführung erforderlich war, eingewiesen worden. Von Leder erklärte dem Gutspersonal, daß der neue Mann einen großen Teil seiner Zeit in der Schnapsbrennerei in den Vororten von Hannover zubringen werde.

Am dritten Abend baute Felinski zum erstenmal das Funkgerät auf. Da der Sender in der Forsthütte so isoliert war, würde sein Standort, wenn die Gestapo Verdacht schöpfte, mit Peilwagen mühelos aufzuspüren sein. Die Sendungen durften höchstens fünf Minuten dauern. Er hatte einen dünnen Antennendraht an den massiven Eichenbalken zum First heraufgezogen. London antwortete planmäßig und kurz, und es schien unglaublich, daß die Signale zwischen den atmosphärischen Störungen von dem Mädchen im Dachzimmer bei Peter Robinson's kamen.

Bis zum Ende der ersten Woche hatte er auf dem kleinen Motorrad zwei Fahrten nach Hannover unternommen, und beide Male hatte er einige Zeit in der Brennerei verbracht, sich dann zur Schillerstraße abgesetzt und das Gebäude mit den grünen Fensterläden betrachtete.

Am achten Tag hatte London ihn angewiesen, die Operation zu beginnen.

Der 3. Januar 1945 war bitter kalt, und als Felinski auf dem Hauptbahnhof Hannover ankam, war es bereits dunkel, und Nieselregen setzte ein. Zweimal wurde er zur Ausweiskontrolle angehalten, und als er die Schalterhalle betrat, sah er auch, warum. Die Halle war überfüllt mit Leichtverwundeten und schwerer Verletzten auf Tragen. Mindestens dreihundert Männer wurden hier von Ärzten und Krankenschwestern versorgt.

Er ging langsam auf sie zu, als suche er jemanden, und hielt schließlich bei einer Gruppe an, die dicht zusammengedrängt stand und sich zu sechst in zwei Mäntel teilte. Zwei von ihnen gehörten zur Waffen-SS, die anderen hatten Panzerkorpsabzeichen. Er blieb in ihrer Nähe stehen, trat dann vor und fragte, ob unter ihnen jemand von der 2. Panzerdivision sei. Ihre Gesichter waren unrasiert und verhärmt, ihre Passivität entsprach der nach einer verlorenen Schlacht. Sie ließen sich Zigaretten von ihm geben, und er erfuhr, daß sie zu den Überresten von Hitlers Vorstoß durch die Ardennen zählten.

Über das Lautsprechersystem kamen die Kurznachrichten, und eine aggressiv fröhliche Stimme meldete einen Großangriff auf Bastogne unter Feldmarschall Model. Die Brotzuteilung, hieß es, werde ab sofort wieder herabgesetzt. Nach der Ansage erklang die Melodie von »Ich schenk mein Herz nur einem Mann . . .« In der Düsterkeit des Bahnhofs schien das reizend gesungene Lied die Untergangsstimmung nur noch zu betonen. Felinski fröstelte, als er zum Schwarzen Brett ging, wo Mitteilungen von den Ausgebombten, den Flüchtlingen und Fremdarbeitern angeheftet waren. Er mußte es dreimal überfliegen, bevor er die Karte sah. »Otto Hartmann sucht seine Frau. Nachricht erwartet«, stand darauf, und eine fingierte Telefonnummer verriet, daß die Karte seit drei Tagen hing. Die anderen erwarteten ihn.

Als er in die Schillerstraße einbog, begann die Luftschutzsirene ihr trauriges Heulen, und er sah zum Himmel auf. Große Wolken wehten über den Mond, in der Ferne ertönte Geschützfeuer.

Er stand vor dem Haus mit den grünen Fensterläden. Alle Läden waren geschlossen, die Fenster verdunkelt, aber ein Lämpchen beleuchtete das Mieterverzeichnis. Unter Nummer 7 stand »Klemens Vorster« in braun verblichener Tinte. Er drückte auf den Klingelknopf, und einige Sekunden später knackte es in der Gegensprechanlage: »Ja?«

»Die Brücke ist kaputt.«

Eine lange Pause trat ein, und dann sagte eine Stimme langsam auf deutsch: »Wie meinten Sie?«

»Die Brücke ist zerstört.«

Das automatische Schloß summte, und klickend öffnete sich die Tür. Schilder mit Pfeilen und schwarzen, rot gerahmten Ziffern wiesen zu den Wohnung. Nr. 7 lag im zweiten Stock, die Betontreppe hinauf. Der Mann hatte das Kennwort nicht erwidert, doch Felinski nahm an, daß sie es nicht gewohnt waren, sich an irgendwelche Vorschriften zu halten. Die Tür von Nr. 7 war angelehnt, und von drinnen kam rosa Licht. Er blieb vorsichtig an der Tür stehen, aber im Inneren rührte sich nichts. Kein Laut. Draußen hörte er den Lärm von Flugzeugmotoren, die unter voller Ladung gegen den massiven Wind ankämpften. Behutsam schob er die rechte Hand vor, um die Tür zu öffnen, halb darauf gefaßt, daß sie bei der ersten Berührung weit aufgerissen würde. Mit einem gräßlichen Stoß bekam er eine Schußwaffe ins Kreuz gedrückt. Er hörte das Metall auf eine seiner Rippen krachen. Dann sagte eine Stimme leise auf deutsch: »Gehen Sie ganz ruhig, ganz langsam in das Zimmer.«

Felinski trat vorsichtig ein, und als er die Tür zufallen hörte, stach ihn das Schießeisen ins Genick, und die Stimme sagte: »Umdrehen.«

Der Mann war gut einsfünfundachtzig groß, strohblond, mit Lokkenhaaren wie die Davidstatue von Michelangelo. Das Gesicht war blaß und auf eine häßlich-männliche Art attraktiv. Die tadellosen Zähne schimmerten knochenweiß. Die Augen waren kalt und weder grau noch blau, weder hell noch dunkel, undefinierbar aber zwingend. Der volle Mund sinnlich und trocken. Die Pistole berührte fast Felinskis Nase, und er sah sein Gegenüber fest an, als er sagte: »Die Brücke ist zerstört«, und der Mann verlangte auf russisch: »Wiederholen Sie.«

Felinski schwieg. Nach einer langen Pause sagte der Mann auf deutsch: »Und das Wasser steigt.«

Felinski lächelte und sprach jetzt russisch: »Genosse Woronow, ich muß Ihnen beibringen, wie man jemand mit einer Pistole in Schach hält. So wie Sie das machen, ist es gefährlich – für Sie.«

Woronow ließ die Waffe sinken und wies Felinski einen Sessel zu. »Warum schickt man Sie, Genosse?«

»Ich habe Ihnen ein Funkgerät mitgebracht, Geld, Papiere und einen Brief von Ihrer Mutter. Und ich bringe Ihnen Hilfe.«

Woronow lachte leise: »Was können Sie helfen, Gospodin?«

»Sie sind ein tapferer Mann, Woronow, ich möchte, daß Sie dafür anerkannt werden, wenn das alles vorbei ist. Ich kann Ihnen helfen zu überleben.«

Das blasse Gesicht wurde rot vor Ärger. »Die Schweine haben nicht mal mein Signal beantwortet.«

»Dafür kann es viele Gründe geben.«

»Sie kennen also nicht den Grund, Genosse?«

»Wo ist denn Ihr Funkgerät?«

»Auf Funkgeräte kommen wir noch früh genug zu sprechen. Wenn ich soweit bin.«

»Fein. Legen Sie jetzt die Kanone weg und lassen Sie uns reden. Haben Sie irgend etwas, das ich heute für Sie senden kann?«

Woronow lächelte und sah ihn aus halbgeschlossenen Augen an. »Sie fühlen sich schon ganz wie daheim, Genosse.« Er zuckte die Achseln. »Vielleicht ist das gut so. Sie sagten, Sie hätten Papiere für mich. Haben Sie sie mit?«

Felinski knöpfte seine Jacke auf, zog ein flaches, in gelbe Ölhaut gewickeltes Päckchen hervor und hielt es Woronow hin. Woronow griff nicht danach. Er sagte: »Schön. Öffnen *Sie* es, Freund.«

Felinski nahm die gesunde Vorsicht beifällig zur Kenntnis, und behutsam löste er die Knoten und zerbrach das kleine rote Wachssiegel. Er schlug das Tuch zurück und gab dem Russen die Papiere. Woronow setzte sich auf die Kante der Bettcouch, und Felinski schaute sich im Zimmer um. Die Wände waren kahl; der Raum als

Ganzes gab keinen Hinweis auf die Persönlichkeit seines Bewohners. Ein kleines Blaupunktradio stand auf dem Tisch, und hinter einem Vorhang war offenbar eine Kochnische abgeteilt. Der Fußboden war, abgesehen von einem schmalen Läufer vor der Bettcouch, mit Linoleum belegt. Auf einem einzelnen Bücherbrett lehnte eine Handvoll Tauchanitz-Tascheneditionen schräg neben einer dicken Schwarte, die auf dem Kopf stand. Felinski entzifferte umständlich den Titel. Es war *Vom Winde verweht*, und er fragte sich, was Woronow wohl von Scarlett O'Hara und Rhett Butler hielt.

Während Woronow die verschiedenen Dokumente durchlas, legte er sie neben sich aufs Bett. Es dauerte fast eine halbe Stunde, bis er fertig war und mit einem Finger auf den Stapel tippte. »Ihre Leute versuchen tatsächlich zu helfen. Wollen Sie die Gruppe übernehmen, jetzt wo Sie hier sind?«

»Was möchten *Sie* denn? Sie sind ja sehr gut allein zurechtgekommen.«

Woronow schüttelte den Kopf. »Eigentlich nicht, es war nur Glück mit dem Mädchen, sonst bringe ich nichts.«

»Was für eine Ausbildung haben Sie?«

»Zwei Monate in der Moskauer Zentrale.«

»Wo haben Sie Ihre Funkausbildung gemacht?«

»In Sejodnija.«

Felinski wußte, daß dort das Funkausbildungszentrum des NKWD für kleinere Agenten war. Es lag etwa 40 Kilometer nordöstlich von Moskau, und die vermittelte Ausbildung genügte nicht für einen Agenten in Feindesland, zumal nicht in Kriegszeiten. Sie war für Grenzgänger gedacht und für Partisanen, die Feindfrequenzen abhörten.

»Was für ein Funkgerät war es – ein R-07 vielleicht?«

Woronow grinste. »Sie wissen zuviel, Genosse. Ja, es war ein R-07.«

»Wo ist es jetzt?«

»In einem Schließfach im Bahnhof.«

»Seit wann ist es dort?«

»Seit drei Monaten. Ich habe es hingebracht, als Moskau nicht mehr antwortete. Vielleicht muß es repariert werden. Morgen hole ich es Ihnen.«

»Nein. Bleiben Sie weg davon. Die Gestapo wird das Schließfach inzwischen beobachten. Sie kontrollieren Schließfächer alle zwei bis drei Tage. Sie werden den Apparat längst entdeckt haben und darauf warten, daß ihn jemand abholt. Vergessen Sie's.«

Woronow sah Felinski an, musterte eingehend sein Gesicht und sagte: »Sie können das Ruder übernehmen, Genosse, aber eins wüßte ich vorher noch gern.«

»Nämlich?«

»Was passiert nach dem Krieg?«

Weil er diese Frage stellte, empfand Felinski plötzlich große Sympathie für den Mann. Aus Leuten wie ihm wurden Staatenlose. Deshalb gab es Nansenpässe. Woronow mochte hart sein, er mochte tapfer sein, aber wer wollte ihn haben, wenn alles vorbei war. Seine mißtrauischen Landsleute hatten ihn im Stich gelassen. Die Briten würden zwar etwas unternehmen, aber nicht sonderlich viel.

»Man wird sich um Sie kümmern, Woronow. Dafür sorge ich. Sie können entweder mit mir nach England gehen, oder wir sprechen mit Moskau, wenn Sie das wollen.«

Woronow stand auf und streckte seine große Hand aus. »Ich heiße Kliment.«

»Und ich Stephen.«

So einfach war das. Felinski übernachtete mit auf der Bettcouch, und als die Ausgangsbeschränkung am nächsten Morgen aufgehoben war, ging er. Sie hatten einen »konspirativen Treff« für Notfälle vereinbart, Woronow hatte ein Codebuch erhalten und sollte Felinski am nächsten Nachmiitag, einem Samstag, mit dem Mädchen zusammenbringen. Wieder zurück auf dem Gut, baute Felinski das Funkgerät auf und meldete nach London, daß die Verbindung hergestellt war.

Sie trafen sich in der Goethestraße, an der Brücke, die die Leine überspannte, doch Felinski sah, daß Woronow allein war.

»Das Mädchen wollte nicht. Sagte, sie möchte nicht mit uns in der Öffentlichkeit gesehen werden.«

»Geht sie denn nicht mit Ihnen aus?«

Woronow lachte: »Doch, aber das ist was anderes. Sie ist in mich verliebt.«

»Wo treffe ich sie dann?«

»Sie ist jetzt in meiner Wohnung. Wenn Sie wollen, spricht sie dort mit uns.«

»Gut, ausgezeichnet. Erzählen Sie mir von den anderen.«

»Das sind jetzt nur noch zwei. Bering ist vor drei Monaten bei einem

Luftangriff umgekommen. Masurow und Rikow können wir morgen treffen.«

»Was machen sie? Wie sind sie getarnt?«

»Wir haben allesamt gute Papiere. Die hat die Kleine beschafft. Rikow ist Gärtner auf dem Schloß, und Masurow arbeitet als Fernfahrer für eine Lebensmittelfirma. Ich bin Putzer in der Gauleitung.«

»Was für Informationen liefern die anderen?«

»Rikow berichtet über Truppentransportzüge. Viel mehr kann er nicht tun. Masurow schafft das Zeug nach Lüttich. Dafür wird er nun nicht mehr gebraucht. Jetzt können wir es ja über Funk durchgeben.«

»Wie sind sie?«

Woronow zuckte die Achseln. »Beide sind gute Männer, gute Patrioten, aber nicht gut geschult.«

In der Schillerstraße klopfte Woronow dreimal leicht an die Tür, ein Schlüssel wurde herumgedreht, und sie traten ein. Als er die Tür geschlossen hatte, sagte Woronow: »Herr Hartmann, das ist Fräulein Lange.«

Das Mädchen war sehr jung. Anfang Zwanzig. Groß und schlank, mit langen schwarzen Haaren. Sie war nicht nur hübsch, sie war schön. Ihre Augen waren hellgrau und standen weit auseinander, wie um den großen weichen Mund auszugleichen. Sie sah Felinski ruhig an, nickte dann und setzte sich auf die Bettcouch, neben Woronow. Felinski nahm den Sessel. Seine beiden Gegenüber warteten schweigend, bis er sprach.

»Fräulein Lange, bevor wir uns näher unterhalten, muß ich Ihnen etwas von meinem Vorgesetzten ausrichten. Wir sind der Ansicht, daß der Krieg innerhalb der nächsten sechs Monate vorbei sein wird – das heißt, der Krieg in Europa. Wenn er vorbei ist, wird man Ihnen einen Geldbetrag zuweisen, mit dem Sie für den Rest Ihres Lebens auskommen können. Sie werden jeden notwendigen Schutz erhalten und auch sonst jede Hilfe, um die Sie bitten.«

Weder das Mädchen noch Woronow sagten etwas. Er wartete einige Augenblicke und redete dann weiter.

»Haben Sie irgendwelche Vorsichtsmaßnahmen ergriffen, um festzustellen, ob Sie überwacht werden?«

Woronow schüttelte den Kopf. »Nein, wir sind sicher, daß man sie nicht beobachtet.«

Felinski nickte. »Ich werde mich in den nächsten Tagen selbst überzeugen.«

Das Mädchen sprach, und er war sich der sanften Stimme und der großen grauen Augen, die in sein Gesicht schauten, bewußt. »Dafür weiß ich zuviel über den Gauleiter.«

»Es handelt sich nicht nur um den Gauleiter, Fräulein Lange. Hier gibt es eine Abwehrstelle, ein Gestapo-Hauptbüro und drei SD-Abteilungen.« Er schwieg und sagte dann: »Von den Profis abgesehen, gibt es auch Leute, die allein schon wegen Ihres guten Aussehens eifersüchtig sein könnten.«

Er sah Woronow heftig mit dem Kopf nicken, und das Mädchen ging über sie beide hinweg. »Es gibt Neues zu berichten. Dringendes. Die Russen haben heute die Oder überquert. Schukows Männer. Die V1-Raketen werden von jetzt an auf Antwerpen konzentriert. Und Gauleiter Lauterbacher bereitet seinen Abgang vor, falls die Lage sich verschlimmert. Dann läßt er seine Frau und Familie hier und nimmt eine Angestellte aus dem Amt mit.«

Felinski sah das Mädchen an und dachte, der Gauleiter müsse verrückt sein, daß er nicht diese junge Schönheit mitnahm. Als hätte sie seine Gedanken genau erraten, sagte sie: »Der Gauleiter bevorzugt Blondinnen.«

Felinski lächelte. »Welch ein Glück, aber wie dumm, Fräulein Lange.«

Und zum erstenmal lächelte sie. Sie war sehr klug, doch sie war empfänglich für männliche Komplimente, und das mußte Woronow durchaus zustatten gekommen sein.

5

Bis zur ersten Märzwoche hatte Felinski die Gruppe in eine gut organisierte Einheit verwandelt, deren Mitglieder besser geschult und deren Sicherheit eher gewährleistet war. Das Mädchen lieferte nach wie vor erstklassige Informationen, und es gelang ihr, ausgewähltes Material, das London anforderte, nach draußen zu schmuggeln. Die übrige Gruppe war jetzt auf die Erfassung von Truppenteilen und Truppenbewegungen spezialisiert. Felinski hatte Schäferhund gespielt, um nachzuprüfen, ob das Mädchen unter Beobachtung stand, und das Ergebnis war negativ. Sie bildeten jetzt ein Team, das Felinski ohne Zeremoniell als Anführer akzeptierte, und Woronow war zum fähigen Stellvertreter geworden.

Am Abend des zehnten März radelte Felinski nach Hannover. Woronow war zusammen mit anderen Arbeitern nach Holzminden geschickt worden, um dort Stacheldrahtzäune für ein Kriegsgefangenenlager zu errichten, doch das Mädchen hatte eine Kopie des neuesten Lageberichts der Gauleitung an Hitlers Befehlsstand in Zossen bei Berlin beschaffen sollen.

Felinski sperrte leise die Tür auf und schloß sie, als er sich in das Zimmer wandte. Ein Lämpchen schien romantisch auf die weißen Leintücher. Das Mädchen lag da, ihr schwarzes Haar über das Kissen gebreitet, und ihr Gesicht war Felinski zugewandt. Sie war nackt, und das rosafarbene Licht ließ sie noch schöner erscheinen. Rikows Gesicht war neben ihrer Schulter in das Kissen vergraben, da er zwischen ihren Beinen lag. Sie tat nichts, um Rikow Einhalt zu gebieten, aber die großen grauen Augen schauten ruhig Felinski an, während der Russe ihren Körper benutzte. Felinski stand wie versteinert, und dann, als fühle er die Spannung, hob Rikow den Kopf, und das Mädchen sagte: »Guten Abend, Herr Hartmann.« Rikow drehte sich rasch um und war, als er Felinski erblickte, mit einer einzigen Bewegung auch schon auf den Beinen und in seine unförmige Drillichhose geschlüpft. Er langte am Fußende der Bettcouch nach seinem Hemd, und als er das anhatte, sagte er: »Brauchen Sie mich noch, Herr Hartmann?«

Felinski sah in das plumpe, blasse Gesicht, zögerte einen Moment und sagte dann langsam: »Heute abend nicht, Rikow. Wir haben zu tun. dabei können Sie nicht helfen.«

Rikow nahm seine Jacke von einem Stuhl. »Sagen Sie es Kliment, Herr Hartmann?«

Felinski schüttelte langsam den Kopf. »Nein, ich glaube, das wäre nicht sinnvoll. Haben Sie heute einen Bericht gebracht?«

Rikow nickte. »Ja. Ich war zweimal am Hauptbahnhof.« Und er wies auf einen Umschlag auf dem Tisch. Dann ging er aus der Wohnung. Zu dem Mädchen sagte er nichts.

Das Mädchen hatte sich eine Zigarette angesteckt und saß auf der Bettcouch, ihren Rücken gegen die Kopfkissen und die Wand gelehnt. Er schaute in das ruhige, schöne Gesicht, und die großen grauen Augen blickten ruhig zurück, und unvermeidlich wanderten seine Augen zu den vollen Brüsten und ihren harten rosa Spitzen. Als sein Blick zu ihrem Gesicht zurückkehrte, sah er die üppigen weichen Lippen halb lächelnd geöffnet, und sie sagte sanft: »Gefällt Ihnen, was Sie sehen, Herr Hartmann?«

»Sie sind sehr schön, Fräulein Lange . . . aber warum Rikow?«
Sie hob die Schultern. »Er brauchte eine Frau.«
»Und Woronow?«
»Er bekommt alles, was er will.«
Felinski zog einen Stuhl heran und setzte sich.
»Was empfinden Sie für Woronow?«
»Ich liebe ihn. Ich würde für ihn sterben.«
»Und Rikow?«
»Ein Freund, einer von uns. Manchmal braucht er eine Frau. Besser, wenn ich das bin.«
»Und es macht Ihnen nichts aus?«
Sie sah ihn an und schüttelte langsam den Kopf. Sie zog an ihrer Zigarette und drehte sich zur Seite, um sie in dem Aschenbecher am Boden auszustubsen. Er sah die großen, festen Brüste in der Drehung zittern, bevor sie sich wieder aufsetzte. »Nein, es macht mir nichts aus«, und schaute ihn ohne Verlegenheit an. Ihre Blicke schienen ineinander zu versinken in dem dämmrig warmen rosa Licht, und während er sie noch ansah, sagte sie leise: »Du willst mich auch so, Engländer, nicht wahr?«
Felinski schwieg und suchte im Widerstreit seiner Lust und seiner Disziplin eine Antwort. Als er zögerte, streckte das Mädchen die langen, gutgeformten Beine aus, und er konnte das schwarze Vlies zwischen ihren Schenkeln sehen. Sie lag da, schaute ihn an, ließ ihm Zeit, das, was er tun würde, vor sich zu rechtfertigen, und schließlich stützte sie sich auf einen Ellenbogen auf. »Komm, sag es mir. Willst du mich haben?«
Felinski nickte.
»Ist es wegen Woronow?«
»Ja. Ich möchte ihm nicht weh tun.«
Sie antwortete schnell: »Er erfährt nichts davon. Er bekommt mich, wenn er hier ist. Aber heute nacht kannst du mich lieben.«
»Und was ist mit dir?«
Sie lächelte. »Ich möchte, daß du es mit mir machst, Engländer«, und als er aufstand, hob sie ihm die Arme entgegen.
Seine monatelange Enthaltsamheit und der aufregende Körper des Mädchens wirkten so stark, daß er nichts wahrnahm als ihre Umarmung und die begierige Antwort ihres Körpers auf den seinen. So konnte er das erste Mal noch rechtfertigen, aber für die Lust, die ihn trieb, sie wieder und wieder zu nehmen, fand er keine Entschuldigung

mehr. Als es vorbei war, hatte das Mädchen es für sie beide leichtgemacht. Sie hatte ihm die Berichte des Gauleiters übergeben. Darin enthalten war unter anderem die Bestätigung, daß die 9. US-Panzerdivision am 7. März den Rhein bei Remagen überschritten hatte und daß acht der mit der Verteidigung betrauten Wehrmachtsoffiziere auf persönlichen Befehl Hitlers hingerichtet worden waren.

Beim Abschied hatte ihn das Mädchen am Arm gefaßt und gesagt: »Magst du mich, Engländer?« – und es schien ihr wichtig zu sein.

Felinski lächelte sie an und küßte die vollen, weichen Lippen. »Ja. Ich mag dich. Sehr sogar.«

Als er sich zur Tür wandte, sagte sie sanft: »Engländer, du kennst noch nicht mal meinen Namen.«

Er drehte sich rasch um und sah, daß Tränen in den großen grauen Augen standen. »Es tut mir leid. Wirklich. Sag ihn mir bitte.«

»Lise – Lise Marie.«

Auf der Heimfahrt mit dem Rad durch die Dunkelheit war sein Kopf voll widerstreitender Gefühle und Gedanken. Einesteils schämte er sich, ein Mädchen benutzt zu haben, das für die Liebe zu einem anderen Mann schon sein Leben aufs Spiel setzte. Daß er ihre Bereitschaft und Woronows Mut und Loyalität ausgenutzt hatte, erschien ihm ungeheuerlich. Doch von den erotischen Erinnerungen an das Mädchen und an das, was sie ihm erlaubt hatte, kam er nicht los. Und hinter alledem zeichneten sich drohend die möglichen Auswirkungen auf die Gruppe ab. Er wußte, daß seine Handlungsweise vom Standpunkt der Geheimdienstarbeit unverzeihlich war. Wer sich gefühlsmäßig mit einer Quelle erstrangiger Informationen einließ, brachte sich nur in Schwierigkeiten. Und wer sexuell mit der festen Freundin seines Stellvertreters verkehrte, beschwor eine Katastrophe herauf. Flüchtig kam ihm die Frage, wie Franks wohl reagieren würde, wenn er es wüßte. Er hätte ihn zunächst einmal aus dem Geheimdienst entfernt.

Es war fast vier Uhr früh, als er die Übertragung abgeschlossen hatte und das Funkgerät wieder im Depot verstaute.

In den nächsten zehn Tagen wurde er mit Sendearbeit überhäuft. Woronow war wieder zurück und schien guter Dinge. Er hatte zweimal mit Rikow gesprochen und den gewohnten Gleichmut an den Tag gelegt. Masurow war bei einem Luftangriff verwundet und zehn

Tag krank geschrieben worden. Woronow und Felinski setzten ihn als Beobachter ein.

In der letzten Märzwoche war es offensichtlich, daß die Regierungsmaschinerie des Deutschen Reiches zum Stillstand kam. In Hannover drängten sich Flüchtlinge vom Rhein, wo Montgomery und Simpson Models Heeresgruppe B zerschlugen. Im Rundfunk wurden ständig neue, einander widersprechende Erlässe aus Berlin bekanntgegeben. Und aus Lebensmittelkarten wurden wertlose Fetzen Papier. Es gab keine Lebensmittel mehr.

Am letzten Märztag hatte Felinski die Bomber gehört, als sie mit ihrer Fracht nach Hannover, Hildesheim und Braunschweig drehten. Es war noch nicht einmal dunkel, doch für die Städte gab es anscheinend keine Deckung mehr, und das ferne Krachen der Bomben war grauenvoll. Felinskis Gedanken gingen zu Woronow und zu dem Mädchen. Er hatte sie seit über drei Wochen nicht gesehen, und eilig holte er das alte Fahrrad aus dem Schuppen und brach auf nach Hannover. Diesmal nahm er die Hauptstraße. Das war fünf Kilometer kürzer als die Feldwege. Schon drei Kilometer vor dem Ort traf er auf die ersten Flüchtlinge. Es schien auch jetzt noch unglaublich, daß es deutsche Flüchtlinge waren. Karren und Kinderwagen, Fuhrwerke, sogar Esel mit schwerer Last – und Hunderte von schweigenden Frauen und Kindern. Viele saßen erschöpft am Straßengraben, und einige waren in blutbeflecktes Verbandszeug gewickelt. Ihre Gesichter waren verschlossen und verletzt in der plötzlichen Erkenntnis der Niederlage. Er sah Wehrmachtssoldaten in zerlumpten Feldgrau, von dem sie ihre Truppen- und Rangabzeichen abgerissen hatten. Wie so oft in Zeiten des Krieges und der Tragödie schien die Sonne aus einem hellblauen Himmel, und die bauschigen Frühlingswolken bewegten sich kaum. Weiter oben, wo das Blau dunkler war, sah er Kondensstreifen von vier Flugzeugen, die träge und ungehindert kreisten.

Er sprach einen der Männer an und fragte ihn, wie es in Hannover aussehe, und der Mann sagte, er wisse es nicht, aber er schwang den Arm in einem ausladenden Bogen und setzte hinzu: »Hildesheim ist zerstört.« Eine alte Frau, der Tränen über das Gesicht liefen, sagte: »Hannover gibt's nicht mehr, es ist ausradiert«, und während sie mit dem Handrücken über ihre Augen wischte, rannten die Leute in Scharen zu den Straßengräben und drückten sich und ihre Kinder flach auf den Boden. Er hörte die Rufe: »Spitfire!«, »Terrorflieger!« Und schon waren sie da, zwei wunderschöne Spitfires, die aus der Sonne herunterstießen, und er wollte den kauernden Leute zurufen, das seien doch Maschinen der Royal Air Force, die schössen nicht auf unbewaffnete Flüchtlinge. Und während er stumm blieb, eröffneten die beiden Jäger das Feuer auf die schmale Straße und bestrichen sie mit Geschütz- und MG-Salven. Sie drehten steil nach Westen ab, Richtung Hannover, und niemand bemühte sich, den Verwundeten und Sterbenden zu helfen. Es gab keine Hilfe.

Fast vier Stunden brauchte Felinski, bis er zu den Außenbezirken von Hannover kam, und die ganze Stadt schien in Flammen zu stehen. Er kettete sein Fahrrad an ein verbogenes Eisengitter. Für den weiteren Weg war es nutzlos.

Eine Rauchwolke, die roten Feuerschein zurückwarf, hing über der Stadt. Alle paar Minuten flog irgend etwas in die Luft, und das dunkle Rot wurde sekundenlang zu einem leuchtenden Orange, das dann wieder in den düsteren Ton der brennenden Gebäude überging. Die Straßen waren verschwunden, begraben unter Schutt, nicht bloß verstreut liegenden Steinen, sondern drei Meter hohen Trümmerbergen. Er konnte Leute rufen und schreien hören, und gerade als er hinsah, stürzte lautlos die Wand eines großen Hauses ein und zerbarst beim Aufprall auf den Erdboden in Steine und Beton. Trümmer regneten nicht weit von ihm herab, und er ging weiter, indem er einer Reihe umgeknickter Straßenlaternen folgte. Der Morgen dämmerte, als er in die Schillerstraße kam; er war erschöpft von der aufreibenden Wanderung durch diesen Alptraum. Im frühen Tageslicht sah er die scheinbar unversehrte Hausfront, und er kämpfte sich über aufgehäuften Schutt hinweg und stand plötzlich vor der Ruine. Die ersten blassen Sonnenstrahlen beleuchteten das Hinterhaus. Alle Stockwerke waren abgesackt, als wären sie geschmolzen. Nur die Fassade stand noch, der Rest war fort. Die Leichen in den Trümmerhaufen würden bleiben, bis sie verwesten. Es gab keine Behörden, keine Verwaltung mehr für die besiegten Deutschen in Hannover.

Es wurde Mittag, ehe er den Weg zum Gutshof wiederfand, und jetzt ging er zu Fuß. Die Stadt war ein hoffnungsloser Irrgarten. Zu wenig, das man noch wiedererkannte außer dem Fluß, der seinem Lauf treu blieb.

Der Flüchtlingsstrom hatte sich nach Süden gewandt, und es waren nur noch kleine Trupps, die die Straßengräben säumten und einer Nacht im Freien entgegensahen. Am Spätnachmittag kam er zu der Hütte im Wald zurück. Er nahm einen längeren Funkkontakt mit London auf und wurde angewiesen, die Operation einzustellen, bis er neue Instruktionen erhalte. Er berichtete in allen Einzelheiten, was er auf den Landstraßen und in Hannover gesehen hatte, und er teilte ihnen mit, daß seine gesamte Gruppe verschollen und mit ziemlicher Sicherheit bei einem Luftangriff umgekommen sei.

Die Arbeit auf dem Gut war eingestellt worden, und die Männer waren mit Jagdflinten bewaffnet, um Eindringlinge fernzuhalten. In dem großen Wohnhaus hatte man eine Rotkreuzstation eingerichtet, und an Flüchtlinge und Kinder wurde Brot ausgegeben.

An einem Spätnachmittag, fast eine Woche darauf, klopfte es an die Hüttentür. Felinski lag auf dem Bett. Er setzte sich vorsichtig auf und holte seine Pistole unter dem Bett hervor. Er entsicherte sie und bewegte sich auf Strümpfen zur Türseite. Dort wartete er, aber er konnte nichts hören als das Knarren der großen Bäume. Dann kam das Klopfen wieder, und er rief: »Ja, wer ist da?« Es kam keine Antwort, und Felinski griff nach der Klinke, legte die Pistole in seiner Hand zurecht, krümmte den Finger um den Abzug und riß die Holztür auf. Das Mädchen stand vor ihm. Die Kleider waren zerrissen und verdreckt, das Haar zerzaust; zu ihren Füßen ein Strohkoffer, verschnürt mit einem Lederriemen.

»Mein Gott, Lise, komm rein.«

Sie war wie versteinert, bewegungslos, und er trat zu ihr und zog sie sanft in die Hütte. Er setzte sie in den großen bequemen Sessel am Feuer und ging ihren Koffer holen.

Ihr Gesicht war gelb von Blutergüssen, beide Arme arg zerschnitten, und sie hielt den Kopf mit geöffnetem Mund nach hinten. Er hob sie hoch und legte sie aufs Bett, und eine Stunde lang wusch er behutsam ihr Gesicht, ihre Arme und ihre Beine. Sie verschlief das alles, und während er wartete, machte er ihren Koffer auf. Sie hatte einen Pullover mit, einen Rock, ein paar Nadeln und Garn. Außerdem ein Gebetbuch mit goldgeprägtem Kruzifix auf dem Einband aus weißem Velin. Auf der Innenseite stand mit Tinte geschrieben: »Für unsere liebe Lise Maria von Vati und Mutti, 20. April 1934. Erich von Lange, Schloß Einbeck, Niedersachsen.« Das reizende Mädchen war also eine Adlige. Und sie war 1934 an Hitlers Geburtstag gefirmt worden. Er sah einen feingoldenen Armreif mit Wappenadler und drei Schlüssel an einem Ring. Er sah ein Stück blutbefleckten Verbandmull und das zerknitterte Foto eines kleinen Mädchens, das mit einem Mann und einer Frau auf der steinernen Freitreppe eines großen, überladenen Herrenhauses saß.

Und jetzt lag sie verletzt und erschöpft in einer Forsthütte. Sie hatte mehr als die meisten Soldaten zur Entscheidung des Krieges beigetragen. Sie brauchte nur am Leben zu bleiben, dann bekam sie Geld und eine Auszeichnung, aber sie würde für den Rest ihrer Tage außerhalb Deutschlands leben müssen.

Das Mädchen schlief immer noch, als von Leder um Mitternacht in die Hütte kam. Er warf einen Blick auf sie und wandte sich Felinks zu.

»Das Haus ist vollgestopft mit Flüchtlingen aus dem Osten, und alle erzählen Geschichten von russischen Truppen, die auf dem Vormarsch vergewaltigen und morden. Haben Sie etwas Neues gehört? Kann es sein, daß die Russen bis hierher kommen?«

Felinski schüttelte den Kopf. »Nein, das ist ausgeschlossen. Die Amerikaner werden in den nächsten Tagen hier sein. Das hat mir London offiziell mitgeteilt. Ich bin für Ihre Sicherheit verantwortlich. Wenn Ihnen Gefahr von den Russen drohte, würde ich es Ihnen sagen. Nur ausharren – weiter brauchen wir nichts zu tun.«

»Und wenn sich London irrt?«

»Dann lasse ich Ihnen einen Hubschrauber kommen.«

»Und Sie selbst?«

»Ich habe Order, auf die Amerikaner zu warten.«

»Warum schleust man Sie jetzt nicht heraus?«

»Das ist unnötig. Es wird noch zuviel gekämpft. Ich kann warten.«

Von Leder schaute auf das Mädchen.

»Ich habe sie schon mal gesehen. Ist sie von hier?«

»Nein.«

Von Leder sah Felinski an und lächelte leise. »In Ordnung. Behalten Sie Ihre Geheimnisse für sich.« An der Tür drehte er sich dann müde und bedrückt noch einmal um. »Es läßt mir keine Ruhe, was jetzt aus uns Deutschen wird. Zumal aus denen, die auf Gnade und Ungnade den Russen ausgeliefert sind.«

»Sie werden Männer wie Sie als Fürsprecher brauchen.«

Von Leder betrachtete ihn aufmerksam. »Da gelten Ihre Worte sicher mehr als meine. Und was sagen Sie, wenn die Antwort doch immer wieder lautet: ›Nur ein toter Deutscher ist ein guter Deutscher‹?«

Felinskis graue Augen waren ernst, als er von Leder ansah. Und ruhig sagte er: »Herr Baron, es ist zwecklos, sich etwas vorzumachen. Gnade gibt es noch lange nicht. Wir können nur hoffen, daß sich, wenn der Kampf vorbei ist, Gerechtigkeit als ein annehmbarer Ersatz für Gnade erweist. Gerechtigkeit ist das beste, was sich Ihr Volk erhoffen kann.«

»Dann haben Leute wie ich uns vergeblich bemüht?«

»Nein, keineswegs. Leute wie Sie sind es, die erst Gerechtigkeit ermöglicht haben. Sonst gäbe es nur Rache.«

Tränen waren auf von Leders Wangen.

»Gute Nacht.«

»Gute Nacht, Herr Baron.«

Um 13 Uhr 15 an diesem Tag, mitteleuropäische Zeit, malte eine Frau an dem Porträt eines Mannes in dunkelgrauem Anzug mit roter Harvard-Krawatte. Der Mann hob die Hand an seinen Kopf und schloß die Augen. Um 15 Uhr 35 war er tot. Das geschah in Warm Springs, Georgia, und es war 16 Uhr 50 Washingtoner Zeit, ehe man Mrs. Roosevelt benachrichtigte.

Um die gleiche Zeit war der Vertreter des Internationalen Rotkreuz-Komitees in Oranienburg, dreißig Kilometer nördlich von Berlin angelangt. Tränen liefen über sein Gesicht, während ein Mann in rasender Wut auf ihn einschrie. Der Mann war SS-Standartenführer Keindel, und seine Stimme war gerade noch zu hören über dem Toben und Brüllen der Kanonen Schukows, 15 Kilometer östlich von Berlin. Vierzigtausend Menschen fielen in noch tiefere Apathie und Verzweiflung, als der SS-Mann verächtlich die Weigerung hinausbrüllte, seine Gefangenen dem Schutz des Roten Kreuzes zu übergeben. Er war der Kommandant von Sachsenhausen.

Fast zur gleichen Zeit stand in Klossen, einem kleinen Ort am Ostufer der Elbe, ein einzelner ölbespritzter russischer Tank, ein T-34 auf dem Marktplatz. Bei ihm waren acht Russen mit den schwarzen Helmen des Panzerkorps. Auf dem regenglänzenden Pflaster lagen Flaschenscherben. Sie hatten eine junge Deutsche, an deren Röcke sich zwei kleine Kinder klammerten, gegen die Panzerseite gedrängt. Eine Gruppe von neun oder zehn Zivilisten sah schweigend zu. Der Kopf des Mädchens wurde nach hinten gebogen, und sie stießen ihr eine Flasche in den Mund. Die meisten waren betrunken, aber sie trugen noch ihre Waffen. Zwischen ihrem Gejohle waren die Schreie der Kinder zu hören, und dann hob ein Feldwebel eines von ihnen wie ein Lumpenbündel hoch und schmetterte es gegen die Panzerkette. Die anderen lachten, als er den Säugling auf die gleiche Weise tötete. Dann wurde das Mädchen zu Boden gestoßen und sie vergewaltigten sie der Reihe nach, während die kleine Gruppe wie gelähmt zuschaute.

Überall in Deutschland flogen die Vögel heim ins Nest.

Das Mädchen erwachte kurz nach Tagesanbruch. Draußen peitschte der Regen nieder, und sie hatte sich noch nicht ganz aufgesetzt, da schloß sie die Augen und legte sich wieder in die Kissen zurück. Er setzte sich auf die Bettkante und betrachtete das verquollene Gesicht. Nach einer kleinen Weile sagte er leise: »Wie geht es dir?« Sie bewegte ein wenig den Kopf, und Sekunden später merkte er an ihrer Atmung, daß sie schlief.

Felinski hörte am Mittag die BBC-Nachrichten und erfuhr, daß Feldmarschall Model im Ruhrgebiet eingeschlossen war. Nun konnte es nicht mehr lange dauern. Aber es dauerte.

Felinski schlief auf Wolldecken vor dem Kamin, und als er wach wurde, saß das Mädchen eine Zigarette rauchend auf dem Bett und schaute ihn an. Er stand auf und ging zu ihr.

»Wie fühlst du dich?«

»Schon viel besser.«

»Was von Woronow gehört?«

Sie schüttelte den Kopf. »Gar nichts. Ich wollte zu ihm – das Haus war zerstört.«

»Wie zerstört?«

»Nur die Fassade stand noch.«

»Was ist mit dir passiert?«

»Ich ging zum Bahnhof, und es gab eine Explosion. Ich verlor das Bewußtsein. Als ich wieder zu mir kam, bin ich hierher, das war ein langer Weg.«

»Woher wußtest du, wo ich bin?«

»Woronow hat es mir gesagt.«

»Woher wußte er es?«

»Er hat dich verfolgen lassen.«

»Wer hat mich verfolgt?«

»Ein hiesiges Parteimitglied.«

»Du meinst ein KPD-Mann?«

Sie nickte. »Ja, er hat Woronow in der Anfangszeit auch manchmal Geld gegeben.«

Der Mann hörte sich durchaus sicher an. Offenbar hatte Woronow seine Ausbildung geschluckt, auch wenn er es mit den Regeln nicht so genau nahm.

»Was meinst du, was mit Woronow passiert ist?«

»Ich glaube, er ist tot.«

Felinski sah sie an. Er entdeckte keinen Hinweis auf ihre Gefühle in dem zerschundenen Gesicht, als sie seinen Blick erwiderte.

Sie aß Suppe und Kartoffeln und trank ein Glas Milch, während er ihr berichtete, was draußen in der Welt geschah.

Eine Stunde später stand er mit dem Mädchen vor der Hüttentür. Frühnebel verhängte die Kronen der Bäume und wälzte sich zwischen den starken Ästen. Vögel sangen, und die übrige Welt schien tödlich still. Man hörte nichts als die Geräusche des Waldes und seiner natürlichen Bewohner. Nach einer Weile fror das Mädchen, und er führte es wieder hinein ans Feuer. Als sie dort saßen, sagte sie: »Das soll einer verstehen. Hier drin ist es friedlich und warm, und es gibt genug zu essen. Aber draußen bringen sich Tausende von Leuten gegenseitig um.« Sie schaute ihn an. »Es ist grauenhaft.«

»Ich kümmere mich um dich.«

»Ich habe nicht an mich gedacht.« Und sie barg ihr Gesicht in den Händen und schluchzte.

»Ist es Woronow?«

Sie sah mit tränennassem Gesicht zu ihm auf und nickte. »Woronow und die ganze Welt. Wir sind lauter verrückte Tiere.«

6

Wie in einer Oase der Zeit verlebten sie die nächsten fünf Tage friedlich. Es schien ungefährlich, im Wald spazierenzugehen, und für April war es sonnig und warm. Felinski hielt Funkkontakt mit London und liebte das Mädchen auf ihren Wunsch leidenschaftlich und oft. Aber sie waren gerade beim Essen, als die Tür aufgestoßen wurde und die zwei Soldaten hereinkamen.

Beide waren groß und jung, ihre Uniformen schmutzig und zerrissen. Beide trugen Thompson-MPs. Der mit den Sergeantenstreifen hatte herübergesehen und die MP unbestimmt in ihre Richtung geschwenkt.

Der Corporal sagte: »Schau mal die Lady, Sarge. Hat die einen Vorbau.«

Der Sergeant kaute Kaugummi und sagte: »Raus«, wobei er mit der Waffe zur Tür winkte, aber seine Augen blieben auf dem Pullover des Mädchens. »Raus«, wiederholte er.

Felinski stand nicht auf. Er sah auch nicht zu den Soldaten hin, als er auf englisch sagte: »Ich weiß nicht, wer Sie beide sind, aber auf jeden Fall möchte ich, daß Sie Ihrem Einheitsführer melden, daß ich ihn gern treffen und mich mit ihm unterhalten würde.« Er wischte mit einem Stück Brot die letzten Reste ausgelassenen Specks von seinem Teller, dann erst stand er auf. Er ging zu dem Sergeant hinüber; der legte die MP an und stieß ihm den Lauf vor die Brust. Seine verschlagenen Augen hielten Felinskis starrem Blick stand und blinzelten erst, als der Corporal sagte: »Trau ihm nicht, Sarge. Das ist ein Kraut, wie die Drecksäue in den Ardennen. Hab ich recht? Ich bring ihn raus, und du amüsierst dich mit der Lady. Danach komme ich dran.«

Der Sergeant zögerte und sagte dann zu Felinski: »Nimm die Pfoten hoch, Schweinskopf. Ganz hoch.«

Es rasselte nur ein wenig, als Felinskis Arme heraufkamen, aber er stand da mit der MP in beiden Händen, zielte auf den Corporal, und es war, als sei gar nichts passiert. Es hatte keinen Kampf gegeben, aber die Waffe hatte den Besitzer gewechselt. Sein Finger kontrollierte den Sicherheitshebel. Der Corporal machte eine ungeschickte Bewegung, und Felinski gab drei Schüsse ab. Keine Salve, nur drei Schüsse. Der erste traf die Hand des Corporal, und der zweite schlug ihm die Maschinenpistole aus den Händen. Der dritte klatschte in die Tür. Felinski forderte das Mädchen auf, ihm die heruntergefallene MP zu geben. Er klemmte sie unter den linken Arm, griff nach dem Magazinhalter und riß das Trommelmagazin heraus. Er schüttelte es. Es war halbgefüllt, und er drehte den Spannknopf und lächelte, als er die Schießfelder blockieren hörte. Er gab die Waffe dem Sergeant und sagte: »Kommen Sie fremden Leuten nie mit einem Schießgewehr zu nahe, Sergeant. Manche haben das nicht gern.« Er wandte sich an das Mädchen: »Lise, du nimmst die MP hier. Du sperrst hinter mir ab. Das Ding ist entsichert. Sollte irgendwer durch diese Tür kommen, erschießt du ihn, und wir klären die Einzelheiten nachher. Wenn ich wiederkomme, rufe ich dich.«

Und er winkte die beiden zur Tür hinaus und wartete, bis von innen abgeschlossen war. Sie gingen zu dem großen Haus, und als sie die Freitreppe erreichten, sagte er: »Gut, Sergeant. Gehen Sie rein und melden Sie Ihrem Kommandeur, daß ich ihn sprechen möchte. Danach sollten Sie die Hand des Corporals versorgen lassen.«

Einige Minuten später kam ein Offizier heraus. Er hatte graues Haar im Bürstenschnitt und trug einen Oberstleutnantstern. Felinski salutierte und sagte: »Major Felinski, Sir. Britische Armee im Sondereinsatz. Meine Papiere, Sir.« Die militärische Förmlichkeit schien den Colonel zu beeindrucken, und er sah die Unterlagen sorgfältig durch. Er verglich Felinskis Gesicht mit dem Paßfoto. Dann gab er die Papiere zurück, legte die Hände in die Hüften und nickte Felinski zu. »Okay, Major. Sie müssen zum G2. Brauchen Sie etwas zu essen, bevor wir Sie hinbringen?«

»Nein, Sir, das ist nicht nötig. Aber ich habe eine Kollaborateurin bei mir, eine junge Deutsche, die mitkommen muß. Außerdem möchte ich Sie bitten, für Baron von Leder hier im Haus besondere Vorkehrungen zu treffen.«

Der Colonel nickte langsam, seine hellblauen Augen betrachteten Felinski mit einem Anflug von Respekt. »Die Division hat mich auf ihn hingewiesen. Und von Ihnen habe ich wohl auch schon gehört. Wurden Sie mit dem Fallschirm abgesetzt?«

»Ja.«

Das harte Gesicht war auf einmal freundlich, und eine große Hand ergriff die von Felinski. »Hören Sie. Warum holen Sie nicht das Mädchen, und wir feiern erst mal?«

Felinski lächelte. »Schönen Dank, Colonel, aber ich darf auf das Mädchen keine Aufmerksamkeit lenken. Und ich glaube, von Leder sollten Sie behandeln, als wäre er verhaftet. Zumindest vor seiner Familie und seinem Personal.«

»Geht in Ordnung, Major. Genau das habe ich getan. Er ist unterwegs zum G2. In einem Lastwagen. Ich schlage hier mein Hauptquartier auf, so daß ich sie alle im Auge behalten kann. Was haben Sie nun vor?«

»Wo ist die nächste britische Einheit?«

»Das weiß ich nicht genau. Lassen Sie mich nachsehen.«

Der Colonel überließ ihm seinen beschlagnahmten Mercedes und seinen Fahrer. Sie fuhren zu der Hütte zurück, und er packte die Habseligkeiten zusammen. Das Mädchen hatte seinen Strohkoffer, Felinski hatte eine Tasche und sein Funkgerät. Er vergewisserte sich noch einmal, daß nichts zurückgeblieben war, und ohne Bedauern schloß er die Tür und sperrte sie ab.

Am späten Abend waren sie im Hauptquartier des 30. Korps und am Mittag des folgenden Tages in London. Ein lächelnder Franks hatte sie auf dem Flugplatz in Tempsford abgeholt.

Am letzten Tag der Nachbesprechung hatte er gerade müßig aus einem der Fenster gegenüber Whitehall geschaut, als eine Spitfire am wolkenlosen blauen Himmel Siegesrollen vollführte. Ihr Pilot hatte sehr gut geschätzt. Der nächste Tag war der Tag des Sieges.

Franks schien auch in Zivilkleidung nichts von seiner Autorität einzubüßen, wie er so vorgebeugt, mit aufliegenden Armen am Tisch saß. Seine rechte Hand war damit beschäftigt, einen Bleistift auf der Schreibunterlage hin und her zu rollen. Er sah Felinski aufmerksam an.

»Ihr Geld beim SIS wäre steuerfrei, Stephen, und das ist einiges wert.«

»Ja, ich weiß.«

»Sie hätten die Wahl zwischen Frankreich und Deutschland.«

Felinski schüttelte den Kopf. »Es ist mir wirklich Ernst. Ich habe mich entschieden. Mir reicht es. Jedenfalls vorläufig. Der Krieg in Europa ist vorbei, und ich möchte wieder Zivilist sein. Vielleicht kann ich mich ja später noch mal an Sie wenden.«

»Sicher. Wir bleiben wahrscheinlich sowieso mit Ihnen in Verbindung. Haben Sie schon eine Vorstellung, was Sie machen wollen?«

»Nein. Ich muß mich erst einmal ein bißchen umsehen. Mich umtun. Was wird aus dem Mädchen?«

Franks sah zu Felinski auf, zögerte einen Moment, wie um keine Unvorsichtigkeit zu begehen und sagte dann: »Wenn Sie gefühlsmäßig an ihr interessiert sind, Steve, setze ich Sie sofort mit ihr Verbindung. Ist es nur körperlich, würden Sie ihr wohl einen Gefallen tun, wenn Sie sie vergessen. Sie hat es im Augenblick schwer genug.«

»Ich wollte nur wissen, ob man sich um sie kümmert und ob sie Pläne für die Zukunft hat.«

Franks nickte. »Schön. Sie haben ein Recht darauf, das zu erfahren.

Finanziell ist sie versorgt. Sie erhält eine Pauschalsumme und eine Rente. Sie bekommt die britische Staatsbürgerschaft und überlegt jetzt noch, ob sie nach Spanien oder nach Kanada geht. Ich glaube, es wird Spanien. Psychisch ist sie in einem schlimmen Zustand. So etwas gibt sich mit der Zeit, aber wir bemühen uns, das Verfahren abzukürzen. Ich glaube, wenn sie von allem, was mit dem Krieg zusammenhängt, ferngehalten werden kann, findet sie schnell wieder zu sich. Sie hat Sie gemocht – und sie hat Woronow gemocht. Jetzt braucht sie wirklich Leute um sich, die sie einfach nur als hübsches Mädchen kennen. Leute, die nicht tief in den Krieg verstrickt waren.«

»Und von Leder?«

Franks lehnte sich zurück und spielte wieder mit dem Bleistift. Er schürzte die Lippen, bevor er sprach. »Tja, das ist wirklich eine böse Geschichte. Restlos enttäuscht, der Mann. Sein Gut gleicht einer Festung. Er hat jede Belohnung oder Unterstützung zurückgewiesen und setzt sich außerdem über alle Vorschriften der Militärregierung hinweg, die ihm nicht passen. Wir würden ihm das ja gerne durchgehen lassen, bloß er ist eine einflußreiche Persönlichkeit, und die anderen richten sich nach ihm.«

»Könnte ich helfen?«

Franks sah auf und schüttelte langsam den Kopf. »Ich fürchte nein, Steve. Wir haben eine leise Andeutung in dieser Richtung gemacht. Er sagte, er würde Sie erschießen, wenn Sie auch nur einen Fuß auf sein Land setzen.«

»Bereut er, daß er uns geholfen hat?«

»Schwer zu sagen. Nein, ich glaube, das steckt nicht direkt dahinter. Eher eine tiefe Enttäuschung, daß die Risiken, die er eingegangen ist, seinen Landsleuten anscheinend nichts genützt haben. Betrachtet sich als Verräter. Wäre sein großer Familienanhang nicht, würde er sich an den Pranger stellen.«

»Was kann man für ihn tun?«

»Nicht viel. Ihn davon abhalten, daß er etwas wirklich Dummes tut, und hoffen, daß er sich beruhigt.«

Wenn man in den Nachkriegsjahren Einkünfte aus zweitausend Morgen Landwirtschaft hatte, brauchte man eigentlich nicht zu arbeiten. Noch nicht einmal, wenn einem nur die Hälfte des Einkommens gehörte.

Große Gesellschaften hatten sich den harten jungen Mann angesehen, der zu ihren Vorstellungsgesprächen erschien. Der Kriegsverdienstorden gefiel ihnen, aber das Privateinkommen behagte ihnen nicht. Und irgendwie konnten sie den Mann nicht einordnen, der in Harrow und Christ Church gewesen war, dessen Englisch besser war als das ihre und dennoch mit einem Namen wie Felinski verbunden. Obwohl seine polnische Herkunft hundert Jahre zurücklag, war sie keinem ganz geheuer. Einige waren immerhin so interessiert, daß sie fragten, wo den Polen sei.

Nach und nach lösten sich die Familienbande und verloren sich die Freundschaften. Der Mann, der zurückgekehrt war, schien zu alt, zu selbstgenügsam. Als ob er sich der Gemeinschaft verweigerte, ohne sich gegen sie zu stellen. Es war das Verhalten eines Menschen, der im Zentrum eines Sturms die Ruhe wahrt. Es war das Auftreten eines Mannes in unfreundlichem Land, ein Gesicht, das sich verschloß, damit es nichts verriet.

Einige Jahre lang pflanzte er Mutterkraut in Kenia, und nach »Uhuru« folgten zwei Jahre als weißer Jäger. Bei einem dreimonatigen Urlaub in England hatte Felinski eine Woche in Rye eingeplant. Das Schild. »Zu verkaufen« vor der Farm hatte er am letzten Tag gesehen. Die Versteigerung fand in der darauffolgenden Woche statt, und die Gebote kamen Schlag auf Schlag. Felinski stieg erst bei 30000 Pfund ein. Bei 32000 gaben die Einheimischen auf, und das Anwesen gehörte ihm. Er schien gar nicht hinzuhören, er nickte einfach, woraus zu schließen war, daß er es um jeden Preis haben wollte. Nur aus Jux gingen sie noch 500 Pfund höher und überließen es ihm dann. Wieder so ein Stadtfrack, der beidhändig Geld in eine mittelmäßige Farm steckte. Ihnen sollte es recht sein. Sie hatten sie kommen und auch wieder gehen sehen. In ein paar Jahren, wenn ihm das Geld ausging, würden sie zugreifen. Das kannten sie schon. Sollte der Gimpel ruhig ein paar neue Scheunen und fabrikfrische Maschinen ranschaffen. Sie würden dann unter sich ausmachen, wer das alles bekam, und es unter dem Preis kaufen, den der Grünling bezahlt hatte. Romney-Marsh-Schafe sind tüchtig im Überleben, und für Romney-Marsh-Farmer gilt ungefähr das gleiche.

ZWEITER TEIL

7

Es war die Zeit im Oktober, die bei den englischen Farmern »St. Lukas' kleiner Sommer« heißt, weil sie oft ein kleiner Sommer für sich ist. Und St. Lukas oder nicht, es regnete Bindfäden. Die flache Landschaft der Romney-Marschen ist selbst wenn die Sonne scheint nicht für ihre Schönheit berühmt, und bei diesem Regen sah sie öde und wenig verlockend aus. Der Himmel war ein eintöniges, stumpfes Grau, im Westen eher schwarz und drohend. Wasserlachen standen auf den flachen Feldern, wo die Maulwurfsgänge nicht genügten, um den Niederschlag abfließen zu lassen, und ein kleines Auto war auf die zehn Morgen große Wiese gefahren, damit seine Insassen, verspätete Ferienausflügler, ihr Sandwich im Grünen essen konnten. Felinski beobachtete sie, und als er die tiefen Furchen sah, die die Räder in die Wiese gegraben hatten, wandte er sich dem Mann zu, der an dem Tisch aus Kiefernholz saß. »Ich glaube, Städter werden nie und nimmer begreifen, daß Gras ein Getreide ist.«

Der Mann sah lächelnd auf. »Diese Jahresbilanz ist gut, Steve, wie man's auch dreht und wendet.«

»Ansichtssache.«

»Du verdienst doch an allem, Steve – Schafe, Geflügel, Obst, Saat und Kartoffeln. Sogar über Durchschnitt.«

»Klar verdienen wir.«

»Also, was nörgelst du dann?«

»Hab' ich genörgelt?«

Der andere Mann lachte. »Nein, aber herumgestanden, als hättest du es vor.«

Felinski lächelte. »Du bist ein Fuchs, Mason junior, genau wie dein Alter.«

»Hör zu. Du machst gute Gewinne, ganz gleich, wie du's drehst – Ertrag pro Hektar oder Ertrag aus angelegtem Geld. Du bist wahrscheinlich der einzige Farmer in der Gegend, der sein Konto nicht überzogen hat.« Er widmete sich seinen Unterlagen und sah dann zu Felinski hinüber. »Steve, du hast vierzigtausend auf der Bank oder anderweitig investiert. Die Farm ist runde dreihunderttausend wert, vom Vieh abgesehen. In diesem Jahr hast du zehntausend rausgeholt. Was ist eigentlich los?«

Felinski seufzte und setzte sich an den Tisch. »Ich glaube, ich langweile mich.«

»Weißt du, was dir fehlt?«

»Was denn?«

»Eine Frau.«

»Ich habe doch eine Frau, Herrgott noch mal.«

»Lavender?«

»Ja.«

»Warum heiratest du sie dann nicht? Sie ist das hübscheste Ding im Umkreis von Meilen. Sie wäre eine gute Ehefrau, und sie betet dich an.«

Felinski schüttelte den Kopf. »Ich bin zu sehr Einzelgänger, um zu heiraten. Außerdem bin ich über fünfzig, und sie ist zweiundzwanzig.«

»Lieber Himmel. Du bist robuster und gesünder als die meisten Männer, die nur halb so alt wie du sind. Ihr wäre das jedenfalls schnurzegal.«

Felinski griff nach den Geschäftsbüchern. »Sie ist ein gutes Ding«, sagte er, um das Thema zu beenden. Aber Mason überging die ausgestreckte Hand, sah Felinski aufmerksam an und sagte: »Findest du sie nicht anziehend, Steve?«

Felinski lachte verblüfft. »Klar tu ich das. Sie ist eine Wucht. Na und?«

Mason faßte sichtlich Mut und sagte: »Wenn du sie nicht heiraten willst, kannst du doch wenigstens mit ihr schlafen. Täte euch beiden gut.«

Felinski warf rot vor Entrüstung den Kopf hoch. »Das gibt's doch nicht. Ausgerechnet du, ein angesehener, achtbarer Steuerberater, schlägt mir vor, daß ich mit einem Mädchen, das nur halb so alt wie ich bin, schlafe, anstatt es zu heiraten. Sie ist die Tochter des Pfarrers, Herrgott noch mal.«

Mason blieb unbeirrt. »Wenn nicht du, dann pudert sie irgendein anderer. Sie ist die Pfarrerstochter, nicht der Pfarrer; und die halbe Grafschaft streunt um sie herum. Für mich steht außer Zweifel, daß du ihr lieber wärst.«

»Reden wir mal über die Zufahrt.«

»In Ordnung. Rede.«

»Wir müssen jede Woche sieben Tonnen Hühnermist aus den

Legehallen abführen, und Foremans Laster braucht doppelt so lange wie vorgesehen, um die Silos aufzufüllen. Noch haben sie sich nicht beschwert. Das steht aber an.«

»Wie hoch wären die Kosten?«

»Auch wenn wir sie selber bauen, kommt es auf tausend. Sie muß einen Zwanzigtonner tragen.«

»Also, Steve, du betreibst die Farm doch sehr wirtschaftlich. Da sind ja nur Bill Weeks, du selbst und für die Eier Mrs. Weeks. Alles, was dazu beiträgt, das Leben zu erleichtern, ist ein guter Kauf. Ich würde mir einen Straßenbauer nehmen. Es lohnt die Mehrkosten.«

»Na schön. Dann laß uns jetzt noch mal den verdammten Aktienstand durchgehen.«

Und sie unterhielten sich noch eine Stunde lang, bevor sie zum Lunch im »Red Lion« nach Appledore fuhren.

Der Regen hielt bis Mitte des Nachmittags an, und Felinski hatte Schecks unterschrieben und verschiedene Telefonate erledigt. Jetzt stand er am Fenster, lauschte dem Freizeichen und sah hinaus auf die Farmgebäude. Das kleine Bauernhaus war um 1450 erbaut worden, aber in gutem Zustand geblieben. Es war komplett eingerichtet und hatte trotz seines einsamen Besitzers eine freundliche, warme Atmosphäre. Auf der anderen Hofseite befand sich eine Darre, in der Werkstatt und Ersatzteillager untergebracht waren, und daneben eine solide Scheune, die zum Lammen und zum Einlagern benutzt wurde. Die beiden ebenfalls soliden Ställe waren weiß getüncht, und aus einem sah er Bill Weeks die braune Stute herausführen. Der Mann bückte sich, um den Unterschenkel der Stute zu befühlen, den sie sich eine Woche zuvor bei der Jagd in Ashford an Stacheldraht aufgerissen hatte. Dann erhob sich Weeks, und als er wieder stand, winkte er jemandem. Es war das Mädchen. Sie schob ihr Fahrrad den ansteigenden Hof hinauf und lehnte es gegen die Stallwand. Sie unterhielt sich kurz mit Weeks, dann beugte sie sich runter, um das Bein der Stute abzutasten. Die Stute senkte den Kopf und wühlte mit der Schnauze in dem langen blonden Haar. Das Mädchen kam lachend hoch und schüttelte seine Mähne, sagte etwas zu Weeks, der auf das Haus wies, und überquerte den Hof. Er kannte sie, seit sie vierzehn war, und schon damals war Lavender Coombs eine Schönheit gewesen. Jetzt gingen ein großzügiger, kluger Geist und eine lebhafte Persönlichkeit mit dem hübschen Gesicht und dem wohlgeformten Körper einher.

Als sie am Fenster vorbeikam, sah sie ihn und winkte. Wie gewohnt ließ sie sich selbst ein.

»Hallo, Dicker. Die Stute sieht wieder gut aus.«

Er legte den Hörer auf und drehte sich zu ihr um. »Hallo, Dünne. Du siehst auch gut aus.«

Sie setzte sich bequem in einen der großen Lehnsessel.

»Und was verschafft mir die Ehre dieses Besuchs?«

»Oh«, sagte sie, »dein magnetischer Charme und eine Nachricht von Mutter. Sie läßt fragen, ob du heute abend mit uns ißt.«

»Hat jemand abgesagt?«

»Nein, du Miststück, so was macht meine Mutter nicht, und das weißt du ganz genau. Sie denkt, der einsame Junggeselle könnte mal eine Abwechslung brauchen von seinen pochierten Landeiern.«

»Ich mach uns was zu trinken.«

Als er in der Küche den Tee in den Tassen umrührte, rief er zu ihr hinaus: »Lav – gehst du nach dem Essen mit ins Kino?«

»*Nenn* mich nicht so, du Affe. Welches Kino – wo?«

»In Tunbridge Wells.«

»Ho, ho. Die Großstadt ruft. Was läuft denn?«

»Doktor Schiwago.«

»Noch mal?«

»Noch mal.«

Er kam mit den dampfenden Tassen herein, und sie lächelte. Sie sagte: »Das wäre schön, Steve. Weißt du noch, wie wir es letztes Mal gesehen haben?«

Er nickte. »Das hier ist deiner – voll dickmachendem Zucker.«

»Dad kommt mit seiner Predigt nicht weiter. Er erwartet Hilfe von dir.«

»Von mir?«

»Ja. Er sagt, du gäbst einen guten Pfarrer ab. Das liegt an deinem verschlossenen Gesicht. Hörst dir die ganzen Lügen an und schweigst. Wiegst uns alle ab und befindest uns für zu leicht.«

Er sah zu ihr hinüber und schwieg.

Sie sagte: »Jetzt tust du's gerade, du Laus.«

»Eigentlich dachte ich nur, wie hinreißend du bist.«

»Um so schlimmer.«

Er lächelte sie an. Sie lehnte lässig in dem Sessel, ihre langen Beine in den engen verwaschenen Bluejeans einladend geöffnet, während sie sein Lächeln erwiderte. Das Blau ihrer Augen war ein ungewöhnliches Blau, leuchtend wie Kornblumen, und ihr Mund groß und üppig, die volle Oberlippe bedeckte niemals ganz die beiden Vorderzähne. Als Geste an ihren Vater ging sie selten ohne BH, doch ihr Pullover war zwei Nummern zu klein und betonte nur die Wölbung ihres Busens. Sie grinste, als sie sprach.

»Dicker, so starrt man doch nicht auf die Möpse einer Dame. Ein flüchtiger Blick ist okay, aber doch nicht das Gewicht abschätzen wie auf einem Kirchenbasar.«

»Du irrst dich, Herz. Ich hab auf deine Beine gesehen.«

»Was magst du lieber?«

»Wie meinst du das?«

»Was dich anmacht – meine Möpse oder meine Beine?« Er legte die Hände auf die Knie, als sei er im Begriff aufzustehen. »Willst du wirklich wissen, Miss Coombs, was mich anmacht?« Sie nickte.

Er sagte langsam: »Ich habe oft ernsthaft darüber nachgedacht, aber ich kann mich noch immer nicht entscheiden. Meistens sind es entweder deine Augen oder dein Mund. Die wechseln sich an der Tabellenspitze ab.«

»Du sagtest ›meistens‹.«

»Ah ja. Also, was mich *immerzu* anmacht, ist deine Offenheit.«

Und er stand auf, nahm die beiden Tassen und ging in die Küche.

Sie war fort, als er wieder zurück ins Wohnzimmer kam.

Felinski schwenkte den weißen MGC aus Tenterdens langgezogener Hauptstraße und fuhr Richtung Wittersham. Bei weniger als fünf Zentimetern Luft unter dem Auspuff achtete er daher, die vielen buckligen Brücken langsam zu überqueren. Als er durch das Farmtor einbog, hörte er Max, den deutschen Schäferhund, lautstark zur Begrüßung bellen. Nachdem er das Auto in der Scheune abgestellt hatte, ging er zu den vier großen Legehäusern hinüber. Die Hühner hatten lange Tage, und das Licht brannte noch. Jede Batterie umfaßte viertausend Hennen und war erfüllt vom Lärm ihrer emsigen Futteraufnahme. Er schritt langsam die Gänge hinunter. Sie waren an ihn gewöhnt, und die energisch pickenden Köpfe hatten kaum einen Blick für ihn. In den meisten Abteilen lagen zwei bis drei Eier, vorwiegend große und mittlere. Ein guter Züchter wie Weeks war ohne Frage entscheidend. Einer der Trinknippel funktionierte nicht, wurde ärgerlich von einer Henne angepickt, und er hob die Hand und richtete den Schlauch. Wahrscheinlich hatte sich Luft darin gestaut. Jetzt lief das

Wasser wieder, und die Henne pickte nach dem dicken Tropfen, der sich an dem Nippel bildete. Alles war sauber und desinfiziert, die Ventilatoren sorgten für frische Luft. Er kontrollierte alle Türen und ging dann langsam nach Haus.

Der Himmel war jetzt klar, mit einem vollen goldenen Oktobermond. Hinter den Feldern sah er die hellen Tupfer der Schafe. Die Lämmer, die er behalten hatte, waren inzwischen größer als die Muttertiere.

Max bellte noch immer, und Felinski lachte rauh, als der Hund bei seinem Eintritt sogar knurrte. Er gab ihm frisches Wasser und beruhigte ihn mit ein paar Klapsen, ehe er die Küchentür schloß und ins Wohnzimmer ging. Er schätzte, daß es gegen Mitternacht war, und um sechs mußte er aufstehen. Aber es war ein netter Abend gewesen, und er fühlte sich zu einem letzten Whisky und etwas Musik aufgelegt. Er knipste das Licht über dem Stereogerät an. Er suchte das Schubert-Trio, Opus 99, heraus, und als sich der Tonarm auf die Platte senkte, wartete er und hörte erst einmal zu. Nachdem das Cello die Führung übernommen hatte, drehte er sich um und ging zu dem kleinen Eckschrank aus Eiche hinüber. Er war gerade dabei, sich den Whisky einzugießen, als er den Mann in dem Sessel am Kamin sitzen sah. Langsam stellte er das Glas ab und danach die Karaffe. Aber er ließ den Mann nicht aus den Augen.

»Okay. Sie haben Ihren Spaß gehabt. Wer sind Sie?«

»Major Felinski?«

»Ich bin Felinski. Wer sind Sie?«

»Mein Name ist Maxwell, ich bin CIA-Mann, und Franks empfahl mir, mich an Sie zu wenden. Colonel Franks vielmehr.«

»Warum sind Sie nicht normal hereingekommen?«

»Zum Teil, weil ich nicht wollte, daß es jemand weiß.«

»Und zum anderen?«

Maxwell grinste. »Zum anderen. Um Ihre Reaktion zu sehen.«

Felinski zeigte sich nicht belustigt. »Was wollen Sie denn?«

»Ihre Hilfe und Ihren Rat.«

Felinski sagte nichts, sondern wandte sich ab und füllte sein Glas. Als er sich wieder umdrehte, sagte Maxwell: »Es klingt vielleicht unverschämt in Ihren eigenen vier Wänden, aber einfacher wäre es, Sie würden Platz nehmen, damit wir uns unterhalten können.«

Felinski lehnte sich gegen die Wand und schaute Maxwell an. Er war ein mittelgroßer Mann von gedrungener Statur, mit kräftigen Schultern. Sein Gesicht unter dem Bürstenschnitt war braungebrannt. Die auf den Knien gespreizten Finger waren kurz, aber gepflegt. Er trug ein weißes Hemd und eine Fliege mit Punktmuster. Sein Anzug war konservativ, grauer Tweed, und seine schwarzen Schuhe blitzten. Felinski fühlte sich dunkel an etwas erinnert, aber er schob das beiseite und schwenkte den Whisky, schüttete ihn hinunter und setzte behutsam das Glas ab. Dann sagte er leise, ohne sich von der Stelle zu rühren: »Raus.«

Maxwell sah ungläubig drein. »Aber es ist *wichtig*.« Er blickte in ein eisiges Gesicht, in unerschrockene Augen, und seufzend stand er auf.

Felinski deutete mit dem Finger. »Da ist die Tür.«

Maxwell ging hinaus, und erst, als sich die Tür hinter ihm geschlossen hatte, rührte sich Felinski. Er öffnete die Küchentür und gab dem Hund freien Zugang zum Haus.

Etwa eine Viertelstunde später schlief er.

8

Er rasierte sich gerade und hörte den frühmorgendlichen Landfunk der BBC, als das Telefon klingelte.

»Lakers Farm.«

»Morgen, Stephen. Hier Franks. Wenn mich nicht alles täuscht, hatten Sie gestern abend Besuch.«

»Stimmt.«

»Anscheinend gab es einen kühlen Empfang für ihn. Kann ich vorbeikommen?«

»Natürlich.«

»Sagen wir, in zwanzig Minuten?«

»Sie werden länger brauchen. Etwa zweieinhalb Stunden.«

»Ich bin in Rye, Steve. Heute früh heruntergefahren. Ich habe ein Zimmer im Mermaid.«

»Hängt das alles mit gestern abend zusammen?«

»Ich würde Sie gerne mal sehen, Steve. Es ist lange her.«

Franks sah kahler, aber nicht älter aus; sein Händedruck war warm und sein Lächeln aufrichtig. Sie setzten sich an das lodernde Holzfeuer. Felinski sah auf seine Armbanduhr.

»Mein Personal wird um acht hiersein. Ich muß dann kurz unterbrechen, um sie anders einzuteilen, wenn ich heute vormittag nicht da bin.«

»Gern, Steve. Wie es Ihnen paßt.«

»Wer ist denn dieser Maxwell nun?«

Franks lächelte und schlug die Beine übereinander, wobei er in einer lässigen, fast wegwerfenden Geste seine Zigarette schwenkte.

»›Bevor wir von ihm reden, lassen Sie mich ein wenig zurückgreifen. Ziemlich weit zurück eigentlich. Erinnern Sie sich an Woronow, der in Hannover bei Ihrem Trupp war?«

»Sicher. Er starb bei dem schweren Luftangriff Ende März oder Anfang April.«

Franks schüttelte den Kopf. »Das stimmt nicht ganz. Oder vielmehr, er ist nicht gestorben. Er war nicht in Hannover, als es bombardiert wurde.«

»Wo war er denn?«

»Nun, er hatte sich überlegt, daß seine Beziehung zu Ihnen – zu uns – gefährlich sein könnte. War sich nicht sicher, was seine früheren Herren in Moskau von alledem halten würden. Sie waren sehr schießfreudig damals, wie Ihnen bekannt ist – sind es übrigens noch. Er reiste unmittelbar bevor an jenem Abend der Angriff auf Hannover begann, nach Berlin ab. Brauchte Tage, bis er dort ankam, und unsere Freunde waren tatsächlich noch vor ihm da. Er meldete sich im Berliner Hauptquartier des NKWD, und sie schoben ihn ziemlich rüde nach Moskau ab. Dort verfuhr man wie üblich – steckte ihn in eine Zelle in der Lubjanka und fand Monate später Zeit, ihn zu befragen. Anscheinend gelangten sie zu dem Schluß, daß Woronow alles in allem eine Art Held sei, und er wurde auf die Akademie in Frunse geschickt. Durchlief das volle Programm. Danach kam eine lange Arbeits- und Ausbildungszeit beim MWD, sprich Innenministerium, und schließlich wurde er Resident in Ost-Berlin. Für das KGB, versteht sich.«

Es klopfte an die Küchentür, und Felinski ging aus dem Zimmer. Franks schaute sich um. Es war ein völlig maskulines Zimmer. Nicht unbehaglich, aber zu ordentlich, zu steif. Es enthielt nicht ein Gemälde, keinerlei Dekoration, nichts, was einen Hinweis auf die Persönlichkeit des Bewohners gab. Und vielleicht, dachte Franks, war *das* der Hinweis. Als Felinski wiederkam, brachte er zwei Becher Kaffee auf einem Tablett mit. Das billige Blechtablett war mit ziemlich geschmacklosen roten Rosen bedruckt. Und dabei war der Mann vermögend, dachte Franks.

»Überrascht Sie das, Steve?«

»Mich überrascht, daß er nicht bei dem Angriff umgekommen ist, und ein bißchen überrascht mich seine Flucht. Der Rest ist nicht verwunderlich. Die Moskauer Zentrale hat nach dem Krieg von überall her die Leute zurückgeholt. Sie geht auch in den besten Zeiten etwas plump zu Werke. Bei guter Ausbildung wäre er ein erstklassiger Agent. Was ist aus dem Mädchen geworden?«

Franks lächelte. »Ach ja, das Mädchen. Die hat Sie ganz schön verehrt, Steve. Eine Zeitlang fragte ich mich, ob das nicht gegenseitig war. Wie auch immer, wir haben sie versorgt. Ein bißchen Gras über alles wachsen lassen. Sie ging nach Kanada. Besitzt jetzt eine hübsche Boutique dort. Ist mit einem Iren verheiratet. Ein paar Kinder hat sie auch.«

Felinski mußte an den nackten weißen Körper auf dem Bett mit Rikow denken . . . Er schüttelte den Kopf, und als er Franks' Erstaunen bemerkte, sagte er: »Entschuldigen Sie, mir war etwas eingefallen.«

»Ach so. Die Sache ist nun die, daß Woronow vor drei Monaten wieder einen Satz gemacht hat. Tauchte in West-Berlin auf und wandte sich an einen der dortigen CIA-Führer. Sie behandelten ihn freundlich, wenn auch vorsichtig, für den Fall, daß er eingeschleust war. Was er ausplauderte, war aber echt. Ganz ohne Frage, und schließlich entschieden sie sich, ihn zu verwenden. Er ist jetzt ein wichtiger Mann in einer ungewöhnlich wichtigen Operation, und hier kommen Sie ins Spiel.» Er sah hinüber zu Felinski, doch das Gesicht war ausdruckslos, die Augen ruhig. Er redete weiter: »Es handelt sich um eine Gemeinschaftsoperation unserer beiden Dienste – SIS und CIA. Maxwell ist verantwortlich für die CIA-Seite. Zählt da wirklich zu den Assen. Sehr erfahren.« Er wartete, doch es kam keine Reaktion. »Tatsache ist, daß Woronow Bammel gekriegt hat. Er denkt, Maxwell kennt sich nicht aus. Deshalb kam Maxwell zu Ihnen.«

»Ich wüßte nicht, wie ich ihm helfen sollte. Es ist sein Problem.«

»Nun, er und ich möchten es zu Ihrem machen, Steve. Nicht nur wir, sondern auch andere, wichtigere Leute.«

»Zum Beispiel?«

»Zum Beispiel der PM.«

Felinski krauste die Stirn. »Sie meinen den Premierminister?«

»Ja.«

Felinski ließ beide Hände auf die Sessellehnen krachen und stand auf.

»Der Premierminister hat noch nie von mir gehört, Herrgott noch mal.«

»Jetzt schon.«

»Weil ein CIA-Finsterling nicht mit einem russischen Überläufer fertig wird?«

»Nein. Nicht deshalb.«

»Weswegen dann?«

»Weil er Leggat zurückhaben möchte.«

»Leggat? Wer ist Leggat?«

»Otto Leggat.«

Und dann fiel der Groschen. Otto Leggat, Abgeordneter für einen der nordöstlichen Wahlkreise, war der Überläufer des Jahrzehnts gewesen. Sohn eines Bergmanns und einer Künstlerin. Cambridge-Diplom mit Auszeichnung. Jüngster Verteidigungsminister aller Zeiten, Stolz und Freude der Partei. Der Tory-Partei. Beliebt bei den Einpeitschern, beim Kabinett, bei seinen Abgeordnetenkollegen, bei der Hälfte der Opposition und bei allen Tory-Damen. Der begehrteste Junggeselle weit und breit.

Dann erfuhr die Nation eines Morgens beim Aufwachen, daß einer ihrer Kabinettsminister nach Moskau übergelaufen war. Die Schlagzeilen waren fett, groß und schwarz, der Tag ein Donnerstag, und in der Fragestunde des Premierministers ging die Opposition scharf ran. Der Premier selbst, der Innenminister und entgegen dem Protokoll der halbe Verwaltungsdienst wurden öffentlich durch den Wolf gedreht. Die Regierung der Vereinigten Staaten war entsetzt, und nirgends in der westlichen Welt behauptete jemand: »Ich hab's euch ja gesagt.« Denn effektiv hatte es niemand vorausgesehen. Das Durchblick-Team der *Sunday Times* brachte keine Artikel über Planung und Hergang der Flucht, und nach einigen Wochen sprachloser Bestürzung wurde Leggat öffentlich vergessen. Wie so oft nach einem schweren oder katastrophalen Schlag ließ der Westen die Rolläden herunter und widmete sich wieder den normalen Streiks, Morden und Staatsgefährdungen. Sogar hinter den Kulissen war nichts Genaues bekannt. Leggat war mit North-East Airlines nach Newcastle geflogen, und danach fehlte jede Spur von ihm. Er hatte sozusagen den Flugplatz nie verlassen. Doch es hieß, bei der Pressekonferenz im Kreml habe Leggat müde und abgespannt ausgesehen.

Felinski streckte die Hand nach Franks' leerem Becher, als er sagte: »Was hat das mit mir zu tun?«

»Woronow weiß, warum Leggat verschwunden ist. Und wie.«

»Ich höre.«

»Und Woronow kann ihn zurückbringen.«

»Und unsere Seite möchte ihn zurück?«

»Wir wissen, daß er uns sämtliche KGB-Netze hier im Land öffnen kann, ›legale‹ und ›illegale‹. Agenten, Konfidenten, Schläfer, Funkcodes, Funker, Treffs, tote Briefkästen, alles.«

»Weshalb holt ihn Woronow dann nicht?«

»Die Operation ist sehr gefährlich, Steve, das dürfte Ihnen klar sein. Woronow will es nicht für Maxwell und mit keinem außer Ihnen machen. Hat den Anschein, daß er Ihnen vertraut. Daß er glaubt, nur er und Sie können es schaffen.«

Felinskis Gesicht war ausdruckslos wie immer, aber er hatte aggressiv die Fäuste geballt.

»Damit wir klarsehen: Ich bin Farmer. Ich bin ein arbeitender Farmer, nicht so einer mit Hund und Spazierstock, und ich habe keine Zeit, mich auf derlei Spiele einzulassen, selbst wenn ich Lust und Laune hätte. Von allem anderen abgesehen, bin ich auch keine zwanzig mehr; ich bin alt, guter Mann. Zu alt für solche Kapriolen.«

Franks hob die Hand, um den Wortschwall zu bremsen. »Steve, ich weiß, wie Ihnen zumute ist. Mir ginge es genauso.«

»Aber Sie gehören wenigstens zur Branche. Es ist Ihr Beruf.«

Franks sagte ruhig: »Nein, Steve. Ich bin vor fünf Jahren ausgestiegen. Jetzt züchte ich Rosen in Surrey. Die haben mich heute nacht aus dem Bett gescheucht. Sie sind verzweifelt, und sie haben es eilig.«

»Die Eile verstehe ich immer noch nicht.«

»Natürlich nicht. Dürfte ich Ihnen erklären, warum es so drängt?«

Felinski stand da, die Hände in den Hüften, schaute auf den Mann, der noch immer die Ruhe selbst war, noch immer ruhig und gelassen redete, und er vermochte sein inneres Bild von diesem Mann nicht zu löschen. Dem Mann, der in monatelanger Arbeit dafür gesorgt hatte, daß jede Einzelheit von Felinskis Operation in Deutschland genauestens geplant war. Dem Mann, der ihn vor dem Abflug zittern und beben sah. Und dem Mann, dessen Name auf der Empfehlung stand, die ihn zu Major Felinski, Träger des Kriegsverdienstordens, gemacht hatte. Er setzte sich und nickte Franks zu.

»Okay. Erzählen Sie.«

»Gab es zu Ihrer Zeit schon etwas, das man die ›Sonderkollekte‹ nannte? Ich glaube nicht.«

»Nein. Davon habe ich noch nie gehört.«

»Nun, es ist ein sowjetisches Dokument. Eine Dokumentensammlung, um genau zu sein. Sie umfaßt die Ansichten des sowjetischen Verteidigungsministeriums, der Leiter der Militärakademie, des Generalstabs, der Militärplaner und anderer Experten in der Frage, wie der nächste Krieg zu führen sei. Die Sonderkollekte wurde 1960 ins Leben gerufen, und sie wird monatlich auf den neuesten Stand gebracht. Von Anfang an galt als Grundvoraussetzung, daß die Sowjets im *Fall* eines Krieges mit den USA als erste zuschlagen müßten. Das war der Ausgangspunkt. Es gab stets nur ein Land, gegen das sie bereit waren, einen Krieg anzufangen – nämlich die Vereinigten Staaten. Für alle anderen Eventualitäten – vor allem China – sind bloß Defensivpläne entwickelt worden.

Im Januar 1973 kamen die Sowjets zu dem Schluß, daß es unerläßlich sei, Europa zu neutralisieren, bevor ein Präventivschlag gegen die USA gelingen könne. Sie kamen ferner zum Schluß, daß eine Neutralisierung unseres Landes Europa als Ganzes neutralisiere. Danach könnten sie die USA jederzeit angreifen.

Wir haben von Woronow erfahren, daß die subversive Operation gegen unser Land sehr bald anlaufen wird. Daher sind unsere Leute tief besorgt, und die Vereinigten Staaten vermuten natürlich, daß jetzt der Vorhang aufgeht für gegen sie gerichtete Präventivschläge. Die russische Botschaft unterhält hier ein Agentennetz, und es gibt Anzeichen, daß noch zwei weitere bestehen. Eines, das von Paris, und eines, das von Dublin aus geleitet wird. Wir haben keine Ahnung, wie schnell sie glauben unser Land zugrunde richten zu können, aber wenn es ihnen gelingt, dann folgt laut Sonderkollekte automatisch der Atomschlag gegen die Vereinigten Staaten. Wahrscheinlich innerhalb von sechs Monaten.

Woronow ist für uns die Schlüsselfigur in dieser Sache, und wie gesagt, er will nur noch mit Ihnen zusammenarbeiten. Uns bleibt nichts übrig, als Sie um Hilfe anzugehen. Dabei können wir noch nicht mal einen Anreiz bieten. Sie sind ein vermögender Mann, Sie haben Arbeit, die Ihnen Spaß macht, also können wir nur fragen. Es besteht kein Zwang, Steve. Ganz und gar nicht.

»Und Leggat. Was spielt er für eine Rolle?«

»Leggat hat ihnen geholfen, es zu planen.«

»Weshalb will er dann zurück?«

»Bammel? Wer weiß? Ich denke mir, das fing als eine interessante Übung an, und jetzt sieht es auf einmal ganz real aus, ganz im Bereich des Möglichen. Vermutlich ist er seinerzeit aus Haß rübergegangen. Und Haß ebbt mit den Jahren ab. Am Ende erinnert man sich nur noch an die guten Seiten.«

»Sie haben noch nicht gesagt, daß ich diesem Land etwas dafür schulde, weil es meinem Urgroßvater Schutz und Zuflucht gewährt hat.«

»Stimmt. Und wir haben auch nicht die Absicht, das zu sagen. Ihre Familie hat diese Schuld mehrfach abbezahlt. Sie selber haben es im Deutschen Reich getan. Das ging gut aus, hätte aber leicht auch anders kommen können. Kein Zwang in dieser Hinsicht.«

»Was wissen wir über die KGB-Netze und ihre Pläne?«

»Oh, so einiges, so einiges. Wenn Sie die Sache übernehmen, hätten Sie jede nur denkbare Unterstützung. Darüber sind Sie sich wohl im klaren.«

»Was ist mit der Farm?«

Franks beugte sich vor und berührte Felinskis Knie. »Steve, das kann nur bedeuten, daß Sie es zumindest in Erwägung ziehen. Ich will Ihnen sagen, was Maxwell geplant hatte. Die Legende für Ihre zeitweilige Abwesenheit von der Farm sollte ein Austauschbesuch zwischen Ihnen und einem amerikanischen Farmer sein. Dafür haben sie einen echten Experten aufgetrieben. Der käme hierher, um die Farm für Sie zu verwalten. Selbstverständlich würden wir Sorge tragen, daß Sie mindestens soviel verdienen wie sonst auch, und er wäre berechtigt, alle wert- oder gewinnsteigernden Maßnahmen durchzuführen, die Sie gutheißen.«

Felinski lächelte, und Franks sagte: »Was ist, Steve?«

»Ich bin vermutlich der einzige Mann im Land, den man dazu bringen könnte, daß er für eine betonierte Farmzufahrt seinen Hals riskiert.«

Franks lächelte mit, doch er wußte, daß er alles gesagt hatte, was gesagt werden sollte.

Felinski stand auf und trat langsam an das große Fenster des Bauernhauses. St. Lukas war jetzt zur Geltung gekommen. Am blauen Himmel stand eine blasse Sonne. Über der großen Wiese kreisten Möwen und stießen herab, was bedeutete, daß an der Küste ein starker Wind ging. Er bemerkte ein humpelndes Schaf und nahm sich vor, Bill Weeks vor der Fußfäule zu warnen. Aber Mason junior hatte recht gehabt. Er langweilte sich. Probleme wie Fußfäule und Geflügelpest waren zwar völlig real, aber jahrein, jahraus tauchten die gleichen absehbaren Schwierigkeiten auf, und die gleichen alten Lösungen genügten. Beim Abendessen mit dem Pfarrer und seiner Familie war ihm aufgegangen, daß sogar sie noch mehr im Leben standen als er. Er hatte sich – wohl auf Grund seiner Ausbildung und seiner Erlebnisse im Krieg – tatsächlich zurückgezogen, und ihm wurde klar, daß er sich über die Besuche des Mädchens wirklich freute, es aber nicht fertigbrachte, das zu zeigen oder zuzugeben. Abrupt wandte er sich Franks zu, der sich im Sessel nach ihm umgedreht hatte. Er wußte, als er sprach, daß er impulsiv war, und das ging ihm gegen den Strich. Doch er wußte ebensogut, daß er wieder im Geschäft sein wollte. Es war wie ein Nachhausekommen.

»Wann soll ich anfangen?«

Franks stieß einen tiefen Seufzer aus. »Stephen, Sie ahnen gar nicht, wie erleichtert ich bin. Könnte Maxwell Sie morgen aufsuchen? Ich beeile mich hinzuzufügen, daß Sie das Unternehmen selbst leiten werden, aber er ist Ihre Verbindung zur CIA. Und er ist sehr fähig, das versichere ich Ihnen.«

»Sagen wir, Maxwell kommt morgen um die Frühstückszeit – so gegen acht?«

9

Eine Menschenmenge beobachtete auf dem Londoner Flughafen den Abflug der Tupolew TU-144. Sie hatte achtzehn Plätze Erster Klasse und zweiundachtzig in der Touristenklasse. Sie war am Freitag abend eingetroffen, Nonstop von Moskau auf ihrem ersten Linienflug, und Reporter und Fernsehteams hatten zugesehen, wie die fünfundzwanzig Passagiere die Stufen der hohen Gangway herunterstiegen. Wieder einmal hatten die Russen es geschafft. Die TU-144 sah für den Laien aus wie die Concorde. Flugexperten war das unterschiedliche Lufteinlaufsystem und die andere Stellung des Fahrwerks aufgefallen.

Sie nahm vierzig Passagiere mit zurück, und sie würde fünfundsiebzig Minuten nach dem Abflug von Heathrow in Moskau landen. Der Kontrollturm hatte sich geweigert, von den Startvorschriften abzugehen, und der Pilot drehte die vier Kusnezow-Strahltriebwerke auf, so daß das Boden- und Vorfeldpersonal sich in den Schutz der Flughafengebäude zurückziehen mußte. Als sie die Hauptrollbahn entlangdonnerte, waren nur wenige nicht beeindruckt.

Boris Yasnow zog die Vorhänge vor das Flugzeugfenster, öffnete seinen Plastikkoffer und prüfte noch einmal den Inhalt. Unterwäsche, Hemden, Rasierapparat und Krimskrams; Kamera, Parfüm, Seidenschals, zwei Kartenspiele und ein Dutzend Trockenbatterien. Die übliche Beute, wie man sie Freunden in Moskau mitbrachte. Der hellblaue Plastikordner, der für alle streng geheimen KGB-Papiere verwendet wurde, lag am Boden des Koffers, und seine beiden Ausweise trug er in der Innentasche.

In Moskau lag bereits dünner Schnee, so daß Yasnow in seinen neuen italienischen Schuhen vorsichtig auftrat. Wagen und Fahrer erwarteten ihn, und er wurde direkt zu seiner Wohnung in der Granowskistraße gebracht. Man hatte ihm das neue Appartement anläßlich seiner Beförderung zum Oberst zugeteilt. In dem Block waren Generäle und zwei oder drei Marschälle zuhause, darunter Schukow. Auch andere hohe KGB-Offiziere und einige vom sowjetischen Militärgeheimdienst, der GRU, wohnten hier. Als er das neue Appartement erhielt, hatte er zunächst geglaubt, er würde die Freiheit seines alten Domizils in der Puschkinstraße vermissen. Dort hatte er tun und lassen können, was er wollte, niemand achtete darauf. Bei all den hohen Tieren in der Granowskistraße konnte es vielleicht ein wenig prüde zugehen. Seine Befürchtungen hatten sich jedoch nicht bestätigt. Es wurde mehr gesoffen und gehurt als er für möglich gehalten hätte. Er fügte sich gut ein. Einer seiner Nachbarn war Iwanow, der für die GRU arbeitete. Er war stellvertretender Marineattaché in der Londoner Botschaft gewesen, bis er in den Profumo-Skandal verwickelt wurde. Iwanow hatte ihm einige Telefonnummern gegeben, die es ihm erlaubten, seine Besuche in London interessanter zu gestalten.

Boris Iwanowitsch Yasnow wurde am 23. April 1919 in Kiew, der Hauptstadt der Ukraine, geboren. Sein Vater war Armenier, seine Mutter Polin. Die Eltern trennten sich, als er sieben Jahre alt war, und er kam in ein staatliches Waisenhaus. 1937 wurde er Mitglied des Komsomol, 1939 Schüler an der Artilleriekadettenschule in Kiew. Er schnitt so gut ab, daß man ihn auf die Militärakademie von Frunse in der Kirgisischen SSR, unweit der chinesischen Grenze, schickte. Als er im Juli '41 von Berija, dem Chef des NKWD persönlich, in das

Volkskommissariat berufen wurde, stand fest, daß seine Laufbahn entweder sehr kurz oder sehr erfolgreich sein würde. Nach zwei Jahren war er stellvertretender Vorsitzender des 3. Direktorats, verantwortlich für strategische Spionage auf dem Gebiet der angloamerikanischen Länder.

Seine Einsatzerfahrung war breiter als die irgendeines anderen Mannes im KGB. Er hatte einen Ring geleitet, der unmittelbar über der mexikanischen Grenze von Mexicali aus operierte und Informationen über Verteidigungsanlagen von San Diego bis Santa Cruz beschaffte. Die Erfolge waren derart, daß man ihn als Chef des größten sowjetischen Agentennetzes in den Vereinigten Staaten nach New York holte. Von einem Fotoatelier in Brooklyn aus, hatte er Rudolf Abel und Reino Hayhanen gelenkt. Mit dem geschickten Einsatz von Gerda Munsinger, die in Montreal als Callgirl tätig war, hatte er 1966 den Wirbel um den stellvertretenden Verteidigungsminister Kanadas herbeigeführt. Außerdem enthielt Yasnows Personalakte im Zentralarchiv noch ein besonderes Lob. Es bezog sich auf seine Freizeitaktivität für das KGB – das Fotografieren von Grabsteinen auf New Yorker Friedhöfen, so daß der russische Geheimdienst die Namen und Daten für falsche Geburtsurkunden und Pässe verwenden konnte. Yasnow war nicht nur ein erstklassiger Intrigant, sondern auch Fälscher, und das KGB schätzte ihn hoch ein.

Als der betrunkene Hayhanen zur CIA-Niederlassung in Paris überlief und Abel als KGB-Oberst enttarnte, war Yasnow abgetaucht. Er war von New York nach Washington gegangen. Dort hatte er ein Netz zur Beschaffung von Informationen aus dem Pentagon aufgezogen und gesteuert, dessen Ableger in die CIA hineinreichten. 1969 war er nach Moskau zurückgerufen und zum Leiter aller Operationen in den Vereinigten Staaten und Großbritannien ernannt worden. Die meisten Agenten des KGB in Amerika und Europa waren keine Sowjetbürger, denn das System hatte seine Nachteile. Russen trugen derart große Scheuklappen, daß sie in einer freien Gesellschaft niemals unentdeckt bleiben konnten. Wie sollte man Jahre sowjetischer Propaganda über das Leben im Westen ungeschehen machen? Das war, als würde ein Polizist einen Autofahrer bei Rot über die Kreuzung winken. Als Oberstleutnant Prichodko einmal einen Vortrag im Seminar hielt, um sein Handbuch über »Besonderheiten der Agentenführung in den USA« vorzustellen, hatte er eine lange Liste amerikanischer Eigentümlichkeiten präsentiert, und Yasnow war der einzige unter den versammelten KGB-Gewaltigen, der bei der Feststellung, die meisten Amerikaner trügen zwei Nummern zu große Schuhe, in Gelächter ausgebrochen war. Hinterher war er, obgleich sie Takt gegenüber beiden Seiten bewiesen, gezwungen worden, sich bei Prichodko zu entschuldigen.

Im Juli 1973, bei der Sitzung zur Aktualisierung der Sonderkollekte, war das erste Anzeichen dafür aufgetaucht, daß die Partei den Militärs auf die Finger schaute. Das Präsidium des Obersten Sowjets hat seit Stalins Tod ganze fünfzehn Mitglieder, und es gibt grauhaarige Generäle und Staatsfunktionäre, die ihr Leben lang niemand davon zu Gesicht bekommen. Als nun zum erstenmal ein Präsidiumsmitglied an der Sonderkollektensitzung teilnahm, beschlich Männer, die große Macht ausübten, das Gefühl, ihre Überlegungen könnten unter Umständen vergeblich sein. Der Vertreter des Präsidiums hatte nichts zur Sitzung beigetragen. Er hatte unbeteiligt dagesessen, zwar zugehört, sich aber keine Notizen gemacht. Zu Beginn der Besprechung hatte man eine Frage an ihn gerichtet, nur um die Wetterlage zu prüfen. Er hatte nicht einmal geantwortet. Er hatte abweisend den Kopf geschüttelt und den Fragesteller kalt angesehen. Die Sitzung war schleppend zu Ende gegangen, und die versammelten höchsten Offiziere hatten nach und nach begriffen. Der Partei gefiel nicht, wie sich die Sonderkollekte entwickelte.

Fast genau im Osten Moskaus führt die Hauptstraße aus der Innenstadt unter der Ringautobahn hindurch, macht in Balaschika einen leichten Bogen nordwärts, und bei Besmenkowo reichen die Wälder schon bis an den Straßenrand. Fünfzehn Kilometer weiter, in Konio, befindet sich ein Stützpunkt der Roten Luftwaffe, doch unmittelbar vorher biegt eine Erdstraße genau nach Norden ab. Sie führt nach acht Kilometern zu dem kleinen Ort Kischkino, und am nördlichen Ortsausgang zweigt wieder eine Erdstraße ab, die sich in das kühle Innere des Waldes windet, bis sie nach anderthalb Kilometern einen See erreicht. An seinem Nordufer spiegelten sich jetzt die erleuchteten Fenster einer langegezogenen, niedrigen Datscha, und dort warteten die Marschälle Rudowski und Woroschilow auf den Vorsitzenden des Komitees für Staatssicherheit – des KGB. Es war knapp einen Monat nach der letzten Sonderkollektensitzung.

Erst gegen Mitternacht sahen sie endlich die Scheinwerfer seines

Wagens, der um das Seeufer bog. Wladimir Semitschastni war allein, und als man sich bequem um den niedrigen Teakholztisch gesetzt hatte, warteten die beiden Marschälle darauf, daß der KGB-Mann auf den Anlaß ihrer Zusammenkunft zu sprechen kam. Semitschastni hatte einen Fuß in beiden Lagern. Er war nicht nur Vorsitzender des KGB, sondern auch ersatzweises Mitglied des Präsidiums. So hatte es Chruschtschow in seiner Bauernschläue eingerichtet, um zu gewährleisten, daß das KGB wirklich der Kontrolle der Partei unterstand. Wenigstens war das seine Absicht gewesen, und die Notwendigkeit einer Probe aufs Exempel hatte sich nie ergeben. Das Präsidium traf alle Grundsatz- und zuweilen auch Einzelentscheidungen in sämtlichen Belangen der sowjetischen Militär-, Wirtschafts- und Außenpolitik. Aber das KGB hatte die Macht, in dem gleichen weiten Bereich völlig ungehindert zu ermitteln und zu handeln. Die Streitkräfte, die GRU, die Partei und sämtliche Komitees wurden rücksichtslos vom KGB überwacht. Und die Rote Armee mit ihren Kollegen von der Marine und Luftwaffe stellte den anderen großen Machtblock dar. Und diese drei Machtträger, die Partei, das Militär und das KGB, ähnelten riesigen Amöben, die sich unter dem fürchterlichen Druck ihrer jeweiligen Interessen ständig vervielfachten und teilten, zusammenschlossen und trennten.

Es war Woroschilow, der schließlich zart vorfühlte.

»Also, Wladimir, nun sagen Sie uns mal, was unsere Oberen im Sinn haben.«

Semitschastni setzte sein Glas ab und griff nach einer Zigarette. Er ließ sich Zeit beim Anzünden, lehnte sich in seinen Sessel zurück und stieß mit halb geschlossenen Augen den Rauch aus.

»Die Sonderkollekte gefällt ihnen nicht.«

Rudowski sagte: »Die ist doch seit einem Jahr im wesentlichen unverändert. Schon länger – seit achtzehn Monaten ungefähr. Warum jetzt dieser Aufstand?«

Semitschastni sah zu Rudowski hinüber. »Genosse Marschall, sie haben sich anders besonnen. Als der atomare Erstschlag gegen die Amerikaner noch ein Plan war, hatten sie nichts dagegen. Wenn daraus eine laufende Operation wird, *sind* sie dagegen. Aus meiner Unterredung mit Litkow ging klar hervor, daß sie Fracksausen haben. Er meinte wörtlich: ›Das geht zu weit. Die haben einen Plan in eine Operation verwandelt‹, und darum dreht sich das Ganze.«

Rudowski konnte seinen Zorn nicht verbergen: »Warum hat man

uns das denn nicht gesagt? Warum schickt man diesen Idioten Litkow in die Sitzung? Hockt da wie eine blöde Sphinx, sagt nichts, macht aber ein Gesicht, als wären wir Verbrecher oder böse Buben.«

Semitschastni lächelte und zuckte die Achseln. »Das müßten Sie doch langsam kennen, Genosse. Die Herrschaften wollen nicht, daß es an ihnen hängenbleibt, wenn sie die Sonderkollekte aufgeben und später feststellen, daß ihre taktische Alternative scheitert und die Amerikaner auf uns losgehen, obwohl wir ihnen hätten zuvorkommen können.«

»Und was zum Teufel ist ihre Alternative?«

Semitschastni warf einen Blick zu Woroschilow, sah ihn halb lächeln und blieb ruhig. »Genosse Rudowski, seit Monaten reden wir mit den Amerikanern über Entspannung, das wissen Sie. Wir wollten damit Zeit gewinnen. Jetzt ist man der Meinung, daß es wirklich funktioniert. Über die Hälfte des Präsidiums hält Entspannung jetzt für möglich.«

»Die müssen doch verrückt sein.«

Semitschastni lachte. »Sie lieben die Macht, Marschall, wie wir alle. Sie möchten nicht das Risiko eingehen, sie zu verlieren. Sogar diejenigen, die den Entspannungsglauben nicht teilen, sind überzeugt, daß ein Präventivschlag möglicherweise unnötig ist.«

»Also streichen wir die Sonderkollekte. Einen Plan, ausgearbeitet von den klügsten Strategen der Sowjetunion. Nicht nur den besten Plan, sondern den einzigen Plan.«

»Nein. Da liegen Sie falsch. Niemand redet von Streichung. Man erlaubt Ihnen allen, auch weiterhin zu planen und zu diskutieren. Sie können die Lokomotive bauen, aber Sie dürfen sie nicht auf die Schienen bringen. Das ist alles.«

Rudowski wurde rot vor Zorn. »Wofür halten die uns denn? Wir sollen spielen, bloß damit sie ihre Ruhe haben? Ohne mich. Das kommt überhaupt nicht in Frage.«

»Und was wollen Sie tun, Genosse?«

»Ich werde zurücktreten und ihnen sagen, daß sie Dummköpfe oder Verräter sind, oder aber beides.«

Semitschastni seufzte und griff nach seinem Glas. »Wenn Sie das tun, enden Sie wohl als mein Gast in der Lubjanka.«

Woroschilow hatte geschwiegen, während die beiden sich unterhielten. Er war einmal Mitglied des Präsidiums gewesen, und Semitschastni hatte ihm vorhin mit einem Wort alles gesagt, was er zu wissen brauchte. Man erzählte nicht, die Mitglieder des Präsidiums hätten Angst, wenn man selber Angst hatte. Man brauchte auch nicht Politiker oder Diplomat zu sein, um dafür ein taktvolleres Wort als »Fracksausen« zu finden. Er streckte sich und gähnte und ging langsam zu dem großen Fenster hinüber. Dort blieb er stehen, steckte eine Hand in die Tasche und teilte mit der anderen die schweren Samtvorhänge. Der Mond war sommerlich weiß, beinahe voll, und ein Lichtpfad zog sich über den See bis dorthin, wo der alte hölzerne Landungssteg aus den Binsen, die das Ufer säumten, herausragte. Ein langer, flacher Kahn war an dem Steg festgemacht, und er konnte die zwei kleinen Ruder und den Buckel des Kastens erkennen, der den lebenden Köder enthielt. Ohne sich umzudrehen sagte er leise, aber deutlich:

»Was tun wir, Wladimir?«

Einen Augenblick war es still, und langsam wandte er sich um, die Augen auf Semitschastnis Gesicht. Der jüngere Mann wich seinem Blick nicht aus, doch es verging fast eine Minute, bis er antwortete.

»Wir machen weiter, Genosse. Wir machen weiter.«

Woroschilow zog einen Stuhl heran und knöpfte seinen Uniformrock auf, ehe er sich hinsetzte.

»Und das KGB zieht mit?«

Semitschastni nickte. »Voll und ganz.«

»Und die Sonderkollektensitzungen?«

»Wir halten sie weiterhin ab, nur werden keine zeitlichen Faktoren mehr erörtert. Wir belassen es bei der Planung. Bringen es nicht auf die Schienen. Wir bleiben brave Jungen. Fleißig, aber gehorsam. Kein Murren. Wir nehmen den Wink einfach an.«

Woroschilow lächelte. »Und?«

»Und wir starten die Umsturzoperation.«

Rudowski sah erstaunt drein. »Die Umsturzoperation? Was ist das?«

Woroschilow warf rasch ein: »Das ist die Vorarbeit. Ehe wir uns mit den Amerikanern befassen, müssen wir Europa neutralisieren.« Er lachte. »Oder besser paralysieren. Unser Freund hier kümmert sich darum. Wenn wir das gepackt haben, schauen wir uns die Sonderkollekte noch mal an.« Er wandte sich an Semitschastni. »Wer ist dafür verantwortlich, Genosse?«

»Yasnow.«

»Das war der in Amerika?«

»Derselbe. Wir haben eine neue Einschätzung vorgenommen, und wir werden uns auf Großbritannien konzentrieren.«

Rudowski rückte auf seinem Platz und nickte zustimmend. »Worum geht's dabei, Woroschilow?«

Woroschilow winkte mit der Hand zu Semitschastni hinüber, der sein Glas nachfüllte.

»Wir möchten Europa von den Amerikanern abschneiden. Wir haben auch Pläne für Frankreich und Italien, aber auf Großbritannien kommt es an.«

»Wieso?«

»Ganz gleich, was so erzählt wird, sie haben ein besonderes Verhältnis zu den Amerikanern. Das bedeutet nicht, daß sie sich immer grün sind. Sie haben auch ein besonderes Verhältnis zu den Iren, obwohl sie einander hassen wie die Pest. Läßt sich schwer definieren. Es könnte an der gemeinsamen Sprache liegen, es könnte auf die Pilgerväter zurückgehen. Was immer die Gründe sind, es ist vorhanden.

Wenn Italien morgen kommunistisch würde, wären die Amerikaner nicht allzu bestürzt. Würde Frankreich kommunistisch, wären sie zwar bestürzt, aber aktiv unternehmen würden sie noch nichts, höchstens das Budget der CIA verdoppeln. Aber wenn Großbritannien kommunistisch würde, dann würden sie dichtmachen und Europa hängenlassen.

Das gleiche gilt für die anderen europäischen Länder. Wenn Großbritannien kommunistisch würde, sei es durch Wahlen oder durch eine Revolution, dann käme das übrige Europa hinterher. Die Briten sind jetzt reif. Das Land ist total gespalten. Die Gewerkschaften gegen den Rest. Unsere Leute haben da in den letzten zehn Jahren gute Arbeit geleistet. Ein kleiner Schubs, und sie kippen. Aber entscheidend ist, daß es koordiniert und geplant wird.

Obendrein sollten Sie bedenken, daß die Amerikaner ohne England und Irland im Nordatlantik erledigt sind. Sie hätten eine weit offene Flanke an ihrer strategisch wichtigsten Front.

Es besteht kein Zweifel, Genosse: Großbritannien ist der Schlüssel, um Europa *und* die Vereinigten Staaten aus dem Lot zu werfen. Und wohlgemerkt, die wissen das. Die werden alles tun, um eine echte Störung in Großbritannien zu unterbinden.«

Woroschilow stand auf. »Kommt, ihr beiden. Gehen wir zu Bett, wenn wir morgen fischen wollen.«

Boris Yasnow war ein gutaussehender Mann. Ein eher grobgeschnittenes Gesicht mit großen, sanften braunen Augen. Er maß etwa einen Meter achtzig, seine breiten Schultern und die großen Hände ließen ihn stämmiger erscheinen als er eigentlich war. Sein kurzes Haar war schwarz, so schwarz, daß es glänzte. Er war sogar nach New Yorker Maßstäben elegant gekleidet, und wie es unterdrückte Arbeiter gibt, die am liebsten für einen Chef malochen, der Bentley fährt, so wurde der schick Gekleidete von seinen Kollegen beim KGB ziemlich bewundert. Er war ihr Mann für die Amerikaner, derjenige, der wußte, wie man drüben im kapitalistischen Dschungel operiert. Persönlich wurde er von vielen als ausgemachter Dreckskerl abgelehnt, aber niemand beneidete ihn um seine Aufträge im Westen.

10

Er hatte beobachtet, wie Maxwell seinen Wagen auf dem Platz am Silo abstellte, über die Straße zurück zum Farmtor ging und den gepflasterten Weg heraufkam. Überraschungsbesuche waren nicht mehr drin.

Felinski führte Maxwell in sein Arbeitszimmer, und sie setzten sich am Eichentisch einander gegenüber. Maxwell begann: »Ich bitte für neulich abends um Entschuldigung, vermutlich hatte ich meine Interessen etwas durcheinandergebracht.« Da er Felinskis erhobene Augenbrauen sah, fuhr er fort: »Man hatte mir gesagt, Sie legten keinen Wert auf Förmlichkeiten. Ich mußte auf Sie warten, daher dachte ich, Sie hätten nichts dagegen, wenn ich schon mal reinginge. Und dann haben mich wohl die alten CIA-Instinkte gepackt, und ich wollte testen, wie Sie nach all den Jahren noch reagieren.« Er grinste. »Das habe ich zweifellos herausgefunden.«

»Reden wir mal über Woronow?«

»Okay. Woronow hatte Verbindung mit dem CIA-Büro in Berlin aufgenommen, das heißt in West-Berlin. Vor knapp vier Monaten war das. Er wollte die Lage für seinen Abgang sondieren; wir haben etwas ausgehandelt, und zwei bis drei Wochen später ist er rübergekommen. Mit den Informationen, die er uns lieferte, konnten wir ein paar Ringe in Berlin und einen in Bonn ausheben. Ich glaube, mit Leggat hat er hinterm Berg gehalten, bis er von uns überzeugt war.

Ich habe ihn geführt, und ich hatte den Eindruck, wir kämen bestens miteinander aus. Dann erzählte er mir, daß Leggat raus will, und er sagte klipp und klar, daß er ihn holen kann, aber nur gemeinsam mit Ihnen. Ich habe ihn ein wenig unter Druck gesetzt, aber das schluckt er nicht. Da stehen wir im Moment.«

»Wie ist er mit Leggat in Kontakt gekommen?«

»Darüber schweigt er sich aus. Er wollte noch nicht mal sagen, wo er mit *Ihnen* gearbeitet hat.«

»Das war im Deutschen Reich.«

»Tatsächlich? Ich heiße übrigens Bill, und Ihren Vornamen kenne ich, Steve.«

»Hat er sonst noch etwas über Leggat gesagt?«

»Nur was ich Ihren Leuten schon berichtet habe. Er sagt, Leggat hätte genaue Daten über die beiden größten KGB-Netze in England. Leggat wolle sie uns geben, wenn wir ihn herausholen und hier wieder aufnehmen.«

»Offen aufnehmen oder verdeckt?«

»Keine Ahnung, was er möchte.«

»Wo ist Woronow jetzt?«

»Nun, da lassen wir ein bißchen Vorsicht walten. Bei der CIA in Langley geht man natürlich davon aus, daß Woronow uns gehört. Das war gut und schön, bis die Leggat-Geschichte aufs Tapet kam. Als dieser Quatsch anfing, daß er nur mit Ihnen zusammenarbeiten wolle, wurden meine Vorgesetzten etwas nervös. Sie wußten nicht genau, wie SIS reagieren würde, darum ließ ich Woronow in die Staaten bringen, nur als kleine Sicherheitsvorkehrung. Aber für ein Gespräch mit ihm stehen Ihnen dort alle Türen offen, und ich bin ziemlich sicher, daß man ihn Ihnen überläßt, wenn Sie von seiner Story überzeugt sind. Ihre Leute wähnen ihn noch in Berlin.«

»Wieweit wollen Sie mit von der Partie sein, Maxwell – Bill?«

»Nun, die CIA ist, wie Sie sich denken können, tief beunruhigt. Wenn sich dieser Teil auch hier abspielt, scheint es doch nur der Auftakt zu einem – wenigstens versuchten – Vernichtungsschlag gegen uns zu sein.«

»Und?«

»Man wird wollen, daß ich auf dem laufenden bin. Ich möchte alles erfahren, was Ihre Leute erfahren.«

»Nur das?«

»Ja. Wir geben Ihnen hundertprozentige Unterstützung. Ganz nach

Bedarf. Es ist schon vereinbart worden, daß es Ihre Operation ist.«

»Kein Gemeinschaftsunternehmen?«

»Außer auf Ihren Wunsch, oder wenn etwas schiefläuft.«

»Wann kann ich Woronow sprechen?«

Maxwell sah auf seine Armbanduhr. »Ich kann in zwanzig Minuten einen Hubschrauber herbekommen. Sagen wir, dreißig Minuten bis Northolt, dann könnten Sie, von jetzt gerechnet, in etwa vier Stunden in New York sein. Wir würden eine F-111 E nehmen.«

»Ich habe Verschiedenes zu erledigen, Bill. Wie wär's, wenn Sie meinen Transport morgen früh um elf von Lydd ansetzen?«

»Lydd? Das ist der Kanalflughafen hier in der Nähe, ja?«

»Richtig.«

»Okay. Ich hole Sie um elf ab.«

Als Maxwell gegangen war, griff Felinski zum Telefon, wählte das Mermaid Hotel in Rye und verlangte Franks.

»Tag, Steve. Wie ist es gelaufen?«

»Nicht schlecht. Ich brauche schleunigst diesen Austauschfarmer.«

»Prima. Der steht sich in der US-Botschaft wohl schon die Beine in den Bauch. Er kann in zwei Stunden bei Ihnen sein. Ich werde ihn am Bahnhof Hastings abholen. Noch was?«

»Ja, Geld hätte ich gern.«

»Das können Sie sich morgen in der Stadt holen.«

»Nein, ich fliege Mitte des Vormittags von Lydd aus?«

»Verstehe. Wie lange bleiben Sie weg?«

»Keine Ahnung. Ich muß wohl improvisieren.«

»Geht es in Pfund?«

»Nein, Dollar.«

»Alles klar. Sagen wir, zweitausend?«

»Dürfte reichen.«

Felinski zeigte dem Amerikaner die Bücher seiner Farm und stellte ihn Bill Weeks vor. Die Übernahme war in einer Stunde perfekt, und am nächsten Morgen um acht würde der Amerikaner zur Stelle sein. Franks hatte das Geld dabei. Außerdem gab er Felinski die Telefonnummer eines Londoner V-Mannes und ein Kennwort.

Als sie wieder fort waren, rief Felinski das Pfarrhaus in Tenterden an. Lavender Coombs war selbst am Apparat und freute sich über die Einladung zum Dinner am selben Abend.

Sie hatten gut gegessen, und er fuhr mit ihr zur Farm. Die Vorhänge waren zugezogen und das Zimmer warm vom Kaminfeuer. Als er etwas zu trinken einschenkte, sagte sie: »He, Dicker, du hast die Vorhänge zugezogen. Du ziehst die Vorhänge doch nie zu, Steve. Hast du vor, mich zu verführen?«

»Hier ist dein Glas. Setz dich, ich möchte mit dir reden.«

Sie lächelte. »Du weißt, daß du kein Wort zu sagen brauchst. Ich bin bereit, wenn du es bist.«

Er seufzte und nahm einen Schluck von seinem Whisky. Sie hob ihr Glas und sagte: »Na sdrowje.« Und er lächelte, weil sie den polnischen Trinkspruch noch wußte, den sie einmal von ihm gehört hatte.

»Lavender.«

»Ja.«

»Können wir einen Moment ernst sein?«

Sie blickte rasch auf, und er konnte die Unruhe in ihren Augen sehen. »Wenn jemand so anfängt, bedeutet das, es kommt was Schlimmes.«

»Willst du mich heiraten?«

Sie setzte ihr Glas ab, und er sah ihre Hand zittern. Aber sie schaute ihn aufmerksam an und sagte ganz leise: »Wir flachsen doch jetzt nicht mehr, Steve?«

Er schüttelte den Kopf.

»Die Antwort ist ja. Ich möchte nur zwei Fragen stellen. Aber egal, was du darauf sagst, meine Antwort bleibt ja.«

»Weshalb dann erst noch fragen?«

»Ich bin ein Mädchen, Steve. Ich muß es wissen.«

»Gut.«

»Warum möchtest du, daß ich dich heirate?«

»Du liegst mir am Herzen, seit du ein kleines Gör warst, und ich habe dich lange Zeit geliebt, ohne mir dessen bewußt zu sein. Oder vielleicht, ohne es mir zuzugeben. Ich liebe deine Offenheit und Großzügigkeit, und ich hätte gern, daß du immer in der Nähe bist. Davon abgesehen würde ich gern Dinge mit dir machen, die wohl am besten erst geschehen, wenn wir verheiratet sind. Sonst noch Fragen?«

»Warum sagst du mir das heute abend?«

»Weil ich morgen früh weggehe. Es handelt sich um einen Austauschbesuch mit einem amerikanischen Farmer, vor langer Zeit schon vereinbart, aber jetzt ist es plötzlich konkret geworden. Ich weiß nicht, wie lange ich wegbleibe, vielleicht bis zu zwei Monaten. Es ist ein bißchen egoistisch, aber ich wollte eine Prämie mitnehmen.«

Sie lächelte halb. »Das ist das erste Mal, seit ich erwachsen bin, daß du nicht ehrlich zu mir warst. Da ich dich kenne, weiß ich, daß es einen guten Grund dafür geben wird. Und der wird auch nicht egoistisch sein.«

Lavender Coombs trug ein weißes Seidenkleid mit einem Muster aus großen roten Rosen, und sie war fraglos eine Frau, kein Mädchen, trotz der schelmisch vergnügten blauen Augen und dem strahlenden Lächeln. Er ging hinüber, setzte sich zu ihr und nahm ihre Hand.

»Wahrscheinlich bekommst du jetzt lauter Warnungen zu hören, daß sich der Frühling nicht dem Herbst vermählen soll und dergleichen. Kümmert dich das?«

Sie schüttelte den Kopf. »Nicht im mindestens. Ich glaube, davon kommt gar nicht so viel. Alle haben doch damit gerechnet. Außer dir natürlich.« Er küßte sie zart, und als sie sich voneinander lösten, sagte sie sanft: »Möchtest du mich lieben?«

Er nahm ihre Hand in seine beiden Hände. »Ja, ich möchte. Aber wir tun es nicht. Wir warten, bis ich wiederkomme. Ich möchte, daß wir sehr, sehr viel Zeit dafür haben. Tage, wenn nicht Wochen.«

Und wenig später hatte er sie zurück zum Pfarrhaus gefahren.

»Ich gehe zu Fuß heim, Lavender. Den MG lasse ich dir hier. Der Gedanke, daß du ihn benutzt, wird mich freuen. Das ist dann so eine Art Verbindung für mich.«

11

Die F-111 E war ein gutes Stück westlich vom Kennedy International Airport hereingekommen und beschrieb einen Kreisbogen von Rariton Bay nach Jersey City. Als ihnen Landeerlaubnis gegeben wurde, gingen sie über den Bayonne Military Terminal, überflogen die Upper Bay und waren über Owls Head Park, als das Fahrwerk ausklappte. Sie landeten auf dem Floyd-Bennett-Flugfeld und hielten neben einer kleinen Schar von Marinehubschraubern.

Ein Auto wartete auf sie, und nach ein paar kleineren Formalitäten brachte man sie in schneller Fahrt die Flatbush Avenue hinauf. Schließlich überquerten sie Manhattan Bridge und bogen in den

Franklin D. Roosevelt Driveway. Knapp zwanzig Minuten später mischten sie sich in das Gedränge des Sutton Place. Das Apartment lag im achtzehnten Stock, und die großen Aussichtsfenster boten einen herrlichen Blick über den East River.

Maxwell orderte eine Mahlzeit für sie beide, und Felinski stellte fest, daß Maxwell auf heimischen Boden der Mann war, der Ton und Tempo angab. Sie tranken gerade den Wein aus, als Maxwell sagte: »Ich schlage vor, daß wir früh zu Bett gehen, damit Sie Gelegenheit haben, über die Zeitverschiebung wegzukommen.«

»Paßt mir gut.«

Maxwell spielte mit seinem Weinglas und sah nicht auf, als er sagte: »Wenn Sie ein Mädchen wollen, Steve, genügt ein Wort.«

»Danke, Bill. Wann ist das Treffen mit Woronow?«

»Ich hatte an morgen früh gedacht, kurz vor dem Lunch.«

»Ausgezeichnet. Wie ist er denn heutzutage?«

Maxwell lehnte sich zurück und streckte sich. »Ich weiß nicht, wie er damals war, aber jetzt ist er ein ziemlich harter Bursche. Als er in Ost-Berlin für das KGB tätig war, hat er uns ein paar böse Dinger reingewürgt. Ich vermute, daß zwei unserer Agenten, die dran glauben mußten, von Woronow liquidiert worden sind. Ich meine nicht, auf seinen Befehl, ich meine von ihm selbst liquidiert.«

»Nur interessehalber – haben Sie ihm auch eine Frau angeboten?«

»Klar haben wir. Er geht sie in alphabetischer Reihenfolge durch.«

»Was hat er, als er zu Ihnen überlief, für Gründe angegeben?«

»Er sagte, er wolle eine bessere Behandlung, als er sie bei den Sowjets bekam. Ich glaube, das stimmt so ziemlich. Wir haben ihn zwei, drei Wochen durch die Mangel gedreht. Sie können die Abschriften sehen, wenn Sie wollen. Die meiste Zeit war er an den Lügendetektor angeschlossen. Er hatte nach seiner Heimkehr sehr wenig Zeit in der Sowjetunion verbracht, und er empfand nichts mehr für sein Land. Sie haben einige Versprechen nicht gehalten, und ich glaube, das war mit entscheidend. Seine Eltern sind vor ein paar Jahren gestorben, seitdem hatten sie ihn auch nicht mehr in der Gewalt. Man hatte ihm wohl einen Orden versprochen, und dann wurde nichts daraus. Außerdem werden ihre Staatsbürger, wie Sie wissen, auch nicht allzugut bezahlt.«

Als Woronow in den großen Raum kam, schien die Sonne, und das Licht überzeichnete die tiefen Falten in seinem Gesicht. Er blieb einen

Moment in der Tür stehen, ehe er Felinski sah und eintrat, die große Hand schon ausgestreckt.

»Stephen.«

»Kliment.«

Und der Bär von einem Mann schlang die Arme um Felinski und küßte ihn auf beide Wangen. Es war kein Zweifel, daß er sich freute, Felinski wiederzusehen. Nach ein paar Minuten Geplauder kam Felinski zur Sache. Sie unterhielten sich im Interesse Woronows auf russisch, und als Felinski dazu übergegangen war, hatte Woronow lächelnd gesagt: »Redest du russisch, weil du glaubst, der Laden ist verwanzt?«

»Er ist bestimmt verwanzt. Und bestimmt haben die hier russischsprechende Angestellte. Aber du bist ja jetzt auf ihrer Seite, und meine Leute arbeiten mit ihnen zusammen an diesem Fall.«

Woronow nickte und grinste.

»Also erzähl mir von Leggat.«

Woronow schüttelte den Kopf. »Erzähl mir erst von dir.«

»Ich leite die Operation. Meinst du das?«

»Niemand kann dir Befehle erteilen?«

»Fast niemand.«

»Von den Sicherheitsbehörden meine ich.«

»Nein. Ich habe freie Hand.«

»Okay. Dann unterhalten wir uns. Also, ich hatte mit Leggat zu tun, als er im Staatskomitee für die Koordinierung wissenschaftlicher Forschungsarbeit tätig war. Ich baute einen Industriespionagering für ihn auf. Der operierte in Westdeutschland. Etwa zehn Monate lang haben wir viel Zeit miteinander verbracht. Ich erzählte ihm von meiner Zusammenarbeit mit den Engländern in Hannover. Und er erzählte mir einiges von seiner Zeit bei der Regierung und so weiter...«

Felinski unterbrach: »Wie war seine Einstellung zu den Briten?«

Woronow sah zu Felinski hinüber und antwortete nicht sofort. »Sie war nicht normal.«

»Inwiefern?«

»Politische Überläufer, ideologische Überläufer sind immer voll des Lobes für das sowjetische System und können gar nicht schlecht genug von ihrem eigenen reden. In den Anfangsstadien kommt ihnen das von Herzen, und später *müssen* sie so denken, weil sie sonst zugeben, daß sie reingefallen sind.«

»Und Leggat?«

»Leggat war wie ein verheirateter Mann, der mit einem schönen Mädchen, nach dem es ihm gelüstet, die Ehe bricht und dann feststellt, daß seine Frau ihm doch lieber ist. Ständig gab es Vergleiche zwischen eurem Lebensstil und dem sowjetischen Lebensstil, und ich hatte den Eindruck, daß er euren bevorzugt, diese Neigung aber gerade erst erkannt hat. Vielleicht liege ich falsch mit dem Ehebrecher. Sagen wir, er war wie ein Mann, der sich scheiden läßt und seiner neuen Frau dann immerfort erzählt, wie gut sich die erste um das Haus gekümmert hat. Es war nicht so eindeutig, wie ich es darstelle, aber ich bin sicher, es war so.«

»Nicht nur Nostalgie, Kliment? Die Mär von Englands grünen Wiesen?«

Woronow schüttelte den Kopf und stubste seine Zigarette aus. »Nein. Bestimmt nicht. Burgess und Maclean und in gewissem Grade auch Philby, die waren so. Sprachen dauernd von ihren Clubs und Parties, von Kricket und so weiter. Aber sie wollten das Sowjetsystem in England, unter Beibehaltung all der anderen Sachen. Leggat war ein Kommunist aus Veranlagung, den das sowjetische System nicht beeindruckte, als er es sah.«

»Nun, eine Menge Sympathisanten und Linke sind nicht beeindruckt, wenn sie das in der Praxis sehen.«

»Ja, aber dieser Mann hatte in England Macht gehabt. Wirkliche Macht. Es war kein Gefühlskrüppel, der an den Busen von Mütterchen Rußland wollte. Er hat einen messerscharfen Verstand, und seine Analyse vom Kapitalismus und den Sowjets war treffend.«

Woronow hielt inne, und Felinski spürte, daß die Pause ihm Zeit geben sollte, etwas Wichtiges zu erfassen. Aber er kam nicht dahinter.

»Du kennst Leggat. Hast du eine Ahnung, was ihn treibt?«

Er sah Woronow in seine Innentasche greifen. Eine Karte und ein Stift kamen zum Vorschein, während Felinski zuschaute, schrieb Woronow, ohne mit seiner Antwort zu zögern, etwas auf die Karte.

»Nein, er ist ein sonderbarer Typ, aber ich habe keinen Zweifel, daß er zu euch zurückkehren möchte, wenn ihr ihn laßt.«

Woronow schob das Kärtchen über die blanke Tischplatte Felinski zu, und der las, was Woronow geschrieben hatte.

Da stand: »Leggat ist kein Brite. Sprich weiter.«

Felinski steckte die Karte ein.

»Warum will er zurück?«

»Er war sehr reserviert. Meinte nur, er hätte genug und bedaure, was er getan habe. Da steckt natürlich mehr dahinter. Ich glaube, dir würde er es sagen, aber mir nicht. Wahrscheinlich vermißt er die Fleischtöpfe.«

»Und sein Angebot?«

»Eine komplette Enttarnung der Umsturzoperation in Großbritannien.«

»Glaubst du, er kann das bringen?«

»Kann er bestimmt. Er hat den größten Teil davon mit dem KGB organisiert und geplant.«

»Komm, wir schnappen etwas frische Luft.«

Als sie unten auf dem Sutton Place waren, lachte Felinski. »Mensch, ich weiß nocht nicht mal mehr, was heute für ein Tag ist.«

»Es ist Sonntag.«

»Laß uns ein Taxi zum Central Park nehmen.«

Die Sonne schien warm, und sie gingen von der 5. Straße, Ecke 59, zu Fuß weiter und setzten sich auf eine Bank an der Rollschuhbahn.

»Erzähl mir von Leggat; was ist da los? Irgend etwas klingt faul an der Geschichte.«

»An der Geschichte ist nichts faul, Genosse. Was faul ist, kommt vorher. Leggat ist nicht sein richtiger Name, und er ist auch kein Engländer.«

»Himmel noch mal, was ist er dann?«

»Leggats alter Herr lebte in einem Vorort von London. Er war Drucker. Hatte einen eigenen Kleinbetrieb. Schloß sich ganz zu Anfang der Partei an. Er bekam vor dem Krieg einen Aufenthalt in Moskau; so um 1938 herum war das, glaube ich. Sie gaben ihm einen Auftrag. Bald nach seiner Rückkehr verkaufte er seinen Betrieb und verließ den Bezirk. Er zog auf die andere Flußseite und gründete eine neue Druckerei. Irgendwo in Croydon. Etwa um diese Zeit stieß ein Jugendlicher zu ihm, angeblich der Sohn seines Bruders; er war wohl siebzehn damals, vielleicht auch sechzehn. Der Bruder hatte sich nach dem ersten Weltkrieg in Australien niedergelassen. Der Junge ging auf die Universität in Oxford und brachte gute Leistungen.

Den Rest wirst du wahrscheinlich kennen, denn das war Otto Leggat. Nur daß sein richtiger Name Pijatokow ist. Der Bruder hatte tatsächlich einen Sohn, sogar zwei. Aber der eine ist ganz jung gestorben, und seine Geburtsurkunde haben sie benutzt. Die Moskauer Zentrale war mit Leggat ins Geschäft gekommen, als der sich in

Moskau aufhielt, und der junge Pijatokow wurde zur künftigen Verwendung eingeschleust. Der alte Leggat war der einzige, der wußte, daß er ein Agent war. Außerhalb Moskaus, versteht sich. Er wurde als ›Schläfer‹ abgestellt, und sie hatten keine Ahnung, daß er es zum regierenden Minister bringen würde. Sie haben ihn lange Zeit nicht eingesetzt, wahrscheinlich erst in den letzten vier Jahren, die er in England verbracht hat.«

»Warum ist er getürmt?«

»Nun, der alte Leggat starb um 1960 oder 61. Herzanfall. Damit war Leggat unabhängig. Eine fast perfekte Tarnung jetzt. Abgesehen von dem Bruder des Alten in Australien und dessen anderem Sohn. Bei Durchsicht der Akten würdest du aber feststellen, daß dieser Sohn 1942 im Lager Changi auf Singapur gestorben ist. Blieb folglich nur sein Vater, Leggats Bruder. Der ist noch am Leben, soviel ich weiß. Wohnt in Kiew. Sie haben nach dem Tod des alten Leggat ein Abkommen mit ihm getroffen. Seine Überfahrt bezahlt, ihm eine gute Stellung besorgt und ihn anschließend pensioniert. Er kann zufrieden sein. Er war noch nicht mal Kommunist.«

»Warum also ist Leggat – Pijatokow – zurückgegangen?«

»Eine Fernsehanstalt wollte eine große Dokumentation über Freund Otto bringen. Die meisten Tageszeitungen hatte eingemachte Histörchen verbreitet, aber jetzt war eine große Sendung vorgesehen. Ein Team ging nach Australien, um den Hintergrund abzudekken, die Familiengeschichte, fand aber bei allem Fleiß den Vater nicht. Sie fragten sich zur Auswanderungsstelle durch, und ein Beamter dort gab unserer Botschaft einen Tip. Moskau kam zu dem Schluß, daß Ottos Enttarnung bevorstand. Man befahl ihm sofort zu verschwinden.«

»Wie ist er raus?«

»Heilige Mutter Gottes, das weiß ich nicht mehr. Ich glaube, er ist von irgendwo im Nordosten mit dem Schiff nach Dänemark und dann nach Moskau geflogen.«

»Hast du jetzt Verbindung zu Leggat?«

»Nicht direkt. Über die CIA schon. Aber ich glaube, die drehen das über eure Leute – den SIS.«

»Steht er unter Sonderaufsicht?«

»Ich weiß nicht, wie es jetzt ist, aber als ich dort war, war das nicht der Fall. Schließlich ist er Staatsbürger und ein Held der Sowjetunion.«

»Stützt sich die geplante Operation auf das bestehende KGB-Netz in England?«

»Das bekannte Netz in Großbritannien steuern sie von Paris aus, aber es gibt ein zweites Netz in Dublin, und das wird von der neuen russischen Botschaft in der Republik gesteuert. So haben sie mühelos Zugang zu eurem Land. Keine Pässe, keine Bewegungskontrolle. Ich würde annehmen, daß sie beide einsetzen. Außerdem könnte noch eine Sondereinheit beteiligt sein.«

»Heißt das, sie arbeiten mit irischen Staatsbürgern?«

»Ich habe keine Ahnung. Wahrscheinlich. Aber das kann uns Leggat sagen.«

»Wenn wir uns nun mit Leggat in Verbindung setzen müßten, ohne die CIA und den SIS zwischenzuschalten – könntest du das?«

Woronow musterte einen Augenblick Felinskis Gesicht und grinste dann. »Ich würde zwei Tage brauchen. Aber ich könnte es.«

»Komm, wir fahren zurück.«

Als sie wieder in das Apartment kamen, war Maxwell mit zwei anderen Männern dort. Die Gruppe hatte sich am Fenster unterhalten und verstummte beim Eintritt von Woronow und Felinski. Dann trat Maxwell vor.

»Steve, Kliment, darf ich bekannt machen? Dies ist General Healey, und das ist Peter Bonetti.«

Der General sah aus wie ein General, jedenfalls wie ein amerikanischer. Er sah viel zu jung aus, um in Europa General zu sein. Er war braungebrannt, wodurch die grünen Augen noch dunkler wirkten, und er hatte Falten um den Mund, die vom Lächeln kommen konnten, aber auch von etwas ganz anderem. Seine Hand war trocken und rauh wie Sandpapier, ihr Druck nicht übertrieben.

Bonetti war groß und schlank und hatte ungeachtet seines Namens blonde Haare. Er verbeugte sich, bot aber nicht die Hand. Er trug einen dunkelblauen Anzug, ein breitgestreiftes modisches Hemd und eine modisch breite Krawatte. Sein Lächeln war liebenswürdig, aber professionell. Konnte IBM-Führungskader sein, oder echte Bostoner Elite. Oder beides.

Maxwell winkte sie an den großen Tisch und schenkte Drinks ein, die er herumreichte. Als alle Platz genommen hatten, sagte er: »Ich hielt eine kleine Zusammenkunft für angebracht, Steve. General Healey ist von der Strategischen Planung und Peter Bonetti von der CIA. Wir möchten Ihnen ein wenig Hintergrund vermitteln.« Er grinste, als er sein Glas hob. »Hintergrund aus unserer Sicht diesmal. Zuerst Sie, General.«

Healey nickte und legte behutsam seine Hände mit den Innenflächen nach unten auf den grünen Filzbezug. Er schaute einen Augenblick auf seine Finger, dann sah er Felinski an.

»Ich möchte den gegenwärtigen Stand der Raketenfrage erläutern. Das ist heutzutage das einzige, was zählt. Truppen und der ganze Rest sind praktisch nur noch Schau. Raketen und Antiraketen sind die Sargnägel mit Köpfen. Einiges von dem, was ich Ihnen erzählen werde, mag Ihnen schon bekannt sein; dann üben Sie bitte Nachsicht.

Wenn die Sowjets eine ICBM, also eine Interkontinentalrakete auf uns abschießen, vergehen rund dreißig Minuten vom Start bis zum Einschlag. Das gleiche gilt mehr oder minder, wenn wir sie beschießen. Für die Antiraketen-Raketen beider Seiten bedeutet das, sie müssen eine gegnerische ICBM innerhalb von fünfzehn Minuten abfangen. Das können wir beide auch mehr oder minder, wir sind ihnen da etwas voraus, aber nicht wesentlich. Und so scheint es, als ob wir uns gegenseitig aufheben. Aber das entspricht nicht den Tatsachen. Diese dreißig Minuten gelten zwar bei einem Erstschlag für beide, aber nicht in der Abwehr. Sind die Raketen betankt und startklar, stehen wir uns gleich. Aber bei Defensivwaffen wie Antiraketen-Raketen ist das nicht der Fall. Die Sowjets haben einen primitiven, unhandlichen Treibstoff gegenüber dem unseren. Wir können eine ihrer ICBMs vier Minuten nach dem Start ausschalten – sie hingegen könnten unsere derzeitigen ICBMs nicht am Einschlag hindern. Wenn sie nur sechs ihrer Antiraketen-Raketen in Dauerbereitschaft hielten, würde sie das täglich eine Million Dollar kosten. Und sie dann abzutakeln, käme auch wieder eine Million pro Rakete.« Er sah aufmerksam in Felinskis Gesicht. »Verstehen Sie soweit?« Felinski nickte, und Healey fuhr fort.

»Wir haben diese Lage seit fünfundvierzig Wochen. Um genauer zu sein, das war die *potenielle* Lage über diesen Zeitraum. Nachdem mein Stab die Situation eingeschätzt hatte, empfahlen wir, die Herstellung und Entwicklung unserer neuen Serienraketen zu stopen. Jetzt will ich Ihnen sagen, warum.

Die Bereithaltekosten der Sowjets einmal beiseite gelassen, sind wir im Moment fast auf dem gleichen Stand. Wir haben einen leichten Vorteil, doch der ist unbedeutend. Verschwände im Ernstfall wahrscheinlich nach der ersten Welle von Interkontinentalraketen. Die anderen Jungs wußten das, und wir gaben bekannt, daß wir im Begriff seien, die Entwicklung und Produktion der neuen Waffen einzufrieren.

In den vergangenen acht Wochen haben sie zwei wirklich hohe militärische und wissenschaftliche Missionen entsandt, und wir haben ihnen alles vorgeführt, was sie auf diesem Gebiet sehen wollten. Wir haben ihnen nach Kräften gezeigt, daß wir stillhalten. Das Pentagon ist zwar nicht ganz mit dieser Haltung einverstanden, aber sie folgt den Richtlinien des Weißen Hauses. Das war's, was ich Ihnen zu sagen hatte, meine Herren.«

Maxwell schaltete sich rasch ein. »Ich möchte gern erst noch Peter das Wort erteilen, und wenn Sie irgendwelche Fragen haben, gehen wir sie anschließend durch. Peter.«

Bonetti hatte große braune Augen, und während er ihn ansah, fragte sich Felinski, was Frauen wohl von diesen feucht schimmernden Spanielaugen hielten. Aber es waren wache Augen, die sowohl Woronow als auch Felinski eingehend betrachteten, und das war mehr, als die des Generals getan hatten.

»Wir halten uns also in etwa die Waage. Ein annehmbares Gleichgewicht, und beide Seiten sind darauf bedacht, dieses Gleichgewicht auch in Bereichen außerhalb der Raketenfrage zu wahren. Mit China waren *wir* vorsichtig, in Südvietnam waren *sie* vorsichtig. Im Mittleren Osten sind beide Mächte darum bemüht, die Lage zu dämpfen, soweit sie darauf Einfluß haben. Die Wiener Gespräche über strategische Waffen waren ergebnislos, aber das hat beide Seiten zufriedengestellt. Die Politik beider Seiten ist die Politik der Entspannung. Das heißt, sie war es bisher. Was Woronow uns erzählt hat, verursacht beträchtliche Unruhe im Weißen Haus. Der allgemeine Tenor der Sonderkollekte war uns bekannt. Aber wir haben ähnliche Studien erarbeitet. Die übliche Wühlarbeit, die in Großbritannien im Gange ist, sehen wir als normal an. Damit werdet ihr da drüben fertig. Aber eine harte Umsturzaktion mit Verbindungen zur Sonderkollekte, das ist, was uns anbelangt, ein neues Spiel. So würde es nämlich losgehen, wenn sie einen Präventivschlag gegen die Staaten im Sinn hätten.

Wir nehmen das ernst genug, um eine Anzahl Nukleareinheiten speziell bereitzuhalten. Das haben wir so ruhig wie möglich abgewickelt, aber sie werden es innerhalb eines Monats entdecken.

Daher möchten wir Ihnen, Mr. Felinski, klipp und klar sagen, daß wir Ihnen die Verantwortung für die Situation nicht aus Gefälligkeit überlassen, sondern in der Erwartung, daß Sie diese Kiste auseinandernehmen. Und zwar schnell. Wir verstehen nicht, warum sie ihre Taktik geändert haben. Vielleicht haben sie's gar nicht. Oder vielleicht gibt es zwei Cliquen, die um die Vorherrschaft kämpfen. Was immer es ist, wir möchten es unbedingt erfahren. Die Sicherheit der Vereinigten Staaten hängt davon ab. Es geht also nicht nur darum, diese Operation zu vereiteln, sondern wir müssen wissen, was gespielt wird. Ist das klar?«

Stille trat ein, und Felinski hörte ein Flugzeug in der Ferne. Dann sagte er: »Welche Unterstützung kann ich von der CIA erwarten?«

Maxwell warf sofort ein: »Jede. Alles, was Sie wollen. Das gleiche gilt für die NSA und das FBI.«

»Wissen Sie schon irgend etwas, das mir aus Sicherheitsgründen noch nicht mitgeteilt worden ist?«

Bonetti lächelte halb und schüttelte den Kopf. »Nein. Und Sie?«

Felinskis Instinkte arbeiten auf Hochtouren. »Da ist ein Punkt, der Spannung zwischen unseren Regierungen erzeugen wird. Meine Leute wissen aber noch nichts davon. Trotzdem werden ich Sie einweihen, falls Stillschweigen zwischen uns Schaden anrichtet.«

Bonetti lehnte sich in seinen Sessel zurück und sah Maxwell an, der zu Felinski schaute. »Meinen Sie Leggats Identität?«

Jetzt wußte Felinski, daß entweder er oder Woronow, oder sie beide, verfolgt und über Funk belauscht worden sein mußten, aber er zerbrach sich nicht lange den Kopf darüber. »Das habe ich gemeint. Es wird unsere Sicherheitsdienste aus der Fassung bringen, es wird euch wieder mißtrauisch machen. Andererseits dürfte er, wenn wir ihn herausholen, wirklich auf dem neuesten Stand sein, was die Pläne des KGB mit England angeht.«

Sie waren nicht überzeugt, aber keiner sprach es aus, und sie erörterten eine Stunde lang die CIA-Erkenntnisse über das Wirken des KGB in Großbritannien.

12

Das sichere Haus in der Curzon Street hatte eine Tür, von der die meisten Leute vermutlich nie Notiz nahmen, obwohl sie leuchtend weiß gestrichen und mit blanken Messingbeschlägen versehen war. Sie fiel nicht auf, weil sie zwischen zwei Geschäften lag und keine

Nummer trug und anscheinend nirgendwo hinführte. Tatsächlich ging sie auf einen langen schmalen Flur zu einer anderen Tür. Ein Mann in weißem Rollkragenpullover und Drillichhosen öffnete die Vordertür auf Felinskis Klingeln und brachte ihn nach hinten zu der zweiten. Sie kamen in ein kleines Büro mit Schreibtisch, Schreibmaschine und Aktenschränken. Der Mann im weißen Pullover blieb stehen und sagte lächelnd: »Ich bin Tim. Tim MacNay. Darf ich Ihren Ausweis sehen?«

Felinski zeigte die Papiere vor, und sie wurden sorgfältig geprüft. Dann gab MacNay sie zurück. »Man erwartet Sie.« Und er öffnete eine Tür, deren grüner Jutebezug völlig mit der Wandbekleidung übereinstimmte. Felinski sah Franks und zwei andere Männer an einem spiegelblanken runden Tisch. Ein wuchtiger Mann mit rotem Gesicht und welligem grauen Haar stand auf und streckte seine Hand aus. »Schön, daß Sie kommen konnten. Clayton ist mein Name – SIS. Dies ist Lomax vom Special Branch, und meinen alten Freund Franks habe ich hinzugebeten, weil ich dachte, das könnte Ihnen gefallen. Setzen wir uns alle erst mal. Übrigens, Tim hier ist ebenfalls vom SIS, und er wird Ihr ständiger Verbindungsmann sein. Aber wohlgemerkt, wir stehen alle zur Verfügung, es gibt kein Protokoll, keinen Amtsschimmel.«

Er winkte Felinski zu einem der Sessel, die um den Tisch gruppiert waren, und als Clayton sich vorbeugte, ging Felinski auf, an wen er ihn erinnerte. Er war das Ebenbild des vorigen Erzbischofs von Canterbury. Die gleichen etwas altweibischen Züge, trügerisch freundlich, mit wachsamen blauen Augen. Die gleiche tastende Suche nach dem jeweils treffenden Wort.

»Können Sie uns sagen, was Sie geplant haben, Steve? Heißt es Steve oder Stephen?«

»Steve geht in Ordnung, Sir. Woronow wußte nicht genau, ob der Kontakt zu Leggat direkt über SIS läuft oder von der CIA vermittelt wird.«

»Er ist zwar nicht direkt, muß aber auch nicht über die CIA gehen. Wir können über die Botschaft in Moskau Verbindung aufnehmen, aber das dauert etwa zwei Tage.«

»Woronow hat mit Leggat einen Code vereinbart, und die Lage ist die, daß Leggat keinen Fingerbreit weichen wird, außer mit Woronows Hilfe, und der übernimmt das nur, wenn ich ihm zur Seite stehe.« Clayton und Lomax nickten zustimmend. »Doch bevor wir die Sache ins Rollen bringen, möchte ich Ihnen noch etwas erklären.«

Und er erzählte ihnen die ganze Geschichte von Leggat und seiner

Herkunft. Niemand äußerte sich, als er geendet hatte, und alle blickten sie Felinski an, als hätte er noch mehr zu sagen. Also ergänzte er: »Das ist offensichtlich eine Grundsatzfrage, über die ich nicht entscheiden kann, aber meine Einstellung wäre die, daß er, ganz gleich, wer er nun ist oder was er ist, Informationen hat, die wir schleunigst benötigen, und nur darauf kommt es an.«

Clayton lehnte sich in seinen Sessel zurück, schaute in die Luft und sagte nach einer Weile dann, ohne den Kopf zu drehen: »Stimmt. Es ist ein fürchterlicher Schlamassel, aber darüber müssen wir hinwegsehen. Fangen Sie ruhig an, aber . . .« und schwerfällig setzte er sich wieder gerade. Als er sich Felinski zuwandte, hatte er einen grimmigen Zug um den Mund, der alles andere als gütig war. Clayton fuhr fort: ». . . aber das eine muß ich sagen. Wenn wir bekommen haben, was wir wollen, ist Genosse Leggat dran. Bis dahin können Sie ihm in die Hände spielen, aber danach befassen wir uns mit ihm.« Und er nickte mit dem Kopf, um seinen Worten Nachdruck zu verleihen.

»In dem Fall, Sir, möchte ich, daß sofort eine Nachricht an den Botschaftskontakt rausgeht. Ich werde sie in Woronows Code verschlüsseln, und ich möchte, da sie in den zweiten Briefkasten kommt. Den im Gorki-Park.«

»Geht klar, aber wir wickeln das so ab, daß *Sie* sich mit der Botschaft in Verbindung setzen, dann liegt nichts außerhalb Ihrer Kontrolle. Es gibt hier übrigens eine kleine Wohnung im nächsten Stock, und ich schlage vor, daß Sie die jetzt zu Ihrem Stützpunkt machen. Tim wird Ihr Sachwalter sein, er kann alles beschaffen, was Sie brauchen. Geld, Hilfsmittel, Fachleute, Helfer – alles.«

Die Fernsehkamera zeigte ein ziemlich längliches Gesicht, und durch die Beleuchtung und die Farben sah es aus wie ein mittelalterliches Porträt aus der Werkstatt der Gebrüder van Eyck, etwa eines Bischofs oder Webermeisters. Der Mund war breit und eckig, doch es war schwer zu entscheiden, ob das Eckige von Entschlossenheit oder von einem künstlichen Gebiß herrührte. Aber es waren die Augen, die dem Gesicht sein Geheimnis gaben. Sie schienen nicht auf die Kamera, sondern auf eine innere Unendlichkeit gerichtet zu sein. Der Blick eines Mannes, der mit Wüstenhorizonten lebte.

Der Interviewer sagte: »Und was wird die Gewerkschaft tun, Mr. O'Connor?«

»Das hängt von der Exekutive ab. Ich bin nur ein einzelner, ich führe den Willen der Mitglieder aus.« Die Stimme war hell, aber nicht schrill.

»Und wann tritt die Exekutive zusammen?«

»Am Dienstag.«

»Geht da nicht viel Zeit verloren bei dem nahen Streikdatum?«

»Der Premierminister hat zwei Tage gebraucht, um sich zu entschließen, daß er uns empfängt. Jetzt sind wir an der Reihe.« Und zum erstenmal zeigte sich Erregung in den Augen. Es war blanker Zorn.

»Und was sagt die Öffentlichkeit dazu, Mr. O'Connor?«

»Die muß sich beim Premierminister beklagen – bei der Regierung. Dort sitzen die Starrköpfe. Es steht in ihrer Macht, sich mit uns zu einigen. Sie brauchen uns nur ein Existenzminimum zu zahlen.«

»Die Regierung hat Ihnen bereits eine zwanzigprozentige Lohnerhöhung angeboten, die Sie abgelehnt haben.«

»Ich habe nicht abgelehnt – meine Mitglieder haben abgelehnt. Mit Abzügen blieben noch genau sieben Pfund Mehrlohn übrig, keine zehn.«

»Aber Steuern zahlen wir doch alle, Mr. O'Connor. Sind Sie etwa der Meinung, daß der Lohn Ihrer Mitglieder steuerfrei sein sollte?«

Das Gesicht war rot vor Zorn. »Sie kleiner Dreckskerl, kommen Sie mir nicht auf die dumme Tour. Das Interview ist gestorben. Vergessen Sie's.« Und er saß da wie ein Kind, das einen Wutanfall bekommen hat. Die Scheinwerfer erloschen, aber eine energische Stimme sagte: »Hoffentlich habt ihr bald die Beleuchtung wieder an.« Es wurde hell, und ein langer dünner Mann, der an der Tür gelehnt hatte, trat zu den beiden vor der Kamera. Er sah auf den Interviewer herunter: »Wir schneiden die letzte Frage. Erkundigen Sie sich, warum O'Connor die Regierung für verantwortlich hält und bringen Sie's zum Abschluß.«

»Okay, Chef.«

O'Connor lehnte sich in seinen Sessel zurück, und der lange dünne Fernsehredakteur zog die Kamera nach hinten, so daß sie ein gerahmtes Foto auf dem Kaminsims von Frank O'Connor und seiner Frau als Brautpaar mit einfing und weiter oben eine an die Wand genagelte Keramik-Ente.

»Warum, finden Sie, ist die Regierung für die bestehende Sackgasse verantwortlich, Mr. O'Connor?«

»Sie ist von der Arbeiterschaft gewählt worden, und es wäre an der Zeit, daß sie sich um uns kümmert.«

»Nun, wir alle hoffen, daß eine Lösung für dieses und andere

Gewerkschaftsprobleme gefunden wird, und *Ihre* Ansichten werden wir später am Abend noch in unserer Sondersendung von *Today's World* zu ergründen suchen. Dann nämlich bespricht ein repräsentatives Podium die aktuelle Lage der Beziehungen zwischen Arbeitgebern und Arbeitnehmern in Großbritannien. Bis dahin verabschiedet sich Ihr Frank Maze – *Today's World.*«

Das Fernsehteam brauchte fast eine halbe Stunde, um seine Ausrüstung aus dem kleinen, halb freistehenden Haus in Croydon herauszuschaffen, und als sie fertig waren, sagte der Redakteur: »Sally, ich möchte, daß du noch mit mir hierbleibst. Frank, wenn Sie zurückkommen, lassen Sie alles auf dem Band, ich schneide es dann selbst. Wir sehen uns in einer Stunde. Ich habe meinen Wagen da.«

Als sie fort waren, setzte er sich in einen der kleinen Armsessel. »Mike, das war doch saublöd.«

»Er wollte mich reizen.«

»Mag ja sein, aber du brauchst nicht darauf reinzufallen. Sally, erzähl mir von dieser Gewerkschaftsführer-Direktive. Ich hab erst davon gehört, als ich weg bin.«

»Die ist ziemlich umfassend, John. Künftig soll es bei größeren Problemen zwischen Arbeitgebern und Arbeitnehmern, die einen Streik nach sich ziehen können, keine Interviews mehr mit Gewerkschafts- oder Wirtschaftsführern geben. Nur die Generalsekretäre von TUC und CBI dürfen befragt werden. Und nur in allgemeiner Form, nicht zu dem anstehenden Problem.«

»Werden Gründe genannt?«

»Ja. Man ist der Auffassung, daß Rundfunk und Fernsehen durch tendenziöse Interviews Unruhe stiften. Ferner hält man ihnen vor, daß sie abenteuerliche Äußerungen provozieren, die dann in Politik umgesetzt werden, um Gesichtsverluste zu vermeiden.«

John Fergus, einer der erfahrensten politischen Redakteure von Capitol TV, streckte seine langen Beine aus und sah zu O'Connor hinüber. »Du sitzt heute abend in dem Podium, und ich möchte, daß du diese Direktive zur Sprache bringst. Laß durchblicken, du hättest es von jemand im Unterhaus gehört. Wie du zu reagieren hast, weißt du: Geknebelte Medien, Meinungsfreiheit, Verteidigung der Rechte des einzelnen bis auf den Tod und so weiter immerfort.«

O'Connor schürzte die Lippen. »Hast du das alles mit der Partei abgeklärt?«

Fergus' Miene wurde steinern. »Nun hau mal nicht so auf den Putz,

O'Connor. Tu einfach, was ich dir gesagt habe.« Er stand auf und streckte sich.

»Komm, Sally. Kümmern wir uns um die Filme.«

An diesem Abend um 22 Uhr 19 erlebten Fernsehzuschauer zum ersten Mal, daß eine Livesendung in Gewalt auf dem Bildschirm ausartete. Aus irgendeinem Grund blieben die Kameras bei den kreischenden Frauen und prügelnden Männern auf dem Schauplatz. Man sah es sieben Minuten lang, ehe die Sendung ausgeblendet und ein Naturfilm dafür eingesetzt wurde. Es kam am nächsten Morgen auf Seite 1 jeder nationalen Tageszeitung. Zwei Blätter bemerkten trocken, daß der Ersatzfilm eine Studie über das Familienleben von Waschbären war. Mindestens zwei Redakteure fragten sich, wie die Standfotos, die eine Fleet-Street-Agentur ihnen zugesandt hatte, so spontan aufgenommen werden konnten. Wer hatte wem einen Tip gegeben? Und warum?

13

Der hochgewachsene Mann trug nur einen kurzen seidenen Morgenrock. Der junge Mann, der auf dem Bett lag, war nackt.

Als er sich einen Drink aus der Karaffe eingeschenkt hatte, ging der hochgewachsene Mann zum Bett hinüber und setzte sich. Sein Haar war schwarz, aber an den Schläfen grau, und an seinem Hals fanden sich die verräterischen Vorboten eines Doppelkinns. Er schaute den jungen Mann an und sah bestürzend klar die breiten Schultern und den gemeißelten Brustkorb, der überging in gespannte Muskeln und in den festen, wie eine Marmortafel flachen jungen Bauch. Unwillkürlich faßte er hin und legte seine Hand sacht auf das schwellende Geschlechtsteil des jungen Mannes.

»Wann kommst du mich wieder besuchen, Tony?«

Der junge Mann zuckte die Achseln. »Ich glaube, sie lassen mir erst wieder Samstag Zeit, Mr. Vane.«

Der Ältere trank in langsamen Schlucken aus seinem Glas und hatte Tränen in den Augen. Er setzte das Glas behutsam ab und sagte, indem er sich dem jungen Mann zuwandte: »Warum ziehst du nicht her, Tony? Wir hätten mehr Zeit füreinander und du könntest besser leben.«

»Ich gelte immer noch als Ausländer, Mr. Vane. Meinen Job haben sie mir genehmigt, und einen Umzug müssen sie auch erst genehmigen. Wenn ich herkomme, sagen sie, ich arbeite nicht, und ich muß weg.«

»Du kannst mein persönlicher Assistent sein. Das bekomme ich alles geregelt.« Und während seine Finger sanft das blonde Schamhaar streichelten, sagte er: »Ich gebe dir Geld, Tony, mehr als bisher.« Und als die Tränen wiederkamen: »Ich liebe dich, Tony. Ich kann nicht ohne dich leben.«

Der junge Mann stützte sich auf die Ellenbogen. »Regen Sie sich nicht auf, Mr. Vane. Wir werden sehen, was sich machen läßt. Möchten Sie noch mal, bevor ich gehe, Mr. Vane?«

Sir Andrew Pawson Pawson Vane, Eton und Oriel, hatte seinen Kriegsverdienstorden für Anzio erhalten. Seine Familie besaß mehrere tausend Morgen Land und unmittelbar nördlich von Berwick on Tweed. Er gehörte zu jenen Zauberern, die stets zum rechten Ort zur rechten Zeit die nötigen Voraussetzungen zu erfüllen schienen. Seine Ehe war nicht erfolgreich gewesen, hatte aber auch kein erbittertes Ende auf den Titelseiten der Boulevardblätter gefunden. Er sah Jessica und die Mädchen noch immer, und ihre Sympathie für ihn war keine höfliche Fassade, sondern echt. Nur die Familie hatte seinen Körper gesehen, nachdem der Flammenwerfer das entsetzliche Loch von der Hüfte bis zur Achselhöhle hineingebrannt hatte. Das Metallkorsett verbarg und linderte den Schmerz des purpurroten, zerschmolzenen Fleisches. Sein Vater wußte noch, daß er trotz der furchtbaren Wunde gesagt hatte, seine Zeit bei der Armee habe ihm gefallen. Er habe sich unter Soldaten so wohl gefühlt.

Zwar hatte für ihn keine finanzielle Notwendigkeit bestanden, einen Beruf zu ergreifen, aber es gab eine Tradition der Pflichterfüllung in der Familie. Sein Vater nahm sich der Pächter des großen Landbesitzes an, und er selbst diente den Wählern einer Industriestadt in den Midlands.

Er hatte Charme und brachte vielen Freunden und Bekannten aufrichtige Sympathie entgegen, aber Liebe empfand er nur für den jungen Mann, der gerade gegangen war. Laszlo Gabor war als kleiner Junge mit seinen Eltern nach England gekommen. Das war 1956, nach dem zweiten ungarischen Volksaufstand. Beide Eltern waren Verbindungsleute des KGB und wie viele andere in den Strom Tausender echter Flüchtlinge eingeschleust worden, die über die Grenze nach Wien gingen. Sein Vater war Kurier zwischen der sowjetischen Botschaft in London und einem wichtigen Zweig der Britischen Kommunistischen Partei im Londoner Einzugsgebiet. Der Kontakt zwischen dem jungen Mann und Sir Andrew Vane hatte sich nicht zufällig ergeben.

Viktor Gabor war Telefonist im Internationalen Fernamt, und Mittwoch war einer seiner freien Tage. Er war vor dem Lunch schon nach Chiswick gekommen. Das Treffen fand in einem kleinen viktorianischen Reihenhaus statt, in einer ruhigen, baumgesäumten altmodischen Straße unmittelbar hinter dem U-Bahnhof in Turnham Green.

Außer Gabor waren dort eine Frau vom Lehrerkollegium der London School of Economics, ein in London stationiertes Mitglied der IRA und ein Stadtverordneter aus einem Bezirk in Nordlondon. Als Leiter der Zusammenkunft fungierte ein freier Journalist, der im Alltag jedem, von dem er dafür Geld bekam, Skandalartikel lieferte. Seine Abnehmer reichten von einer Sonntagszeitung über ein breites Medienspektrum bis hin zu den radikalen satirischen Groschenheften.

»Was für Vorteil bringt es, wenn er mit Vane zusammenlebt?«

Die Frau von der Wirtschaftsfachschule reagierte ziemlich gereizt: »Ich dachte, das liegt auf der Hand, Terry. Vane ist immerhin parlamentarischer Sekretär des Ministers. Und um den Minister geht es uns.«

»Aber erreicht er auch was?« Dies von dem IRA-Mann.

»Ich glaube, er kann alles erreichen, was wir wollen, aber wir sollten uns beeilen. Er kann ja nicht gleich, wenn er einzieht, anfangen, um Gefälligkeiten zu bitten.«

Der Journalist lehnte sich zurück. »Stimmt schon, Gabor. Aber was ihr alle überseht, ist die Tatsache, daß er das, was wir haben wollen, auch einfach dadurch bekommen könnte, daß er sich öfter mit ihm trifft. Wenn er mit Vane zusammenzieht, könnte Vane selbst in Verdacht geraten.«

Gabor lächelte und schüttelte den Kopf. »Er will den Jungen bei sich, und für lange Aufbauarbeit haben wir keine Zeit mehr.«

»Okay. Dann leitest du das für uns in die Wege, Viktor. Halt mich auf dem laufenden. Also, Susan, wie ist der neueste Stand bei den Studenten?«

Niemand hatte nach den Gefühlen des Jungen gefragt. Sie waren belanglos.

Wenn die Gastmannschaft im Villa-Stadion ein Tor schießt, hört man den Aufschrei in ganz Aston, aber wenn die Mannschaft von Villa eins schießt, hört man den Aufschrei bis Erdington. Auf der Südseite der Slade Road in Erdington überzieht ein Netz kleiner Straßen den Hügel, der zum Sportgelände Brookvale Park hinunterführt. Als Jim Maclean ein Lausbub war, dachte er, Brookvale Park sei ungefähr so groß wie Afrika. Militärkapellen spielten dort, und Konstruktionszeichner von Kynoch spielten Tennis mit ihren Freundinnen. Väter ruderten ihre Familien für drei Pennies die Stunde und kleine Jungs warfen Stöcke für die Hunde anderer Leute und fuhren auf rostigen Blechen die Sandhänge hinab.

Aber Jim Maclean war kein kleiner Junge mehr. Der Musikpavillon war verfallen, die Tennisplätze längst außer Gebrauch, und der See erschien so groß, wie er in Wirklichkeit war – einhundert mal fünfhundert Meter. Die Boote waren noch immer zu mieten, aber Väter gingen mit ihren Familien nicht mehr rudern. Doch zwei Bereiche von Brookvale Park hatten ihre Würde bewahrt. Die Toiletten lagen immer noch verborgen hinter Lorbeer und Liguster, und der Rasen für das Bowlingspiel wurde nach wie vor mit Hingabe geschoren. Mindestens die Hälfte aller Stadträte von Birmingham wäre erstaunt gewesen zu erfahren, daß die Hütte auf dem Bowlingrasen als wöchentlicher Treffpunkt für Kommunisten und Mitläufer diente. Sie wären nicht entsetzt gewesen, lediglich erstaunt. Nur unerlaubter Sex in der Bowlinghütte hätte Entsetzen hervorgerufen. Und, was das betrifft, auch über erlaubten Sex hätte man die Stirn gerunzelt.

Als Jim Maclean in einer Gießerei am Ort technischer Zeichner lernte, war ihm die aufregende Pflicht zugefallen, Freitag nachmittags um vier die Sachlage in dem großen Zeichenbüro einer bedeutenden mittelenglischen Automobilfabrik zu erkunden. Diese Autowerke hatten die Angewohnheit, dem Ruf nach höheren Löhnen in geschickter Weise zuvorzukommen. Sie erhielten jeweils ein paar Tage, bevor die Forderung erhoben werden sollte, einen Tip und entließen am folgenden Freitag vierhundert Zeichner, Pauser und Konstrukteure. Wenn das geschah, hatte es eine dämpfende Wirkung auf die Lohnforderungen der Zeichenbüros nicht nur in Birmingham, sondern bis hinauf nach Derby im Norden und bis nach Peterborough im Osten. Kurz vor Kriegsbeginn gab es einen Antrag, der das Nettogehalt eines verheirateten Zeichners auf beinahe fünf Pfund die Woche heraufgesetzt hätte. In derselben Woche stellte jeder Mitarbeiter des Zeichenbüros der Autowerke, vom Chefkonstrukteur bis zum Pauserlehrling, fest, daß seine Lohntüte ein wenig dicker war. Der Zuwachs kam von Versicherungskarten und dem fristlosen Entlassungsbescheid.

Hector Maclean, Jims Vater, war einer dieser Männer gewesen, und einen Monat später hatte er sich im Musikpavillon von Brookvale Park erhängt. Wie seine Frau damals sagte, hatte er die Musik in den Anlagen immer gern gehört.

Als der Krieg kam, hatte Jim den Militärdienst verweigert. Dem Tribunal gefielen seine Gründe nicht, und er saß zwei Monate in einem Militärgefängnis ab – dem »Glashaus« in Colchester. Noch zwei Monate Haft als Zivilist in Winson Green, und die Gesellschaft hatte einen perfekten »Bolschewiken« mehr. Als er 1942 Verbindung mit der Ortspartei aufnahm, fanden sie, er sei zu gut, um eine Mitgliedskarte zu erhalten. Die war etwas für Schafe und Hitzköpfe.

Bei vorsichtiger Schätzung hatte Jim Maclean seit dem Krieg den Verlust von neun Millionen Arbeitstagen geplant und organisiert. Aber kein Unternehmer hatte je von ihm gehört, und er war noch nicht einmal wegen falschen Parkens polizeilich erfaßt. Er hatte nie ein Auto besessen und würde nie eins besitzen.

An diesem Mittwoch war die Versammlung zwanzig Mann stark. Obwohl einige auf dem Boden saßen, mußten andere noch stehen. Es waren Leute von den meisten Gewerkschaften dabei, aber die wenigsten waren Funktionäre. Sie vertraten Technik, Transport, Energieversorgung, Bahn, Post und Schriftsetzer. Es ist erstaunlich, wie wenige Menschen ein ganzes Land lahmlegen können.

Die Versammlung war kurz, und Macleans Anweisungen waren präzise. Fünfzig Prozent mehr Lohn und weniger Arbeitszeit sollten für die zwei Millionen Arbeiter gefordert werden, deren Sprecher diese Männer waren. Die Forderung sollte in zwei Wochen bei sämtlichen Fach- und Betriebsversammlungen gestellt werden. Am darauffolgenden Freitag würde ein Bummelstreik stattfinden, falls der Antrag nicht durchkam. Es gab kaum Fragen, und alle Anwesenden wußten, um was es ging. Dies war der Anfang. Und sie würden den Anfang machen – in Birmingham und Mittelengland.

Unter Zivilisten wird allgemein anerkannt, daß der Lohn der Sünde der Tod ist. In der Armee gilt als Lohn der Sünde Catterick Camp. Das beste, was auch der gerissenste Grundstücksmakler von diesem unsäglichen Besitz des Verteidigungsministeriums Ihrer Majestät hätte sagen können, war, daß er inmitten Englands grüner Wiesen lag. Sie waren grün, weil es fast unausgesetzt darauf regnete. Ein weiterer Grund, warum die Erwähnung des Namens Verzweiflung in die Herzen mitteilsamer Blinker und anderer Personen tragen konnte, die weltweit die Geschäfte Ihrer Majestät besorgten, war die lähmende Abgeschiedenenheit der Stätte.

Zu den näher gelegenen Nachbarn gehörte die Ortschaft Northallerton, die etwa 6000 Seelen zählte und Schauplatz der Standartenschlacht gewesen war, bei der im Jahre 1138 die Engländer die Schotten besiegten. Aber außerhalb dieses bescheidenen Marktflekkens lag Conby Towers, die Residenz eines Erfolgsmenschens namens Tom Cowan. So hieß er nicht wirklich, aber so nannte er sich, und wenige wußten es besser.

Tom Cowan hatte sich ein großes Vermögen erworben durch den Verkauf überschüssiger Kriegsgüter an Indien, Pakistan und ein breites Spektrum weniger bekannter Staaten. Es war ein wichtiger Bestandteil von Toms Image, daß er im Krieg vier lange Jahre in der Armee gedient hatte und daß er als gemeiner Soldat hineingekommen und als gemeiner Soldat auch wieder ausgetreten war. Das erzählte er oft, und die Welt teilte sich auf in solche, die darüber staunten und solche, die darin den Beweis erblickten, daß es manchmal doch noch Gerechtigkeit gab.

Er war ein Mann von rosigem Aussehen und extravertierter, fröhlicher Gemütsart. Die meisten Leute nannten ihn Onkel Tom, und das hörte er gern. Fast jeden Abend und mit Sicherheit jedes Wochenende war Conby Towers das zweite Zuhause für zwanzig oder mehr Soldaten aus dem Lager. Da sie auf ihre Versetzung warteten, blieb keine Gruppe länger als ein bis zwei Wochen unverändert.

Aber die Sonntagabende gab es nur auf Einladung. An Sonntagen bot Onkel Tom im großen Tanzsaal eine Show. Ein Komiker riß Witze über Offiziere, ein Barde sang von unterdrückten Schwarzen, und ein Magier zauberte. Doch so erbaulich diese Auftritte sein mochten, sie waren nicht der Magnet, der die einfachen Soldaten dazu brachte, Onkel Tom w[illegible] Sonntagseinladung um den Bart zu gehen. Das bewirkten die Mädchen. Es waren keine Mädchen aus

Northallerton, soviel stand fest. Sie waren das, was die Boulevardpresse »Modelle« nennt. Sie waren hübsch und hatten, wie von Meisterhand ausgewählt, durchweg große Busen und lange Beine. Es gab nie mehr als drei oder vier, so daß nicht für jeden Landser ein Mädchen drin war, sondern die Losung hieß wie im besten sozialistischen Wirtschaftssystem »jedem nach seinen Bedürfnissen«. Onkel Tom blieb mit allen seinen Jungs zu Geburtstagen und Weihnachten in Verbindung. Onkel Tom war ein reizender Mann, ein ungeschliffener Diamant, zugegeben, aber der Diamant war unverkennbar.

Montagmorgens war Onkel Tom in seiner Dunkelkammer beschäftigt. Er entwickelte die sechs Kassetten immer selbst, damit er die Gewißheit hatte, daß die Filme anständig belichtet worden waren. Falls »anständig« hier das passende Wort war. Er hatte dem Chef einmal vorgeschlagen, Kontaktabzüge seien groß genug für die Kartei. Aber verlangt wurden je Foto zwei hochglänzende Vergrößerungen im Format 18 x 24 cm, mit genauen Angaben auf der Rückseite von beiden. Zwar brachte es Tom Cowan nie vom Sex ab, doch den Anblick der menschlichen Kehrseite wurde er leid. Das Auflösungsvermögen des 135-mm-Objektivs von Nikkon ist sehr gut, so gut, da man Körnung und Gänsehaut klar unterscheiden kann.

14

Für die dritte Oktoberwoche war das Wetter nach Moskauer Maßstäben schön. Der Erdboden war mit Eis überzogen, doch der Himmel blau. In der Nacht hatte es ein Schneegestöber gegeben, und etwas Schnee klebte noch an der Fassade des großen, überladenen Gebäudes, das eine ganze Seite des Dserschinskij-Platzes einnahm. Es war das Moskauer Hauptquartier des KGB, unter Eingeweihten bekannt als die Zentrale.

Boris Yasnows Büro lag im rückwärtigen, durch unerwartet zur Verfügung gestellte Mittel vor kurzem modernisierten Teil des großen Gebäudes. Das Rechenzentrum hatte endlich eine Klimaanlage erhalten, und es gab vierzig neue Büros, mit denen sich sogar IBM-Manager einverstanden erklärt hätten. Die Sitzung war jedoch in dem alten Konferenzraum angesetzt, und Yasnow trug die beiden Aktenkoffer den Gang hinunter zum vorderen Gebäudeteil. Er hatte sich in London einen neuen Anzug anpassen lassen. Es war ein angenehm leichter blauer Mohair von Dormeuil, und er fühlte sich wohl darin.

Zwei KGB-Leutnants richteten gerade den großen ovalen Tisch her und verteilten über die ganze Länge Aschenbecher, Schalen mit Obst, Gläser und Krüge mit Mineralwasser. Am Kopf des Tisches wartete eine Schale mit Türkischem Honig. Allein für den Gebrauch des Sitzungspräsidenten. Bei einem Präsidenten wie Sowjetmarschall Kliment Jefremowitsch Woroschilow hatte niemand irgendwelche Zweifel, wo er stand. Er mochte alt sein, aber als ehemaliger Vorsitzender des Präsidiums des Obersten Sowjets der UdSSR und als der Mann, der Chruschtschow abserviert hatte, kannte er sich aus.

Die Sitzung begann eine halbe Stunde später, und ohne Vorrede stieg der Marschall ein.

»Ich habe mir dieses Umsturzunternehmen in Großbritannien angesehen, und mir scheint, da sind noch eine Menge Kleinigkeiten offen. Der Generalplan gegen die Amerikaner, wie ihn die Sonderkollekten darlegt, ist klar und eindeutig, aber dieses Unternehmen gegen die Briten scheint weder Hand noch Fuß zu haben. Am besten hilft mir da mal jemand auf die Sprünge. Sie sind verantwortlich, Yasnow – erklären Sie.«

Yasnow hatte nicht damit gerechnet, daß er gleich zu Beginn der Sitzung aufgerufen würde, und er drückte seine Zigarette im Aschenbecher aus. Der alte Knabe spielte mal wieder den Dummen, und das war immer recht gefährlich. Aber er holte tief Luft und schoß los, ohne sich über den eingeschlagenen Kurs allzu sicher zu sein.

»Nun, Marschall, es stimmt schon, daß die Parameter dieses Unternehmens ...« Der Marschall fuhr dazwischen.

»Um Gottes willen, Yasnow, drücken Sie sich doch nicht so verblasen aus. Parameter – hört sich an wie ein verkrachter Student. Vielleicht müßte man Ihnen ... nun ja, machen Sie weiter.«

»Verzeihung, Marschall. Unser Ziel ist es, in Großbritannien eine Lage zu schaffen, in der die Arbeiter angemessene Löhne und Arbeitsbedingungen fordern. Die Regierung weist sie zurück, und die daraus entstehende Unzufriedenheit führt ihrem Charakter nach zu offenen Unruhen in einem Umfang, der den Arbeitern das Recht gibt, die Sowjets um Hilfe anzurufen.«

Er lehnte sich zurück und hoffte, jemand anders würde den Faden aufnehmen. Aber das tat niemand. Der Marschall aß Türkischen

Honig und schaute den Kronleuchter an. Nach einigen Augenblicken der Stille sah er zu Yasnow hinüber.

»Yasnow, das hört sich an wie eine echte Presseverlautbarung von den Schlaumeiern im Informationsministerium.« Er schlug mit der Faust auf den Tisch. »Ihre Deckgeschichte interessiert mich nicht. Ich will wissen, was Sie tatsächlich zu tun gedenken.«

General Kurotschkin war Direktor der Militärakademie in Frunse, und er war zu gut und zu alt, um sich von Fäusten, die auf Tische schlugen, beeindrucken zu lassen.

»Ich glaube, Genosse Marschall, daß Yasnow im Moment sehr viel an seiner Deckgeschichte gelegen ist. Sie ist zwar in diesem Raum nicht wichtig, aber in Großbritannien ist sie von höchster Wichtigkeit.«

Woroschilow bedachte den General mit einem grimmigen Lächeln. Dann wandte er sich wieder Yasnow zu.

»Fahren Sie fort, Genosse.«

»Wir haben drei Agentennetze in Großbritannien. Zwei sind ›illegal‹, sie werden von Paris und Dublin aus gesteuert, und eines ist ›legal‹, gesteuert von der Botschaft in Dublin. Es ist noch nicht lange genug da, um wirklich erfahren zu sein, aber es koordiniert die beiden ›illegalen‹ Netze mit gutem Erfolg. Da die Regierung in London bestrebt ist, die Inflation um jeden Preis einzudämmen, haben wir uns das Ziel gesetzt, hohe Lohnforderungen herbeizuführen. Die Gewerkschaften haben bisher immer den Fehler gemacht, daß sie abwarten, bis eine große Gewerkschaft eine Forderung durchsetzt, und dann ziehen die anderen nach. Man nennt das ›Bockspringen›. Die Presse und die Regierung erklären in aller Deutlichkeit, daß sie gegen das Bockspringen sind. Wir haben daher empfohlen, daß durch die Bank mindestens funfundzwanzig Prozent Lohnerhöhung bei weniger Arbeitsstunden gefordert werden. Und daß alle Anträge gleichzeitig eingehen, mit starkem Termindruck. Die Unternehmer und die Regierung müssen ablehnen, und die Arbeit wird völlig niedergelegt. Erneut ein möglicher Generalstreik. Massive Streikposten werden aufgestellt, was zu regelrechten Schlachten mit der Polizei und der Armee führt und zum Zusammenbruch jeder handlungsfähigen Regierung.«

Woroschilow blickte um den Tisch herum und tastete mit der Zunge an seinen Zähnen entlang. Schließlich kehrte er zu Yasnow zurück.

»Es ist Ihnen doch wohl klar, Genosse, daß es nicht so kommen wird, wie Sie das beschrieben haben. Solche Dinge geraten immer durcheinander. Wie viele erfahrene Leute haben Sie darauf angesetzt?«

»Über zweihundert vom KGB. Fünfundsiebzig von der GRU. Unsere Botschaft in Paris, London und Dublin sowie die Polen, Tschechen und Ungarn in London. Sie sind aber nicht über den Zusammenhang mit der Sonderkollekte informiert.«

»Wie beurteilt Pijatokow das Ganze?«

»Er hat eine wesentliche Rolle bei der Planung gespielt. Nach seiner Ansicht funktioniert es, wenn wir den Druck aufrechterhalten.«

Woroschilow rieb sich langsam das Kinn. Der alte Kämpe dachte nach. Er nickte mit dem Kopf, als stimme er einer Bemerkung zu. Aber niemand hatte sich geäußert. Dann nahm er noch ein Stück Türkischen Honig, und bevor er es sich in den Mund schob, sagte er: »Da wäre noch etwas. Letzte Woche habe ich einen Bericht der GRU bekommen, wonach sich in großem Maßstab gehaltene Karten von der Sowjetunion im Pentagon und wahrscheinlich auch in Paris und London befinden. Es gab da irgendeine vage Geschichte, das sei dem KGB zu verdanken. Wissen Sie etwas darüber?«

»Das fällt nicht in meine Zuständigkeit, Marschall. Vielleicht hätten Sie lieber eine amtliche Erklärung.«

Woroschilows Schweinsäuglein blickten ihn listig an. »Vielleicht. Aber sagen Sie es mir.«

»Die kartographische Abteilung der GRU hat zusammen mit dem KGB eine Serie von Landkarten erarbeitet, die wesentlich verzerrt sind. Entfernungen, Höhenlinien, Flußläufe, Namen, das alles wurde so verdreht oder verändert, daß sie unbrauchbar sind.«

»Aber die haben von den Satelliten her doch einige Karten.«

»Nicht mit Namen, Marschall. Es ist nur eine Verwirrungstaktik. Das KGB hat die Karten einsickern lassen.«

Woroschilow nickte. Näher kam er an offenen Beifall nie heran.

»Nun gut, Ihren genauen Bericht über das Subversionsunternehmen heben wir uns für nach dem Mittagessen auf.« Er sah auf eine altmodische Taschenuhr, die er aus seinem Uniformrock zog.

»Wir versammeln uns wieder um eins.«

Semitschastnis Büro in der Moskauer Zentrale war groß und altväterlich. Die hohen Fenster gaben wenig Licht wegen der schweren Vorhänge, und die schöne Lampe auf dem gedrechselten

Schreibtisch malte ein übertriebenes Helldunkel auf die Gesichter der beiden Männer, die dort saßen. Sie hatten ein Tablett mit belegten Broten – Forelle, Räucherlachs und Rote Bete. Ein Silberlöffel mit tiefer Höhlung lag auf einer übervollen Schale mit Kaviar. Ein Korb war gefüllt mit Backwaren, von Mohnbrötchen bis zu den grauen Minsker Pistoletten, die der Marschall bevorzugte. Gideon, der alttestamentarische Rächer, hätte Woroschilow ohne weiteres in seine Kriegerschar aufgenommen, weil er seine Hühnerbrühe trank, ohne einen Löffel zu Hilfe zu nehmen, und sie herunterschlang, als wäre Nahrung zu nichts anderem gut. Er warf den Kopf zurück, um die letzten Tropfen zu ergattern, und klappernd landete die große Tasse wieder auf ihrem Untersatz. Als er sich mit dem Handrücken über den Mund fuhr, sagte er: »Offenbar ist Yasnow noch nicht im Bilde, Semitschastni.«

»Ich hielt es für das Beste, erst noch eine Sitzung im alten Stil abzuhalten, Marschall. Er kommt ja gleich her, dann klären wir ihn auf. Bei der Sitzung heute nachmittag kann der Rückkehr zum Reißbrett allgemein zugestimmt werden. Ich möchte aber, daß dem Subversionsunternehmen die größte Dringlichkeit eingeräumt wird. Dagegen kann niemand etwas haben, und Yasnow bekommt allen Spielraum, den er braucht.« Er lächelte dem alten Marschall zu. »Sie haben das heute morgen vorbildlich angefaßt, Genosse.«

»Sie haben mitgehört?«

Semitschastni nickte, und dann legte er den Finger auf einen aus einer Reihe von Knöpfen und lehnte sich zurück.

»Ich hole Yasnow rein.«

Yasnows Schreibtisch war moderner Teak, die genaue Nachbildung eines Stückes aus einer dänischen Büromöbelkollektion. Er lehnte sich in den bequemen Sessel zurück und rührte langsam seinen Kaffee um. Die Strategie für die Nachmittagssitzung hatte Semitschastni festgelegt, da gab es also keine Haken. Blieb nur *ein* kleines Problem. KGB und Rote Armee wollten auf eigene Faust handeln, ohne Rücksicht auf das Präsidium. Darüber konnte Semitschastnis ganzes Gelaber nicht hinwegtäuschen. Und offensichtlich forderte ihn Semitschastni auf, sich ihnen anzuschließen. Das Problem war also das Präsidium. Zahlte es sich aus, ihnen einen Tip zu geben? Die Erfahrung zeigte, daß Denunzianten stets zwischen die Räder gerieten. Semitschastni hatte die Möglichkeit, daß er zu den Parteibrüdern lief, bestimmt schon erwogen, und wenn er es für unwahrscheinlich hielt, dann doch wohl deshalb, weil er zu dem Schluß gekommen war, daß ein Verrat für Yasnow keinen Vorteil brachte. Er schloß die Augen und legte seinen Kopf auf die Sessellehne. Das Präsidium würde die Subversion zulassen, aber nicht den Nachfolgeschlag gegen die Amerikaner. Nach außen hin führten KGB und Armee nur Befehle aus. Sie hielten die Subversion als Großeinsatz in Gang und beließen den amerikanischen Part auf der Ebene der »bloßen Planung«. Wenn aber der Umsturz gelang, würde es höchstens vier, fünf Tage dauern, bis der Angriffsplan gegen die Amerikaner aus der Taufe gehoben war. Er brauchte ganz zwei Minuten, um seine Entscheidung zu treffen. Er entschloß sich zum Mitmachen. Ob es klug war oder nicht, was KGB und Armee im Schilde führten, und welche Konsequenzen es für Rußland haben könnte, das berührte seine Gedanken nicht.

Mit Sicherheit bedeutete es häufig Reisen nach London, und unwillkürlich faßte er sich an die Rippen. Selbst durch das Seidenhemd konnte er die Narben spüren.

15

Es gab einen Arbeitstisch in Felinskis Quartier, und dort hatte er fast neun Stunden hintereinander gesessen. Er hatte die Dossiers über Leggat und die CIA gelesen. Er hatte auch Maxwells Akte gelesen. Sie wies Maxwell klar als versierten Agenten aus, der auf hervorragende Leistungen zurückblicken konnte. Danach hatte er sich mühsam durch die Dossiers über sämtliche Angehörige der Londoner Botschaften der Sowjetunion, Polens, der Tschechoslowakei und Ungarns hindurchgerackert.

In dem kleinen Nebenzimmer saß ein Hauptmann des Abhördienstes mit einer Ausrüstung, die sich über zwei Wände erstreckte. Dazu gehörten drei Sender, zwölf Empfänger und die Fernschaltung für zwei Richtantennen. Außerdem eine Datenstation mit Anschluß an das Zentralregister.

Kurz vor Mitternacht hatte Felinski gegessen, doch obwohl er müde war, konnte er nicht aufhören, über die vielen hundert Teile des Puzzles zu brüten. Er besaß jetzt einen Schlüssel zu der weißen Tür in der Curzon Street, und als er runter auf die Straße kam, bog er ab und schlenderte zur Ecke Park Lane hinauf. Der Verkehr war um Mitternacht fast so dicht wie mittags. Eine Gruppe von Leuten kam gerade aus dem Playboy Club, und Felinski dachte dunkel an das Mädchen. Auf eine plötzliche, unerklärbare Regung hin machte er kehrt und ging zurück zu der Straßenecke hinter der weißen Tür. Das Curzon-Kino sah noch fast genauso aus wie vor all den Jahren, doch merkwürdigerweise gab die verstrichene Zeit ihm nicht das Gefühl, alt geworden zu sein. Fotos von einer reizenden Blondine hingen in den Schaukästen, und er erkannte Cathérine Deneuve. Es war eine Neuaufführung von Buñuels *Belle de Jour*. Während er nur halb bewußt die Bilder anschaute, sagte eine Stimme leise, mit starkem Akzent: »Die Brücke ist kaputt«, und als er sich umdrehte, packte eine Hand seinen Arm. Woronow schaltete lächelnd auf russisch um: »Maxwell und ich sind eben eingetroffen.«

»Wo wohnst du?«

»Wo du auch wohnst – da ist noch eine Suite für mich. Maxwell wohnt in der US-Botschaft. Er schaut morgen vorbei. Meinte, für heute hätte er genug, darum bin ich alleine hier.«

»Wie bist du rübergekommen?«

»Linienflug, mit einer 747.«

»Ich habe Leggat eine Kontaktnachricht geschickt.«

»Über welchen Briefkasten?«

»Gorki-Park.«

Sie gingen langsam miteinander zum Haus, und als sie oben bei einem Glas Whisky saßen, sagte Felinski: »Ich habe eine Möglichkeit ausgeknobelt, ihn herauszuholen.«

»Erzähl mal.«

»Erst wenn ich drüber geschlafen habe. Spricht irgend etwas dagegen, daß du mit mir nach Berlin fährst?«

Woronow grinste. »Einige hundert Gründe. Aber ich komme mit, Genosse.«

Felinski war gerade aufgestanden, um ihnen beiden noch einen Whisky nachzuschenken, als Woronow wieder sprach: »Wieviel bekommst du für die Sache, Steve?«

»Nichts. Was bezahlen sie dir?«

»Ich bekomme ein festes Gehalt von der CIA, aber für diesen Auftrag gibt es eine Zulage. Leggat bringt fünfzigtausend Dollar. Und ich bekomme auch schon eine Menge, wenn wir das Unternehmen in Großbritannien stoppen.«

»Wieviel hast du beim KGB bekommen?«

»Kleingeld. Die Hunde zahlen mir zehntausend Rubel im Jahr und meine Spesen. Wäre ich Ausländer, bekäme ich zehnmal soviel.« Woronow gähnte, streckte langsam die Arme und stand auf. »Deine Leute sagen, hier dürfen keine Mädchen her.«

Felinski lächelte und nippte an seinem Whisky. »Man wird dich schon versorgen, Kliment. Ich spreche morgen mit ihnen. Jetzt ist es zu spät, du mußt doch sowieso geschafft sein.«

»Ein Plätzchen haben sie schon besorgt. Ein Apartment in der Ebury Street. Ich werde einen kleinen Spaziergang machen, Genosse. Dafür benötige ich deinen Schlüssel.«

Als er aus der Metrostation Panalezkaja kam, wartete Leggat eine Lücke in dem Verkehrsfluß auf der Walowaja-Straße ab. Nachdem er sie überquert hatte, blickte er zum U-Bahnhof zurück, doch niemand beobachtete ihn. Er ging am Dobrynin-Denkmal und an den baufälligen Häusern hinter dem Oktoberplatz vorbei. Auf der anderen Seite lag der Eingang zur Oktoberplatz-Metrostation. Sie war viel näher am Park der Kultur und Ruhe als die Panalezkaja, aber er konnte die paarweise postierten Milizsoldaten sehen. Wie üblich hatten sie ein Auge auf die Ausländer, die im Hotel ›Warschau‹ wohnten.

Leggat überquerte zügig die Krimbrücke über die ruhig fließende Sadowaja, die in die Moskwa mündet. Das Hammer-und-Sichel-Emblem auf dem massiven Tragbalken des gewaltigen steinernen Portals am Gorki-Park war weiß von Taubenkot, und am Fuß des Portals stand die alte Dame, die sich manchmal mit ihrem Korb an den Mauern des Kreml niederließ. Einen Augenblick lang befürchtete er, sie könnte ihn erkennen, doch sie war damit beschäftigt, einer Gruppe von Arbeitern Brote anzubieten. Er schlenderte über das leicht hüglige Gelände, das die Moskwa säumt, ging weiter zum Puschkin-Damm und sah zu, wie die Fähre am Landungssteg festmachte.

Schließlich erreichte er den Neskutschnij-Garten, und sorgfältig zählend kam er zur dritten grünen Bank. Niemand saß auf irgendeiner der eleganten, grüngestrichenen Bänke, und als er sich der dritten näherte, hielt er an und sah auf seinen Schuh hinunter. Er tat so, als wolle er sich bücken, wandte sich dann aber der Bank zu, nahm Platz und beugte sich vor, um seinen Schuh zu schnüren. Als er sich aufrichtete, stellte er seinen Mantelkragen gegen den Wind hoch und betrachtete die bunten Inseln von Herbstastern und Chrysanthemen. Während er sich umschaute, glitten seine Finger an der Unterseite der schmalen Holzlatten entlang, die der Bank ihre bequeme Form gaben. Wo sie durch die erste gußeiserne Strebe liefen, ertastete er es. Seine Finger schlossen sich über der kleinen Metallscheibe und zogen. Der leichte Magnet haftete noch, und er schob ihn seitwärts, bis er in seinen Handteller fiel. Die Hand verschwand in seiner Tasche, er stand auf, stampfte mit den Füßen und ging zurück zur Brücke.

Auf Leggats Schreibtisch lag ein Bogen dichtbeschriebenes Maschinenpapier. Es war eine Liste mit Fragen von Yasnow.

1. Wir haben Nachricht, daß ein Hochhausprojekt namens Centre Point Teil eines geheimen regierungseigenen Tunnelsystems für den nuklearen Ernstfall ist. Normalerweise werden Pläne für große Neubauprojekte dem Kunstausschuß vorgelegt. Bei Centre Point ist das nicht geschehen. Außerdem war das Gebäude starker politischer Kritik von beiden Parteien ausgesetzt, aber unternommen haben beide nichts. Kommentar erbeten.
2. Welche Verbindung besteht zwischen den Höchstfrequenztürmen der Postämter in Stokenchurch und Bagshot. Berichten zufolgen bilden sie Teil eines Katastophenschutzsystems.
3. Schlagen Sie eine Quelle vor für Einzelheiten aus den Verteidigungsrichtlinien der letzten sechs Monate.
4. Vgl. P-Akte über WORONOW, Kliment und beiliegende Kontaktpersonenakte FELINSKI, Stephen. Felinski scheint Offizier des Sicherheitsdienstes zu sein, haben Sie Kenntnis davon?
5. Vgl. beiliegende, ergänzte Akte Nr. 97419 – ›Einschätzung der Sicherheitsdienste der Republik Irland‹. Ihre Stellungnahme zu den kollidierenden Urteilen des KGB und der Botschaft in Dublin.
6. Ihre Stellungnahme zu beiliegender Akte betreffend ETU, TGWU und AEU. Schwerpunkt auf angeblicher Durchdringung dieser Gewerkschaften durch Spezial Branch und MI-5. Welcher Minister hätte dazu die Befugnis zu erteilen?
7. Können Sie die fotografierten Personen in beiliegender Akte ›87 Curzon Street‹ identifizieren?

Felinski hatte eine Stunde mit Tim MacNay und zwei höheren Beamten des Special Branch zugebracht. Er hatte sieben Mitarbeiter der sowjetischen Botschaft in London herausgegriffen, die ganztägig beobachtet werden sollten. Dazu waren achtzehn erfahrene Männer notwendig, was zu einigen Protesten aus den Reihen des Special Branch geführt hatte. Die Proteste wurden von Clayton zurückgewiesen, der Felinski nochmals versicherte, daß allen seinen Erfordernissen die größte Dringlichkeit eingeräumt werde.

Die Besprechung mit Woronow und Maxwell würde wegen Leggats Vorgeschichte noch heikel werden. Aber Felinski brauchte und wünschte die Kooperation der CIA, und er war entschlossen, mit offenen Karten zu spielen, ganz gleich, wie sehr das Londoner Regierungskreise in Verlegenheit brachte. Nur der Premier, der Innenminister und der Führer der Opposition waren von Leggats wahrer Herkunft unterrichtet worden.

»Bill, bevor wir uns an die Planung geben, möchte ich noch eine Frage mit Ihnen erörtern. Aber erst wüßte ich gern, wie viele Leute über Ihre Zusammenarbeit mit dem SIS informiert sind.«

»Die CIA-Spitze und der Leiter der Europaabteilung. Sagen wir sechs oder sieben Leute insgesamt.«

»Und wen unterrichten sie?«

»Vielleicht niemand. Hängt von der Art der Information ab.«

»Wie haben sie es aufgenommen, daß Leggat kein Engländer, sondern Russe ist?«

Maxwell lächelte. »Kritisch in bezug auf euren Sicherheitsdienst, aber eigentlich verständnisvoll.«

»Was ist mit seiner Verwendung?«

Maxwell schüttelte den Kopf. »Ausgeschlossen, Steve. Wir haben eine Regel für umgedrehte Agenten. Einen Schwenk machen wir mit. Auf mehr lassen wir uns nicht ein. Das klappt nie. Wir haben es probiert.«

»Und wenn ich auf Leggat eingehe?«

»Indem Sie ihn rüberkommen lassen?«

»Ja. Und ihn natürlich auch verwende.«

»Dann müßte ich das meinen Leuten sagen, und es ginge zweifellos sofort ans Weiße Haus. Und zweifellos würden sie einschreiten.«

»Heißt das, man würde Sie zurückziehen?«

»Nein, das würden sie wohl nicht tun. Dafür ist die Sache zu wichtig, aber ich glaube, sie würden die Kooperation in mancher Hinsicht kündigen. Sie würden wahrscheinlich die Operation überwachen. Mich ebenfalls.«

»Und wenn wir Leggat weiter als Informant benutzen, ihn aber nicht rausholen?«

»Das ginge, aber ich schlage vor, daß wir alles, was von ihm kommt, genau prüfen, bevor wir darauf bauen.«

»Das sollten wir auf jeden Fall tun. Aber er will ja nicht in Moskau bleiben, und auf dieser Basis arbeitet er vielleicht nicht mit uns zusammen. Was meinst du, Kliment?«

Woronow grinste. »Nun, als ehemaliger KGB-Charge traue ich niemandem. Wenn das Ganze also eine KGB-Operation wäre, meine ich, wir sollten Leggat rausholen und ihn an Ort und Stelle auseinandernehmen.«

»Gut. Verbleiben wir erst mal so, daß wir vorhaben, ihn rüberzuholen, weil das unumgänglich ist, und daß wir ihn weiterhin als erste Quelle benutzen. Wären Sie damit einverstanden, Bill?«

»Ich denke. Warten wir ab, was passiert.«

»Jetzt möchte ich ein wenig zurückgreifen, und ich möchte deine Ansichten hören, Kliment. Wann haben die Sowjets sich zu dieser Erstschlagsstrategie gegen die Amerikaner entschlossen?«

»Das ging zu Chruschtschows Zeiten los. Der Generalstab war entschieden gegen die Eskapaden Chruschtschows, und sein Widerstand festigte sich um die Zeit Kennedys und der Kuba-Raketen. Es war nicht Kennedy, vor dem Chruschtschow gekniffen hat; er hat vor dem Generalstab gekniffen, der über sein Treiben empört war. Er hätte weitergemacht, wenn sie ihn nicht verwarnt hätten. Dann kam die Schweinebucht, und der Generalstab hatte eine Einschätzung von Kennedys wahrscheinlichem Verhalten vorgenommen. Man hielt es für selbstverständlich, daß die Amerikaner geltend machen würden, sie hätten ebenso das Recht, die kubanischen Dissidenten zu unterstützten, wie die Sowjets ihre Leute in Ungarn unterstützen. Die Amerikaner gebrauchten das Argument aber nicht, sie verhielten sich, als wären sie die Schuldigen. Jemand in Frunse hat eine Analyse der US-Haltung in solchen Krisen und der Denkweise ihrer Militärs erstellt, und das war eigentlich der Anfang dieser Operation.«

»Wann war das?«

»Schwer zu präzisieren. Irgendwann zwischen 1930 und 1962.«

»Und zu welchen Schlüssen kam die Analyse?«

»Das Fazit war, daß den Amerikanern die Fähigkeit abginge, eine wirksame Nuklearstrategie auszuarbeiten. Sie machten mit Atomsprengköpfen das gleiche, was der Westen mit Panzern und Flugzeugen getan habe. Sie gliederten sie in ihre bestehenden Waffengattungen ein.«

»Wer hat den Bericht verfaßt?«

»Der erste stammte von Generaloberst Gastilowitsch, und er wurde zur Grundlage der Sonderkollekten.«

»Wie kamen sie zu dem Schluß, daß die Amerikaner keine wirksame Nuklearstrategie entwickeln könnten?«

»Ah ja. Nun, betrachten wir einmal die Waffenproduktion. Die Amerikaner verwenden Millionen Dollar auf die Herstellung ›sauberer‹ Waffen. Minimale radioaktive Verseuchung. Den Sowjets hält man technische Rückständigkeit vor, weil ihre Waffen immer noch schmutzig sind. Frage beantwortet?«

Felinski schüttelte den Kopf. Woronow fuhr fort.

»Nun, genau das ist laut Gastilowitsch das Wesentliche. Der eigentliche praktische Unterschied zwischen der westlichen Philosophie und der marxistischen. Ich bin kein Soldat, Genossen, aber der Generaloberst behauptet, daß die Amerikaner ihre nuklearen Gefechtsköpfe so entwerfen und konstruieren, daß sie Schaden bei der Explosion oder beim Einschlag anrichten. Die Sowjets hingegen sind der Auffassung, daß ›schmutzige‹ Sprengköpfe mit maximaler radioaktiver Terrainverseuchung einen Hauptfaktor im Kampf darstellen. Verstehst du jetzt, um was es geht, Steve?«

»Ja. Die Sowjets wollen weite Gebiete verseuchen, nicht nur bestimmte Ziele.«

»Nun, das ist die Basis, auf der sie diesen Angriff planen. Und noch eins. Es ist bekannt, daß die Sowjetunion keinesfalls auf lange Zeit einen großen Krieg führen könnte. Die Wirtschaft des Landes und die Volksmoral würden eine längere Feuerprobe nicht durchstehen. Im sowjetischen Denken wird jetzt allgemein als Tatsache anerkannt, daß der Krieg mit den Kapitalisten unvermeidlich ist. Daß sie den ersten Schlag führen müssen, ergibt sich von selbst. Es wäre schon dazu gekommen, hätte Chruschtschow seinen Kopf durchgesetzt.«

»Und die Operation gegen unser Land?«

»Soll es neutralisieren. Und Europa neutralisieren. Das ist alles.«

»Wer dirigiert das Unternehmen in Moskau?«

»Alle Anzeichen deuten auf Yasnow.«

»Gut. Wir müssen uns mit den Agentennetzen befassen. Sie operieren alle in England, aber bei mindestens zweien scheint es, als würden sie von außerhalb gesteuert. Irgendwelche Vorschläge, wie wir unsere Zeit aufteilen?«

Maxwell war an Politiker gewöhnt, und er antwortete sofort: »Das ist Ihre Sache, Steve, Sie sind der Boss. Ihre Leute erwarten doch wohl, daß Sie die Koordination übernehmen. Von allem anderen abgesehen, wenn Kliment und ich anfangen, in diesem Land herumzuschnüffeln, fallen wir im Handumdrehen auf.«

»Ich hatte an bestimmte Aufgaben für jeden gedacht. Kliment, ich möchte, daß du unsere Akten über die Sowjetbotschaften hier und in Paris und Dublin durchsiehst. Greif jeden heraus, der als Drahtzieher in Frage kommt. Ich versuche das von Leggat zu erfahren. Bill, Sie tun sich bitte mit Lomax vom Special Branch zusammen. Gehen Sie sämtliche erfaßten Umstürzler mit ihm durch, werfen Sie einen Blick auf die üblichen Wochenberichte über Militante und Agitatoren und schauen Sie, ob sich ein Muster abzeichnet. Wir treffen uns heute abend wieder. Acht Uhr an dieser Stelle. Ich lasse uns was Eßbares raufbringen.«

Berichte und Nachrichten stapelten sich auf Felinskis Schreibtisch, und er wußte aus Erfahrung, daß dieser Fluß genauer Einzelinformationen, sich bei jedem Spionageabwehr-Unternehmen auszahlte. Leggat hatte bereits zwei Namen genannt. Einen davon gab er an Woronow weiter. Er hätte gern gewußt, warum Leggat Einzelheiten aus den Verteidigungsrichtlinien vom letzten Halbjahr verlangte und bat die Botschaft in Moskau, sie sofort zu liefern.

Maxwell kam erst um 20 Uhr 15 zurück, und eine Stunde später beendeten sie ihre Mahlzeit. Es war Maxwell, der das Gespräch in Gang brachte.

»Steve, jetzt will ich mal offen sein. Wieviel wissen Sie über die NSA?«

»Eure Funküberwachung in Fort George Meade?«

»Ja. Die meine ich.«

»Mir ist ziemlich klar, was die machen. Überwachung und Entschlüsselung.«

»Sie wissen auch, daß wir damit unsere Verbündeten ebenso abdecken wie unsere Gegner?«

»Davon gehe ich aus.«

»Okay. Heute haben sie der CIA einen Kontrollbericht durchgegeben, und die haben ihn mir zugeleitet. Sie hören den Verkehr zwischen

Ihnen und Ihrer Botschaft in Moskau ab, und sie haben Ihre Nachricht von Leggat wie auch Ihre Antworten aufgeschnappt. Es wurden Verteidigungsrichtlinien erwähnt.«

»Haben Sie sich dazu geäußert?«

»Nein, aber ich fand, Sie sollten es wissen.«

»Irgend etwas vom Special Branch?«

»Ja. Es gibt zumindest ein Teilmuster. Im Bereich Birmingham läuft derzeit eine ganze Menge. Ich habe es zu einer Akte zusammengestellt, und ein paar Jungs werden das mal unter die Lupe nehmen.«

Felinski wandte sich an Woronow. »Wie steht's mit den Botschaften?«

»In Paris liegen wir richtig, aber ich kann dir auch sagen, daß es sich da um das Netz Nummer 2 handelt. Zumindest ist es nicht die Nummer 1. Die Nummer 1 ist Dublin, da sitzen drei Topleute. Ein politischer Organisator, ein Nachrichtenmann und ein Typ von der GRU, der beste Guerillafachmann, den sie haben. Er war schon zwei Jahre als Berater der IRA in Irland, bevor die Sowjetbotschaft nach Dublin kam. Er gehörte zur ständigen Handelsmission der Sowjets in der Republik. Wenn wir die drei beschatten, bekommen wir schon ein Bild.«

15

Leggat hatte fast fünfzehn Minuten gebraucht, um durch die Routinekontrollen der Lubjanka nach draußen zu gelangen. Er stand am Kopf der Treppe und sah über den Platz. Es war ein schöner, kalter Abend mit tiefblauem Himmel und so klaren Sternen, daß es sich ausnahm wie ein Bühnenbild. Er schaute auf seine Uhr. Zeit genug, um zu Fuß zu gehen. Heute war ein besonderer Abend im Bolschoi-Theater; sie besannen sich auf Vergangenes und tanzten Glières »Roten Mohn«. Ganz Moskau fühlte sich Glière, dem ersten Lehrer von Prokofjew, herzlich zugetan. Und »Roter Mohn« war Moskaus Huldigung.

Es war immer noch früh, als er zum Swerdlow-Platz kam, und er blieb einen Augenblick stehen. Das war sein Lieblingsplatz, der fröhlichste und lebendigste in Moskau. Sie hatten Scheinwerfer über Vitalis hübschen Brunnen gehängt, und auf der anderen Seite ragte die Büste von Karl Marx aus ihrem Granitsockel hervor.

Harter Reif bedeckte den Platz, und vorsichtig machte er sich auf den Weg zum Restaurant des Metropol, um zu Abend zu essen. Wieder daheim in seiner Wohnung, goß er sich einen Weinbrand ein und schaltete das Licht an dem kleinen, reich verzierten Schreibtisch an. Es war ein französischer unbestimmter Herkunft, aber im Rokokostil, mit eingelassenen Tintenfässern aus Porzellan und einer länglichen Vertiefung für das Schreibzeug. Er setzte sich bequem in seinen Sessel und faßte behutsam an das schlanke geriffelte Tischbein. Eine leichte Drehung, ein Klicken, und er griff unter den Schreibtisch und tastete in dem Geheimfach nach dem Buch. Er legte es auf die Schreibplatte und bewunderte den ledernen Einband. Es war Leggats Lebensversicherung, seine Kapitalquelle in einer kapitalistischen Welt. In Kurzschrift hatte er 150000 Wörter für seine Autobiographie angesammelt. Die amerikanischen und britischen Rechte allein würden ihm für den Rest seines Lebens den schönsten Wohlstand bringen. Er hatte sich noch nicht endgültig entscheiden können zwischen einem eher kleinen Château an der Loire oder etwas Anspruchsvollerem in Irland. Vielleicht nahm er beides. Er schrieb weitere fünfhundert Wörter, bevor er zu Bett ging.

Zwei Tage lang hatten Felinski und Woronow alternative Fluchtwege für Leggat durchgespielt, und schließlich lief es auf zwei Möglichkeiten hinaus. Die erste erforderte eine Reise nach Warschau unter dem Vorwand der Kooperation mit der polnischen Geheimpolizei Z-11. Dann die lange Fahrt per Bahn und Auto nach Magdeburg. In Magdeburg gab es eine Fluchthelfergruppe, die Leggat kurz unterhalb des Kontrollpunkts Helmstedt über die Grenze bringen konnte. Die Alternative war der direkte Weg. Freitags nach Dienstschluß ein planmäßiger Flug mit Aeroflot von Moskau nach Berlin, dann durch den Nebenkontrollpunkt Sonnenallee, indem er seinen roten KGB-Ausweis vorzeigte. Das erforderte nichts als Dreistigkeit und Arroganz. Es dauerte nur ein paar Stunden statt drei Tage, und Deckgeschichten für Berlin gab es im Dutzend. Hingegen würde auf der anderen Strecke, wenn Leggat erst aus Warschau heraus war, keine Legende wirklich stichhaltig sein. Dieses Ergebnis wurde Leggat mit der Montagspost unter der Bank im Gorki-Park übermittelt. Er gab seine Zustimmung am gleichen Abend in einer codierten Telefonnachricht an eine Nummer in Leningrad.

Leggat war mit einer Ballerina des Bolschoi-Balletts zum Zirkus verabredet, und als er sie im National abholte, forderte er telefonisch einen Dienstwagen an. Es war bereits 18 Uhr 15, und der Zirkus begann in einer Viertelstunde. Es war erst 20 Uhr 30, als das Publikum den letzten Akt beklatschte, die Trapezkünstlerin mit dem großen schwarzen Adler. Danach hatte er seinen Gast mit nach Hause genommen, und sie aßen von der kalten Platte und dem Obst, das die alte »Babuschka«, die bei ihm putzte, auf dem ovalen Tisch zurückgelassen hatte.

Er sah zu dem Mädchen hinüber. Sie war zierlich, mit großen braunen Augen und einem schlanken Hals. Nadja Jelena Jakolewna. Er fragte sich, wieso anscheinend alle Ballerinen Nadja hießen, doch so konnte man sich ihre Namen leichter merken. Sie war neu, vielleicht nicht völlig unberührt von Menschenhand, aber das Karussell der Generäle hatte sie nicht durchlaufen; die bezogen ihr junges Blut von der Schwesternschule. Doch obwohl Leggat frei wählen konnte, hielt er sich im allgemeinen an Ballettmädchen; er hatte eine verschwommene Theorie, daß ihnen das Körpertraining im Bett zugute kam. Viel Busen hatten sie selten, aber ihre hübschen Hintern waren immer etwas Besonderes. Sie hatte sich lächelnd auf seinen Schoß gesetzt, und während seine Hand unter ihrem Rock forschte, aß sie den roten Kaviar von der Silberplatte. Als die Dinge weiter fortschritten, bat sie, ihren schwarzen Samtrock ausziehen zu dürfen. Es war der einzige gute, den sie hatte, aber gleich danach ließ sie sich wieder auf seinem Schoß nieder und wand sich entgegenkommend, als er die 50-Rubel-Note in ihren Brustbeutel steckte. Er hatte die komplette Fassung von »Schwanensee« aufgelegt und war etwas schockiert, daß sie dasaß, ihren Wein trank und andächtig der sinnlichen Musik lauschte, während er sich mit ihr vergnügte. Und als alles vorbei war, schien sie es gar nicht gemerkt zu haben. Nach einem weiteren Glas Wein hatte er sie in sein Schlafzimmer gebracht, und als er sie zum dritten Mal nahm, schlief sie schon. Aber er wußte, daß er gut gewesen war. Er mochte graue Haare haben, doch sie wellten sich wunderbar jugendlich.

Er ging hinaus ins Wohnzimmer. Müde, aber noch nicht schläfrig. Er hatte vier Tage lang nichts in sein Buch geschrieben, und er knipste die kleine rosa Lampe an und setzte sich leise in den Sessel. Automatisch kam der Griff nach dem schlanken geriffelten Bein. Er langte behutsam in den verborgenen Hohlraum unter dem Schreibtisch, und seine Finger trafen auf Holz. Mit pochendem Herzen bewegte er die Hand, bis sie die Rückwand und die beiden Seiten berührt hatte. Das Tagebuch war fort. Das Fach war leer. Er hörte sich laut aufstöhnen. Keuchend stürzte er zum Hängeschrank, um seine Taschenlampe zu holen. Er kniete sich hin und leuchtete das Fach mit dem dünnen Strahl aus. Es war leer. Vielleicht, dachte er, hatte er das Buch nicht wieder in sein Versteck gelegt. Dabei wußte er genau, daß das nicht sein konnte. Vergeblich suchte er die Schubladen und die Schreibplatte ab. Sein Atem kam in schweren Stößen durch den offenen Mund. Er zitterte, während er vor Angst und Verzweiflung aufheulte. Wann war es verschwunden, und wer hatte es? Aber das wußte er nur zu gut. Vielleicht gelang es ihnen nicht, seine Kurzschrift zu entziffern. Doch er wußte, daß auch diese Hoffnung vergebens war. Vielleicht hatten sie sie noch nicht entziffert, vielleicht hatte er noch Zeit. Ihm war kalt, und er schlotterte heftig. Aber das Adrenalin, das in seinem Blut kreiste, gab ihm den nötigen Mut. Er würde es versuchen. Er würde es versuchen und sehen, was geschah.

Er zog sich rasch und leise an, steckte den KGB-Ausweis in seine Brieftasche und den Reisepaß in seinen Mantel. Sein Auto stand noch auf der menschenleeren Straße. Es sprang sofort an, und er warf einen Blick auf seine Armbanduhr. Um 6 Uhr 15 ging eine Frühmaschine. Er lenkte den Wagen nach Norden und fuhr vorsichtig in Richtung Flughafen. Wenn er die Zeit richtig abschätzte, brauchte er dort nur fünfzehn Minuten zu warten. Dann sah er die beiden Männer im schwachen Morgenlicht. Es waren Milizionäre in Uniform, und einer winkte ihn mit einer Lampe an den Straßenrand. Er war versucht durchzubrechen, ahnte aber, daß das ins Auge gehen würde und hielt an. Der Größere klopfte an die Scheibe, und er ließ sie langsam herunter.

»Wohin wollen Sie, Genosse?«

»Zum Flughafen.«

»Ihre Moskauer Aufenthaltsgenehmigung, Genosse.«

Er holte den roten KGB-Ausweis hervor, und der Milizsoldat salutierte. Er verglich Foto und Personenbeschreibung und gab den Paß zurück.

»Wir wollen Sie nicht aufhalten, Gospodin.«

Die beiden salutierten und traten zur Seite.

Ein Schneewirbel kam, als Leggat auf den Parkplatz des Flughafens bog. Dort waren zehn Plätze für die Fahrzeuge hochstehender Personen abgeteilt, und Leggat parkte sorgfältig in einer der mittleren Lücken. Als er durch den Haupteingang trat, sah er, daß der Flug schon ausgerufen war und Leute am gegenüberliegenden Flugsteig Schlange standen. Der rote KGB-Paß war für alle Reisen innerhalb der Sowjetunion und der Warschauer Paktstaaten gültig, und man winkte ihn ohne Formalitäten durch. Außerdem gab es ein gutes Omen. Ein rangniederer KGB-Offizier kam aus dem KGB-Büro und nickte lächelnd, als er ihn sah. Einen Augenblick fragte er sich, ob ihm ein blödsinniger Irrtum unterlaufen und das Tagebuch noch in der Wohnung sei, aber er wußte, daß ein Irrtum ausgeschlossen war. Trotzdem suchten sie ihn offensichtlich nicht, sonst wäre er nie so weit gekommen.

Es gab keine Speisen und Getränke auf dem Flug am frühen Morgen, doch die Stewardessen verteilten Gutscheine für eine Mahlzeit in Berlin. Er wartete stumm, hatte Angst, die Kanzeltür würde sich öffnen und jemand von der Besatzung käme nach hinten. Die Zentrale konnte noch Funkkontakt mit der Maschine aufnehmen, bis sie herunterkam. Sie würde auf dem Flughafen Schönefeld landen, und die meisten Passagiere würden weiterfliegen nach Dresden oder Prag.

Der Schnee in Berlin lag fünf Zentimeter hoch, und nur drei andere Passagiere steuerten mit knirschenden Schritten auf die Abfertigungsgebäude los. Die übrigen wanderten zu der kleinen Warteschlange vor dem noch geschlossenen Restaurant hinüber. Leggat ging geradewegs zum Ausgang. Einige Taxen standen bereit, doch er ließ sie außer acht und nahm zu Fuß die lange Straße, die zum Kontrollpunkt führte. Der Schnee fiel gemächlich, und die Stille gab ihm seine Zuversicht zurück. Er war auf halbem Weg zu dem Kontrollpunkt, als das Flugzeug über ihm drehte und nach Süden flog. Geradeaus sah er die Gebäude des Grenzübergangs unmittelbar vor der Mauer. Zwei schwarz-weiß gestrichene Schranken waren zu beiden Seiten der Büros und des Wachraums. An der ersten Schranke standen zwei Grenzpolizisten, und nachdem sie seinen KGB-Ausweis sorgfältig geprüft hatten, erhielt er ihn zurück. Die Schranke schwang hoch, und Leggat ging weiter. Er lächelte halb, denn er wußte, er hatte es geschafft. Mit zehn Schritten würde er die zweite Schranke hinter sich lassen; dann ein paar Meter noch, und er war über den weißen Strich, der die Grenze nach West-Berlin markierte. An der zweiten Sperre angelangt, wartete er, daß sie hochginge, und drehte sich lächelnd nach dem Posten um. Und dann sah er ihn. Yasnow lehnte lässig an der Tür des Wachraums. Als er auf Leggat zukam, verständigte er sich nickend mit den Posten, die ihre MPs anlegten. Er blieb kurz vor Leggat stehen und schaute ihm ins Gesicht: »Kakwij dajechali, Leggat?«

Yasnow machte keine Anstalten, den Sturz des zusammensinkenden Leggat abzufangen. Die beiden Grenzer hoben den bewußtlosen Körper auf, und Yasnow nahm den roten Ausweis aus dem Schnee.

17

Fast jede Hauptstadt dieser Welt verfügt über eine Einheit, einen Zusammenhalt, der ihr Identität verleiht; manche bis hin zum »Charisma«, manche bis zur Verzweiflung. Dublin ist wie in allem anderen die große Ausnahme. Wenn es Kobolde in Irland *gibt*, dann sind sie nicht in Dublin, denn Dublin hat Gespenster, und in Dublin nähren die Menschen die Gespenster. Keine Armut, kein Frieden hat das je verhindern können. An jenem Osterfest, als der brutale Liebhaber über die Irische See zurückgeworfen wurde, hat er sein Bastardzeichen zusammen mit dem Unterhaltsgeld hinterlassen. Wollen Sie Zuneigung für die Iren entdecken, dann suchen Sie in England. Und wollen Sie die Engländer herunterreißen, dann horchen Sie nach Irland rein.

Wer die Oberschicht von Dublin verstehen möchte, beginnt am besten bei Proust: Bigotterie und Witz, Poesie und Gewöhnlichkeit, Neurose und Leidenschaft sind hier wie dort. Die Iren haben die herrschende Klasse, die sie verdienen, aber sie waren klug genug, ihr Grenzen zu setzen und sie nach Dublin zu sperren. Und dort tändeln und bändeln, schockieren und intrigieren, strahlen und blenden sie nach Herzenslust. Und in Kerry, Cork und Limerick kräht kein Hahn danach. Die Schriftsteller, die Künstler fliehen mit dem Guiness in der Hand nach England, um sich ihr Brot zu verdienen. Und ihre englischen Kollegen fliegen nach Irland wegen Charlie Haughes Steuernachlässen. Es ist zum Lachen und zum Weinen. Zweifellos fürchten die Iren Gott, und zweifellos beruht die Furcht auf Gegenseitigkeit.

Unmittelbar nördlich von Dublin erhebt sich die Landspitze von Howth über der Dubliner Bucht. Knapp zwei Meilen vom Hafen entfernt scheint die Straße sich zu verlieren, und dort, wo sie aufhört, geht ein gutgepflegter Weg zu einem Haus und einer Gruppe von Wirtschaftsgebäuden ab, die als O'Malley's Farm beschildert sind.

Grainne van Rijk hatte die Farm und das Land geerbt, als ihr Vater 1944 starb. Sie war damals noch keine zehn. Ihr Vater fiel bei dem Angriff auf Nimwegen als Offizier der britischen Fallschirmtruppe. Er hatte die Deutschen noch mehr gehaßt als die Engländer, und das kleine Mädchen hatte auch dies von ihm geerbt. Knapp zwölf Jahre nach dem Tod des Vaters hatte sie Jan van Rijk kennengelernt.

Für manche Länder hörten die kriegerischen Auseinandersetzungen 1945 nicht auf, und zu ihnen zählte Holland. Van Rijk war Fallschirmjägersergeant in Holländisch-Indien gewesen und mit einem zerschmetterten Knie heimgekehrt. Danach hatte er sich entschlossen, am Trinity College in Dublin zu studieren, und dort lernte er Grainne O'Malley kennen. Es war das erste Mal, daß er schwarzes Haar gepaart mit hellgrünen Augen sah, oder wenigstens schien es ihm so. Sie war keine Studentin, sondern mit einer Freundin zu einem Samstagabendschwof vorbeigekommen, und in der ihr angeborenen direkten Art hatte sie den jungen Mann, der niemals tanzte, um einen Walzer gebeten. Er hatte zwar freundlich gelächelt, aber die Sache mit seinem Knie erklärt und sich zur Theke gewandt, um ihr einen Drink zu spendieren. Als er sich noch einmal umdrehte, um sie zu fragen, was es denn sein solle, hatte er die Tränen in den großen grünen Augen gesehen, und sein Lächeln war langsam erloschen.

Er machte ihr ein Jahr lang den Hof. Er küßte sie. Mehr versuchte er nicht, und er war zufrieden damit. Er fuhr nach London, wenn seine Lust zu stark wurde. Sie ließen sich in der Kirche zu Malahide trauen, weil sie dort auch getauft worden war.

Van Rijk übernahm die ganze Farmarbeit, und ein Knecht und eine Magd waren ihm dabei behilflich. Anfang 1968 wurde ihm zum erstenmal bewußt, welchen Haß seine reizende Frau gegen die Endländer hegte. Sie erzählte ihm, wie Erskine Childers die Gewehre für den Osteraufstand in Howth Harbour gelandet hatte, und ihm fiel auf, daß sie die Rolle der Maude Gonne hervorhob, der Engländerin, die mit ihrer Kampagne für die Freiheit Irlands den Aufstand unterstützte. Er war nicht überrascht, als er drei Monate später die Gewehre in der Scheune fand. Es waren Armalite AR-18er ohne Magazine. Beim Abendessen am selben Tag kam er darauf zu sprechen.

»Die Dinger in der großen Scheune, Grainne, Liebling. Die arbeiten mit Gasdruck, und da drin sind sie in zwei Tagen rostig.«

Sie erwiderte sein Lächeln.

»Erst willst du einer Farmerstochter die Landwirtschaft beibringen, und jetzt willst du einer Irin was über Waffen erzählen.«

Er aß weiter, und ohne aufzuschauen, sagte er: »Die Magazine hab' ich nicht gesehen, Kind, aber die verrosten auch.«

Vier Jahre hindurch wußte er, was lief, mischte sich aber nicht ein. Er beobachtete das Kommen und Gehen und war Zeuge von Zusammenkünften und Telefongesprächen. Als er die Kiste sowjetischer Tokarews, Modell 40, fand, wurde ihm klar, daß sie den Boden unter den Füßen verlor. Sie einigten sich darauf, daß er die Führung übernehmen sollte, und die beteiligten Männer waren einverstanden. Trotz seines steifen Beins war er mehr Soldat als sie alle.

Die kleine Scheune wurde in eine Werkstatt zur Instandhaltung der verschiedensten Waffen umfunktioniert, angefangen von der Lee-Enfield bis zum sowjetischen SWD-Präzisionsgewehr. Und am Ende war es van Rijk, der als Verbindungsmann zu den Russen und Polen fungierte. Nach weniger als einem Jahr leitete er sämtliche nordirischen und englischen Unternehmungen.

In den Vortagsberichten, die Felinski vom zentralen Nachrichtendienst zugegangen waren, lag eine Meldung von der Botschaft in Moskau, daß sie den Kontakt mit Leggat verloren hatten.

Dazu kam ein Stoß Zeitungsausschnitte.

> Einer aus der *Times* lautete:
> Bei den Britischen Stahlwerken in Llanby haben 250 Beschäftigte der Kaltwalzerei die Arbeit niedergelegt, nachdem sie im Lauf der Woche bereits einen Bummelstreik durchgeführt hatten. Ihre Aktion fällt zeitlich mit der Arbeitswiederaufnahme von 166 Warmwalzern zusammen, die aus Protest gegen die Entscheidung des Unternehmens, die garantierte Wochenlohn-Absprache aufzuheben, vier Tage lang gestreikt hatten.
> (Eine Randnotiz verwies auf P-Akte Nr. 9714.)

> Ein Ausschnitt aus dem *Daily Telegraph* lautete:
> Der *Daily Mirror* und der *Daily Express* haben auf Grund gewerkschaftlicher Aktionen 1 Million Exemplare ihrer Mon-

tagsausgaben eingebüßt. Nach den für heute anberaumten Versammlungen des Setzer- und Druckerpersonals verschiedener Verlagshäuser wird mit weiteren Unterbrechungen in der Herausgabe überregionaler Tageszeitungen gerechnet.
(Angeheftet war eine maschinenschriftliche Notiz: »Vgl. Überwachungsbericht 197819.«)

In einem längeren Beitrag aus der *Birmingham Post* wurde der Produktionsrückgang bei British Leyland – 27 Prozent innerhalb von zehn Monaten – untersucht. Hierzu lagen Stellungnahmen des Präsidenten von BL und eines Vertrauensmannes vor. Felinski wurde auf neun Überwachungsberichte verwiesen.

Es gab eine Meldung des Abhördienstes über verstärkten Funkverkehr bei den sowjetischen Botschaften in Paris, London und Dublin.

Die NSA in Fort George Meade hatte die CIA einen Bericht übersandt, den diese an Maxwell weitergereicht hatte. Er wies darauf hin, daß ein im Bereich Dublin verwendeter, ausgefeilter Code Ähnlichkeit hatte mit einem bisher nicht entschlüsselten, der zwischen Moskau und einem fahrbaren Sender in Südostengland in Gebrauch war.

Es gab zwei Meldungen über ein sowjetisches U-Boot im Irischen Meer, und vor der Küste von Cork war ein Minenräumboot der Polukhinklasse ohne Positionslichter aufgefallen.

Ein Leutnant des 42. Hochlandregiments, der eine Grenzpatrouille im Gebiet von Ballyconell führte, wollte eine ungewöhnliche Waffe gesehen haben. Seinem Bericht zufolge hatte er sie durch ein Fernglas gesichtet, auf schwierigem Terrain und unter ständigem Beschuß von leichten Waffen, doch er war überzeugt, daß es sich um eine russische SAM-7-Rakete handelte.

An den Universitäten von Kent und Sussex waren Protestkundgebungen in Krawalle umgeschlagen, und in beiden Fällen wurde mit Maschinenpistolen geschossen. In Kent waren ein Dozent und eine Kantinenarbeiterin getötet worden. Der Protest hatte sich gegen den Ausschluß eines kommunistischen Studenten gerichtet, der nach Einschätzung seines Dekans nicht den Studienanforderungen genügte. Der Prorektor hatte sich bereit erklärt, den Studenten wiederaufzunehmen. In Essex gab es keine Toten. Sieben Mitglieder des Lehrkörpers waren krankenhausreif geprügelt worden, und eine Gruppe Randalierer hatte Sachschaden in Höhe von 15000 Pfund angerichtet. Wegen des Wetters und der zerbrochenen Fensterscheiben, die nicht kurzfristig ersetzt werden konnten, hatte man achthundert Studenten nach Hause geschickt. Der Grund des Aufruhrs war, daß die Universität einen liberalen Abgeordneten eingeladen hatte, über »Partnerschaft in der Industrie« zu sprechen. In beiden Fällen zählten die randalierenden Studenten weniger als zweihundert. Unvollständige Listen mit den Namen der Beteiligten lagen vor. Von achtzig Namen erschienen mehr als die Hälfte auf beiden Listen.

Es gab einen Bericht des Special Branch über den Tod eines gemäßigten Gewerkschaftsführers der AEU. Der Fall wurde trotz unzureichender Beweise als Mord aus politischen Motiven behandelt.

Ein Bericht der Militärpolizei über einen desertierten Fernmeldesergeant enthielt eine Aussage seiner Frau, die überzeugt war, daß er erpreßt wurde. Er hatte an einem Sicherheitslehrgang in Catterick teilgenommen, als er desertiert war. Die Militärpolizei hatte verbranntes Papier von dem Feuerrost im Quartier des Sergeants sichergestellt und daraus zwei Fotografien im Format 18 x 24 cm rekonstruiert. Beide Aufnahmen zeigten den Sergeant in einer kompromittierenden Situation mit einem Mädchen. Man hatte sie dem Offizier vorgelegt, der die Ehefrau befragt hatte: Sie war nicht das Mädchen auf den Fotos.

In einer Notiz wurde Felinski gebeten, einen Inspektor Watkins von der Sittenpolizei anzurufen.

Woronow leitete unterdessen die Observation der sowjetischen Botschaft in Kensington Palace Gardens, und Maxwell hielt die Verbindung mit dem Special Branch aufrecht.

Felinski traf sich mit Inspektor Watkins in New Scotland Yard, und der Inspektor hatte zwei schwere Aktenordner auf dem Tisch neben seinem Schreibtisch. Er tätschelte den dickeren Ordner wie ein liebes altes Haustier und sah Felinski an, als wollte er die Vertraulichkeit dessen, was er zu sagen hatte, unterstreichen.

»Mr. Felinski, von höherer Stelle wurde mir nahegelegt, mit Ihnen kurz über eine meiner laufenden Ermittlungen zu sprechen. Ich weiß nicht, was Sie tun, und man hat mich gebeten, nicht danach zu fragen.«

Er legte eine Pause ein, um Felinski Gelegenheit zu geben, es von sich aus zu sagen. Felinski nickte nur und wartete darauf, daß er weitersprach, was er denn auch tat. Er tätschelte die Akte nochmals und fing an.

»Ich bearbeite den Fall eines Callgirlrings mit Sitz in Mayfair, Mr. Felinski. Die spezialisieren sich auf Sadomasochismus. Haben ein sehr hübsch einrichtetes Souterrain – gute Ausstattung – mit allem Hin und Her, von Daumenschrauben bis zum Kreuz. Wie Ihnen bekannt sein dürfte, muß ein Mann, der solche Dienste in Anspruch nehmen möchte, teures Geld bezahlen. Daher interessieren wir uns für dieses Gebiet ganz besonders. Das Haus wird gern von wohlhabenden Leuten besucht, und wie Sie wissen, sind die Reichen mächtig und haben teil an Staats- und Wirtschaftsgeheimnissen. Auf der Kundenliste dieser Frau sind einige, die für Sie interessant sein könnten. Ich weiß nicht, welche, aber die Namen und Akten stehen zu Ihrer Verfügung.«

»Ich nehme an, Sie haben sich über die Frage der Sicherheit schon Gedanken gemacht, Inspektor.«

»Nicht direkt, Sir, das schlägt nicht in mein Fach, aber ein halbes Dutzend Namen habe ich angekreuzt. Ich könnte mich allerdings irren.« Und er schob Felinski beide Akten über den Schreibtisch zu. Der schlug die nächstliegende auf, schaute dann den Inspektor an und sagte: »Werden diese Leute bei solchen Perversionen eventuell auch fotografiert?«

»Du lieber Himmel, ja. Einige von ihnen haben Archive mit Fotos, sogar Filmen, und ich habe einen Schrank voll von dem Zeug, einschließlich Videobänder. Das steht Ihnen alles zur Verfügung. Der andere Ordner ist die Hauptakte, Sir.«

Auf die Innenseite des Umschlags war eine maschinengeschriebene Namensliste geheftet, und er sah sich zuerst die mit einem Kreuz markierten an. Einer war ein Beamter der sowjetischen Botschaft, einer ein jüngerer Minister, und vier waren Abgeordnete des Unterhauses. Dann las Felinski sorgfältig die Liste durch. Es waren hundert Namen pro Seite, und vier Seiten hatte sie: 375 Namen insgesamt. Nach einer Stunde, die auch der Inspektor mit Unterbrechungen im Büro zubrachte, schob Felinski seinen Stuhl zurück.

»Wenn hinter den Namen ›Q.C.‹ steht, heißt das wirklich, daß es Kronanwälte sind?«

»Leider ja, Mr. Felinski. Da sind ziemlich viele drunter, ich weiß. Hängt damit zusammen, daß man den ganzen Tag Angeklagte vor sich hat. Die Psychiater nennen das wohl Rollenumkehrung oder so ähnlich. Das gleiche gilt natürlich für die Pastoren.«

»Und wie erklärt sich der Hochadel?«

»Ach, die. Als Kinder verzogen, und jetzt haben sie zuviel Moos. Sie meinen, alles, was sie tun, sei richtig. Sie halten sich nicht an die Regeln, sondern sie machen die Regeln. Fing wahrscheinlich schon bei ihren Kindermädchen an, Sir.«

»Haben Sie von allen Einzelakten?«

»Ja, Sir. Die Zahlen in Klammern sind die Aktennummern.«

»Ich werde eine Liste zusammenstellen.«

Auf Felinskis Bogen erschienen sieben Abgeordnete, drei Lords, fünf hohe Staatsbeamte, zwei Journalisten, neun Diplomaten verschiedener Nationalität, ein bekannter Rundfunksprecher, zwei hohe Offiziere der Streitkräfte und ein Kabinettsminister. Von ihrem Aktenmaterial nahm er Fotokopien mit.

Die Akten der drei sowjetischen Diplomaten zeigte er Woronow, der mit einem breiten Lächeln bedächtig die Einzelheiten durchlas. Als er den letzten Ordner geschlossen hatte, lehnte er sich grinsend zurück, und Felinski meinte: »Auch deine Akte würde den einen oder anderen zum Schmunzeln bringen, Genosse.«

Woronow schüttelte lächelnd den Kopf. »Darum geht es nicht, Steve. Schau her.« Und er nahm den ersten Ordner und schlug ihn auf. An das Vorsatzblatt waren vier Fotos geheftet. Eins zeigte einen Mann, der in strahlendem Sonnenschein spazierenging. Auf dem zweiten war nur sein Gesicht, das Kinn leicht verdeckt von einem Weinglas. Die beiden anderen zeigten ihn nackt ausgebreitet, mit Stahlringen an eine weiße Wand gefesselt. An der Wand waren Blutspritzer von den Striemen, die eine Peitsche über seinen Körper gezogen hatte. Das Mädchen, das die Peitsche hielt, war hübsch und nackt. Felinski blickte zu Woronow auf.

»Alle drei sind vom KGB, Steve, aber das hier ist Yasnow.«

»Bist du sicher?«

»Gar kein Zweifel. Laß deine Leute in Moskau prüfen, wo Yasnow zu den in der Akte aufgeführten Zeiten war, und du wirst sehen, daß er es ist. Oberst des KGB, und hängt an der Wand. Mein Gott, könntest du den am Wickel kriegen.«

»Er muß doch gewußt haben, wie riskant es ist, wenn er das in London macht.«

»Klar ist es riskant, aber sein Sex treibt ihn. Daheim in Moskau hat er dazu keine Möglichkeit. Nie und nimmer bekäme er ein russisches Mädchen dazu, das zu tun.«

Felinski dachte daran, was der Mann von der Sitte über Rollenumkehrung gesagt hatte, und es paßte nur zu gut.

›Passen die anderen Sachen in der Akte mit Yasnow zusammen?«

»Ja. Es besteht kein Zweifel.«

Felinski griff zum Telefon und wählte die Nummer von Inspektor Watkins. Man gab ihm seine Privatnummer. Er war nicht im Dienst. Der Inspektor meldete sich beim zweiten Klingeln.

»Ja.«

»Felinski hier, Inspektor. Ich hätte zwei oder drei Fragen. Geht das, oder kommt es ihnen ungelegen?«

»Schon gut, Sir. Schießen Sie los.«

»Werden diese Perversionen in den meisten Ländern kommerziell befriedigt?«

»O nein, Sir, deswegen sind ja so viele Ausländer hier unter den Stammkunden. Die ganzen Araber beispielsweise. London ist die Hochburg, Sir.« Er hörte sich beinahe stolz an, als fördere er die Überseehandelsbilanz.

»Wie hoch sind die Preise?«

»Wofür, Sir?«

»Nun, sagen wir fürs Auspeitschen.«

»Das ist ziemlich einheitlich, Sir. Fünf Pfund pro Schlag, seit Jahren.«

»Und die Leute am Kreuz und an den Wandringen?«

»Tja, das ist schon eine längere Sache. So hundert Pfund den Tag.«

»Wird es bar bezahlt?«

»Alles in bar. Bar im voraus.«

»Können wir das Mädchen eines Kunden identifizieren?«

»Sie bleiben generell bei ein und derselben. Das wäre kein Problem.«

Yasnow hatte Leggat siebzig Stunden lang fast pausenlos verhört, aber der Schock an dem Grenzübergang war zu stark gewesen. Die Augen quollen ihm hervor, sein Kopf lag auf der Seite. Kein Wort kam über seine Lippen, und die beiden Spezialisten meinten, er würde nie wieder sprechen oder eine willentliche Bewegung machen. Yasnow bestand darauf, daß sie ihn an die Maschine anschlossen, und der schlaffe Körper zuckte bei jedem Knopfdruck wie ein Lumpenbündel. Angewidert und verärgert befahl er ihnen, ihm die Injektion zu geben, und er starb, ohne sich noch einmal zu rühren.

18

Das Flugzeug traf auf starken Gegenwind und hüpfte ein wenig, während es zur Bucht von Dublin vorstieß. Es kam in einem weiten Rundkurs von Südosten und war jetzt tief über dem Wasser. Als sich die Maschine in die Kurve legte, schaute Yasnow aus dem Fenster. Die Küste war zu sehen, und gerade als sie zwei einlaufende Kutter überflogen, richtete sich die Maschine aus und begann herunterzugehen. Niemand hätte dem Bord Fáilte Eireann jemals nachsagen können, er zeige auf dem Flughafen von Dublin ein lächelndes Gesicht; es war bestimmt der trostloseste Flugplatz in ganz Europa.

Yasnow benutzte seinen Diplomatenpaß, und sein Gepäck ging unkontrolliert durch. Es wurde in ein Privatfahrzeug geladen, und man fuhr ihn nach Dublin hinein. Er sah sich den verhängten Himmel und die düsteren, schäbigen Häuser an. Vielleicht war Moskau doch nicht so schlecht. Und auf der Rückreise erwartete ihn Paris. Er fragte sich, ob er vielleicht sogar einen Tag in London einschieben könnte.

Sie hatten ihn wieder im ›Royal Hibernian‹ untergebracht. Es galt als taktisch klug, wenn Inhaber sowjetischer Diplomatenpässe sich dem Anschein nach stets an bekannten öffentlichen Plätzen aufhielten. Er meldete sich in der Rezeption an, und das Mädchen notierte die Angaben aus seinem Paß. Sie warf ihm diesen merkwürdigen Blick zu, an den er sich in Dublin allmählich gewöhnte. Die Leute waren keineswegs unhöflich, behandelten ihn aber wie einen Außerirdischen. Sie waren erstaunt, daß er Englisch konnte, und sie betrachteten seine Londoner Kleidung, als wundere es sie, daß Russen nicht in Wolfsfellen herumliefen.

Er hatte eine Penthouse-Suite bekommen, und rountinemäßig

untersuchte er den Raum fast eine Stunde lang nach Mikrofonen. Als das Zimmermädchen kam, um das Bett zu beziehen, saß er gerade an dem gläsernen Couchtisch, das aufgeschraubte Telefon vor sich, und prüfte mit einem kleinen Meßgerät den Strom. Er brauchte eine halbe Stunde, um den Apparat zu kontrollieren und wieder zusammenzubauen. Er hatte eine kleine Diode in die Sprechmuschel gelegt und die beiden winzigen Drahthäkchen an die Zuleitung geklemmt.

Es war acht Uhr, als er die Stufen des ›Hibernian‹ hinunterging und langsam die Dawson Street entlangschlenderte. Er betrachtete das Schaufenster der Buchhandlung, und nach einigen Minuten hielt leise ein weißer Cortina neben ihm. Yasnow trat an den Rand des Gehsteigs, als schicke er sich an, die Straße zu überqueren. Beiläufig sah er nach links und rechts, dann beugte er sich herunter, öffnete die Wagentür und stieg ein. Er war auf der Farm, bevor der Regen einsetzte.

Der Holländer wartete vor dem Farmhaus, und Yasnow schüttelte ihm die Hand. Er hatte die anderen Autos auf dem umzäunten Hof gesehen. Im Gesellschaftszimmer des Hauses waren fünf Männer und zwei Frauen, von denen er eine als die Frau des Holländers kannte.

Woronow hatte Felinski von einer Zelle in Orly aus angerufen. Einer der Männer von der Sowjetbotschaft in Paris, die er überprüft hatte, war mit einem anderen von der Botschaft nach Orly gefahren. Er hatte sie in der belebten Abflughalle miteinander sprechen sehen und erst da erkannt, daß der zweite Mann Yasnow war. Schnell hatte er die Moskauflüge nachgesehen, aber in den nächsten zwei Stunden ging keiner. Dann hörte er über die Lautsprecher: »Passageurs pour Aer-Lingus Irish numéro deux cent quatorze à Dublin sont . . .«, und Yasnow hatte seinem Begleiter die Hand gegeben, seine Tasche aufgehoben und sich für die Maschine nach Dublin angestellt. Woronow hatte hundert neue Francs bezahlt, um die Passagierliste sehen zu dürfen, und Yasnows Name stand darauf.

Nach dem Gespräch mit Felinski hatte er einen Flug nach London gebucht. Sie hatten sich in Heathrow getroffen und waren getrennt, aber mit der gleichen Maschine, nach Dublin geflogen. Sie stiegen im Shelbourne ab. Telefonisch verständigte Felinski den leitenden SIS-Mann in Dublin wegen Yasnow. Eine Stunde später kam der Bescheid, daß er definitiv nicht in der russischen Botschaft sei. Aber vier neue Gesichter waren dort in den letzten drei Tagen aufgetaucht.

Zwei waren identifiziert worden und gehörten zum KGB. Dreißig Minuten später kam noch ein Anruf. Sie hatten ermittelt, daß sich Yasnow im ›Hibernian‹ aufhielt. Yasnow habe das Hotel zu Fuß verlassen und sei noch nicht zurückgekehrt. Es war jetzt nach Mitternacht, und der SIS ließ das Hotel von einer Einsatzgruppe überwachen.

Um vier Uhr früh wurde Yasnow zu seinem Hotel zurückgebracht, und sie hatten die Nummer des weißen Cortina notiert. Er gehörte einem jungen Mädchen, das gegenwärtig die Geliebte eines irischen Abgeordneten war. Ihr Vater war führendes Mitglied des Sianad und saß im Vorstand einer Reihe bedeutender Unternehmen. Innerhalb einer Stunde sollte Felinski die SIS-Akte über das Mädchen erhalten.

Als die Akte kam, las er sie und gab sie Seite für Seite an Woronow weiter. Sara Mathews war vierzundzwanzig. Promovierte des University College und fanatische Britenhasserin. Reiste häufig nach London und hielt sich dort manchmal nur Stunden, mitunter auch Wochen auf. Stand im Verdacht, Kurierdienste für die IRA zu leisten. Mehrere Fotos von ihr lagen bei, und sie wirkte lebhaft und hübsch. Ihr Freundeskreis war weitgespannt, von den höheren Rängen der irischen Regierung bis zur Möchtegern-Boheme. Ihr engster Freund war eine Frau – Grainne von Rijk, Besitzerin einer Farm in der Nähe von Howth. Auf einer langen Liste waren die Namen und Adressen von Leuten, mit denen sie häufig Kontakt hatte, zusammengefaßt.

Felinski hatte über die britische Botschaft in Dublin einen codierten Funkspruch aufgegeben, um so schnell wie möglich Maxwell herbeizuholen. Es war klar, daß die Überwachung Yasnows sie einige Tage in Dublin festhalten würde.

Ein Aufklärungshubschrauber der RAF kam wenige Stunden darauf vom Kurs ab, und während er mit dem Kontrollturm des Dubliner Flughafens seine Position abcheckte, entstanden gute Luftaufnahmen von der Gegend um O'Mailley's Farm. Felinski erhielt sie später am Tag durch Boten aus Belfast.

Felinski hatte so eine Ahnung gehabt, daß Maxwell als Außenstehender mit klarerem Blick die Verflechtung der Subversion aus den Unterlagen des Special Branch ersehen könnte. Und Maxwells Bericht war eingehend und gründlich. Er hatte siebzehn Leute herausgegriffen, deren Hintergrund und Laufbahn auf eine Führungsrolle im subversiven Lager deuteten. Ihre Aktivitäten über einen Zeitraum von zwei Wochen waren von Maxwell und zwei Helfern auf einer riesigen Landkarte abgesteckt worden. Sie hatten einfache farbige Markiernadeln und farbige Nylonfäden dazu verwendet, und aus dem feinen Netz, das sie über die Landkarte gezogen hatten, ging klar hervor, daß die Aktionen miteinander verknüpft und koordiniert waren. Ein Name war von der Liste gestrichen worden und zwei andere aus der Spinnwebe hinzugefügt, und diese achtzehn Personen hatten sie über ein Wochende fünf Tage lang rund um die Uhr beobachtet. Jeder Schritt, Kontakt, Anruf, Anrufer und Angerufene wurde registriert, und die Liste umfaßte jetzt zweihundert beteiligte Personen! Dazu kamen weitere einhundertfünfzig, die einbezogen waren, aber wahrscheinlich weder von der Tatsache noch von der Art ihre Beteiligung etwas ahnten. Die CIA in London hatte elf Mann auf die Operation abgestellt. Eine Lageanalyse deutete auf zunehmende Aktivität hin. Das sowjetische Untergrundnetz erstreckte sich auf Postbeamte, Soldaten, die Gewerkschaften, Druck, Hafenbeamte und Hafenarbeiter, Rundfunksprecher und Kraftwerker. Kein Bereich der Lebensgrundlagen Großbritanniens war ausgelassen. Nach Maxwells Einschätzung handelte es sich um den Höhepunkt einer seit mindestens zehn Jahren laufenden Unterwanderung durch das KGB. Von größter Bedeutung war auch die Anzahl der irischen Namen auf der Liste. Die Namen von fünf die Operation leitenden KGB-Offizieren standen fest. Zwei gehörten zum Stab der sowjetischen Botschaft in London. Den Aufenthalt der drei anderen hatte man noch nicht ermittelt. Neun Objekte waren unter elektronische Überwachung gestellt worden, drei wurden durchgehend beobachtet, und Beamte des Special Branch versuchten in drei Gruppen einzudringen.

Felinski hatte zwei Versuche zur Erkundung von O'Malley's Farm unternommen, doch ihre Abgeschiedenheit machte eine offene Beobachtung nahezu unmöglich. Es gab keine Gebäude oder Häuser in der Nähe, die man mieten oder kaufen konnte, und zwei deutsche Schäferhunde hielten wirkungsvoll am Farmtor Wache. Die Luftaufnahmen zeigten, daß das umliegende Gelände wenig oder keine Deckung bot. Eine gesonderte Erkundung durch ein Team des SIS hatte die Unzugänglichkeit der Farm bestätigt. Das SIS-Team hatte eine behelfsmäßige Überwachung auf die Beine gestellt. Sie hatten

Fahrzeuge und Besucher fotografiert, kamen sonst jedoch kaum weiter. Sie hatten berichtet, daß Mrs. van Rijk, die ihnen beim Ausreiten begegnet war, argwöhnisch ihren Wagen gemustert hatte, als sie in der Nähe des Farmtors wendeten.

Die britische Botschaft in Moskau hatte gemeldet, daß Leggat einem Gerücht zufolge bei Verhören durch das KGB gestorben war.

Die Abschrift von Leggats Tagebuch lag noch in dem Stapel Papiere auf Yasnows Schreibtisch und wartete auf seine Rückkehr.

Felinski, Woronow und Maxwell hatten sämtliche Berichte aus London und die Berichte des SIS Dublin durchgelesen. Es war Maxwell, der das Schweigen brach, während sie um den Tisch herumsaßen.

»An O'Malley's Farm kommen wir nicht ran, ohne sie zu alarmieren, Steve. Bei einem nächtlichen Vorstoß finden wir da auch nicht viel. Womöglich ein paar Waffen, aber das bringt ja nichts. Die Leute sind Organisatoren, und unsere einzige Chance ist, die Telefone abzuhören und den Laden zu verwanzen.«

Felinski nickte. »Was meinst du dazu, Kliment?«

Woronow zuckte die Achseln. »Für mich steht außer Frage, was wir tun, Genossen. Wir setzen Yasnow mit den Fotos unter Druck.«

»Drohen ihm, daß wir sie nach Moskau schicken?«

»Richtig, Genosse.«

»Wie würde Moskau reagieren?«

»Sie würden ausklinken. Ihn sofort durch den Wolf drehen.«

»Warum sollten sie? Er kann doch nicht der einzige Perverse im KGB sein.«

»Menschenskind, Steve. Trinken ist okay. Frauen sind okay. Sogar Jungs sind okay. Das heißt, solange du sie aus der Arbeit raushältst. Aber solches Zeug im Leben nicht. Die schnallen ihn glattweg auf die Maschine. Auf ihre eigene Art sind sie Puritaner. Ich hab' dir schon gesagt, daß du in der Sowjetunion so etwas nie bekommen würdest.« Er lachte. »Außerhalb der psychologischen Fakultät von Leningrad hat da wahrscheinlich noch kein Mensch gehört, daß es solche Sachen gibt.«

»Und wenn Yasnow behauptet, die Aufnahmen seien gefälscht?« warf Maxwell ein.

Felinski sagte: »Ich müßte noch mal nach London und feststellen, ob noch mehr Material da ist. Was wir gesehen haben, sind vielleicht nur Belegstücke.«

Maxwell sondierte weiter.»Was haben Sie vor, Kliment, wenn wir noch mehr über Yasnow bekommen?«

»Steve und ich hauen ihn an. Zeigen ihm die Sachen und sehen dann weiter.«

»Was ist, wenn er abwinkt?«

»Er winkt nicht ab. Das geht nicht. Er weiß, was die Jungs in Moskau tun würden.«

»Und was wollen wir von ihm?«

»Wir wollen die gesamte Operation – Namen, Pläne, Kontakte, Codes und was sonst noch dazugehört.«

»Okay. Angenommen, wir kriegen es und ziehen einen Schlußstrich. Fangen sie nicht einfach wieder von vorn an?«

Woronow nickte. »Könnten sie schon, aber dazu ist keine Zeit. Sie müßten die ganze Kiste einpacken, nicht zuletzt den Hauptteil, den Präventivschlag gegen die Staaten.«

Maxwell sagte schnell: »Dann könnte es sich lohnen. Jede Verzögerung gibt uns Zeit, etwas auszuarbeiten.«

Felinski sah Maxwell an. »Sie sind also dafür, Bill?«

»Ja. Sonst brauchen wir doch Monate, um in die ganzen Gruppen vorzustoßen.«

Felinski hatte Inspektor Watkins angerufen und nahm den nächsten Flug nach London. In New Scotland Yard hatte Watkins auf einem langen Tisch Fotos, Filme und Bänder ausgebreitet. Es war wie ein obzönes Erntedankfest.

Neben Schwarweißaufnahmen gab es etliche in Farbe. Auf einigen war Yasnow an die Wand geschmiedet, auf anderen hing er am Kreuz. Felsinki betrachtete ein Foto, das Yasnow mit schmerzgekrümmtem Rücken zeigte, den Kopf in Ekstase zurückgeworfen. Andere waren so abstoßend, daß es Überwindung kostete, sie anzusehen. Auf allen erschien das gleiche Mädchen. Felsinki hatte wie viele andere immer den Standpunkt der Medien geteilt, daß Obszönität schwer zu definieren sei. Dies hier *war* obszön. Er mußte sich tatsächlich hinsetzen.

Watkins wurde etwas unbehaglich zumute, als er Felinskis blasses Gesicht sah. »Vielleicht sollten wir auf die Filme verzichten, Sir. Die bringen ungefähr das gleiche. Ich fürchte, ich habe mich inzwischen dran gewöhnt, Sir.«

Felsinki schaute ihn an, diesen unscheinbaren Mann in Chevronsakko und grauen Hosen, der täglich mit solchem Zeug zu tun hatte und davon unberührt schien; der ihn behandelte wie ein Kind, das man vor den Tatsachen des Lebens schützen mußte.

»Wissen die Leute, daß sie fotografiert werden, Inspektor?«

»O ja, Sir. Sie bezahlen dafür. Sie lassen sich die Bilder geben. Ich habe nur Kopien auf Grund meines Abkommens mit der Person, die das Etablissement führt.«

»Kann ich sie kennenlernen – und auch das Mädchen?«

»Selbstverständlich, Sir. Erlauben Sie nur, daß ich anrufe.«

»Am besten sehe ich erst noch die Filme.«

Als der letzte Streifen verflimmerte und die Leinwand weiß blieb, wußte Felinski, daß er das Mittel hatte, um Yasnow festzunageln. Die Standfotos konnten theoretisch gefälscht sein, aber ein anderes Gesicht auf alle diese Filme zu bringen, das wäre fast unmöglich gewesen.

Das Haus unmittelbar hinter Berkeley Square war wie die meisten anderen. Gut gepflegt, neu verputzt, mit Blumenkästen und einem eingetopften Apfelsinenbaum an der Tür. Man wies sie in einen kleinen Raum mit Chintzmöbeln und weißen Wänden. Flaschen und Gläser standen auf dem Tisch.

Die Frau, die hereinkam, war in den Vierzigern, sah überraschend gut aus und streckte Watkins die Hand hin, als wäre er ein alter Freund. Nachdem Felinski als Kollege vorgestellt worden war, goß sie beiden etwas zu trinken ein, trank selbst aber nichts. Sie beugte sich vor und sagte: »Wenn ich recht verstanden habe, möchte Ihr Freund sich mit Karen unterhalten.«

»So ist es. Haben Sie sie erreichen können?«

»Ja, sie ist jetzt hier, und ich habe ihr gesagt, sie solle Ihnen in jeder Weise behilflich sein.«

Watkins stand auf. »Vielleicht haben Sie und ich ein paar Minuten Zeit füreinander, während mein Kollege beschäftigt ist.«

Das Mädchen, das hereinkam, war eine kühle Blondine schwedischen Typs, geradewegs aus einem Hitchcock-Film. Näher an Grace Kelly als an Kim Novak. Im Hinsetzen nahm sie sich eine Zigarette vom Tisch. Sie lehnte sich zurück, als sie den Rauch einzog, und Felinski sagte: »Sind Sie Engländerin, Miss Lyon?«

»Wenn Manchester noch England ist, ja.«

Felinski war erstaunt über die ruhige, anziehende Stimme. Es war schwer, dieses Mädchen mit dem Geschehen auf den Fotos in Verbindung zu bringen. Er schob die Aufnahme des spaziergehenden Yasnow hinüber.

»Erkennen Sie den Mann?«

»Ja, das ist Boris – Boris Yasnow.«

»Sind sie sicher, daß er so heißt?«

»Madame Yvonne überprüft alle Kunden, bevor sie sich mit ihnen einigt. Sie können davon ausgehen, daß es seine Name ist.«

»Seit wann ist er Ihr Kunde?«

»Oh, seit ungefähr drei Jahren, vielleicht auch etwas länger.«

»Wie oft haben Sie, ehm, mit ihm gearbeitet?«

»Acht oder neun Mal, genau weiß ich das nicht.«

»Sind Sie stets die Partnerin gewesen?«

»Bis auf einmal, als ich im Ausland war.«

»Wie kommt das? Verlangt er Sie immer?«

Sie lehnte sich zurück und lächelte, und er war sich des hübschen Gesichts und der langen Beine bewußt. »Sie sind gar nicht von der Sitte, was?«

»Nein, aber Antworten möchte ich trotzdem.«

»Wenn Sie von der Sitte wären, brauchten Sie mich nicht zu fragen. Echte Perverse wollen ein Mädchen, das alle ihre Macken kennt. Sie möchten nicht jedesmal erst erklären, das zieht sie runter. Darum nehmen sie immer dasselbe Mädchen. Einige meiner Kunden lassen mich nach Kairo oder Athen kommen. Ich bin ihnen das wert, weil ich weiß, was sie wollen.«

»Und was hat Yasnow gewollt?«

»Vorwiegend Maso, auch Erniedrigung.«

»Wie hat er Sie bezahlt?«

»In Pfund Sterling. Einmal besuchte ich ihn in Paris, und er bezahlte mich in Francs.«

»Bar oder Scheck?«

Sie lachte. »Dieses Geschäft läuft nur gegen Vorauszahlung in bar, Mister.«

»Worüber hat er sich mit Ihnen unterhalten?«

»Über Sex.«

»Seine Art von Sex oder normalen Sex?«

»Seine Art von Sex.«

»Gehört das mit zum Geschäft?«

»Natürlich.«

»Hat er gesagt, was sein Beruf ist?«

»Er sei Diplomat.«

»Wußte er von den Fotos?«

»Klar, die sind ja offen gemacht worden.«

»Heißt das, der Fotograf war bei Ihnen?«

»Nein, er hat von nebenan durch die Spiegelverkleidung gearbeitet. Aber Yasnow wollte es.«

»Und die Filme?«

»Das wußte er auch; die hat er extra bezahlt.«

»Er hat sich Kopien geben lassen?«

»Natürlich. Daran geilen sie sich auf. In Rußland und noch vielen anderen Gegenden bekommt man solchen Sex nicht. Deswegen zahlen sie gut.«

»Hat außer dem Fotografen noch jemand gesehen, was sich da abspielte?«

»Der Arzt konnte es sich wahrscheinlich denken, aber mit angesehen hat er es nicht.«

»Was für ein Arzt?«

»Du lieber Gott. Sie platzen auf, sie bluten, der Arzt behandelt das, gibt ihnen Antibiotika.«

»War es Yasnows erste Erfahrung mit dieser Art von Sex, als er herkam?«

»Ja, bestimmt.«

»Woher wissen Sie das so genau?«

»Er hatte keine Peitschennarben. Überhaupt keine Male.«

»Und jetzt?«

»Jetzt hat er Narben.«

Sie zündete sich noch eine Zigarette an, und als sie den Rauch ausstieß, sah sie halb lächelnd zu ihm herüber.

»Er hat nie von seiner Arbeit gesprochen?«

Sie schüttelte den Kopf.

»Von seiner Familie?«

Sie lachte. »Das tun nur die normalen Freier.«

»Sind alle Ihre Kunden wie Yasnow?«

»So ziemlich. Ich mache nichts Normales.«

»Wieso?«

»Hier ist mehr Geld drin. Ich mach's für Geld, Mister.«

»Was für ein Mensch ist Yasnow Ihrer Meinung nach?«

»Oh, das ist ein übler kleiner Dreckskerl, außer wenn er im Staub liegt. Hinterher bläht er sich gleich wieder auf. Er kann wie die andern auch charmant sein, wenn er will, aber das täuscht. Ich wette, in seinem Beruf ist er ein Erzschwein.«

»Miss Lyon, ich muß Sie leider um Ihren Paß bitten und Sie auffordern, nicht das Land zu verlassen, bis ich Ihnen grünes Licht dazu gebe.«

Sie zuckte die Achseln. »Wenn Madame es sagt.«

»Madame *wird* es sagen, Miss Lyon.«

Als das Mädchen ging, kam Watkins herein, und Felinski bat ihn, sie zu begleiten, ihren Paß an sich zu nehmen und sie noch einmal vor Auslandsreisen zu warnen.

Er flog mit den Fotos, den Filmen und dem Ausweis eines königlichen Kuriers zurück nach Dublin. Das Material befand sich in der Diplomantenpost für die Botschaft. Kurz vor 2 Uhr morgens war er wieder im Hotel.

Yasnow kehrte gegen vier am nächsten Nachmittag von O'Malley's Farm zurück. Sie hatten ihm Zeit gelassen, in sein Zimmer zu kommen, und waren dann hinaufgegangen. Sie klopften an und warteten. Als Yasnow die Tür öffnete, stieß Woronow sie auf und marschierte hinein. Felinski schloß sie, drehte den Schlüssel herum und steckte ihn in seine Tasche. Yasnow ging zum Tisch hinüber, aber als er nach dem Telefon griff, umklammerte Woronows große Pranke sein Handgelenk, als wäre es in Beton gegossen, und er sagte auf russisch: »Nicht doch, Genosse.«

Yasnow sagte wütend: »Wer sind Sie? Was wollen Sie hier?«

Auch Felinski sprach russisch: »Hinsetzen, Yasnow. Wir möchten mit Ihnen reden. Setzen Sie sich.«

Yasnow löste seine Hand aus Woronows nachlassendem Griff und steuerte vorsichtig auf einen der großen Armsessel zu.

Woronow stellte sich hinter Yasnows Sessel, und Felinski setzte sich ihm gegenüber. Yasnows braune Augen waren argwöhnisch und wachsam, und er behielt die Arme auf den Sessellehnen. Sein Mund war grimmig vor Zorn, als er sprach.

»Ich möchte Sie beide nur darauf hinweisen, daß wir in der Republik Irland sind, und ich kann Ihnen versichern, daß diese Ungeheuerlichkeit nicht ungesühnt bleiben wird.«

Felinski hob seine Hand. »Yasnow, wir sind hier, um Ihnen zu helfen. Sie könnten arg in Schwierigkeiten sein.«

Yasnow geiferte fast. »Was für Schwierigkeiten? Das ist mir neu.«

»Ich meine Schwierigkeiten mit dem KGB.«

Yasnow kniff den Mund zusammen, und zwei zornrote Flecke erschienen auf seinen Wangen. Felinski öffnete die schäbige Aktenmappe und zog einen Ordner hervor. Er entnahm dem Ordner ein Foto, warf einen Blick darauf und gab es dann weiter an Yasnow. Der schaute es sich an und riß es mittendurch, wieder und wieder. Felinski wartete, bis er fertig war.

»Yasnow, wo das herstammt, sind noch viel mehr.«

»Was wollen Sie denn?«

»So ist das schon besser. Ziehen Sie ihr Jackett aus.«

»Was zum Teufel soll das alles?«

»Tun Sie, was Ich Ihnen sage, Yasnow.«

Yasnow stand auf und schlüpfte aus seinem Jackett. Woronow nahm es ihm ab und legte es auf einen Tisch an der Wand. Yasnow stand in seinem feinen weißen Hemd da, ein Schulterholster aus weichem Chamois unter der linken Achsel. Woronow grinste, schob seine Hand vor und zog die Pistole heraus.

»Jetzt ziehen Sie Ihr Hemd aus.«

Danach war Yasnow bis zur Hälfte nackt, und die Narben waren nicht zu übersehen. Ältere Striemen erschienen nur als dünne blaßbraune Striche, wurden überschnitten von neueren Narben, die noch grimmig rot gegen den braunen Brustkasten abstachen. Felinski sah zu Woronow auf und nickte. »Filze ihn weiter.«

Woronow durchsuchte Yasnow fachmännisch und nahm ihm ein Feuerzeug und die Armbanduhr ab. Das KGB hatte eine Spezialabteilung für die zweckentfremdete Verwendung solcher Kinkerlitzchen, und er ließ sie in seine Tasche gleiten. Felinski nickte. »Setzen Sie sich, Yasnow.«

Er starrte Yasnow einige Augenblicke ins Gesicht und sagte schließlich ruhig: »Wir möchten alle Einzelheiten über die Umsturzoperation, Genosse.«

Yasnow schwieg.

Felinski wartete, und als dann klar war, daß Yasnow nicht reden würde, griff er nach der Aktenmappe und ging sie sorgfältig durch. Er zog vier große braune Umschläge hervor. Die legte er behutsam auf den Tisch und wandte sich Yasnow zu.

»Genosse Yasnow, jeder dieser vier Briefumschläge enthält die gleichen zwölf Fotos von Ihnen und einer Miss Karen Lyon. Zwei sind adressiert an die sowjetischen Botschaften hier in Dublin und in London. Der dritte ist an den Vorsitzenden des KGB in der Lubjanka adressiert und der vierte an den Chef des militärischen Geheimdienstes GRU. Sie werden abgeschickt, wenn Sie nicht mit uns kooperieren.«

Yasnow sprach langsam, endete aber mit zitternder Stimme. »Man wird euch nicht glauben. Das sind Fälschungen.«

»Yasnow, die Striemen auf Ihrem Körper sind keine Fälschungen. Und viele sind schon jahrealt. Ihre Kollegen werden eine körperliche Untersuchung wünschen. Ferner sind da noch die Filme und die Bänder. Bei denen dürften sie wissen, daß es keine Fälschungen sind.«

Yasnow rührte sich nicht, doch Felinski sah die Muskeln über seinen zusammengebissenen Zähnen hervortreten, und in seinen Augen standen erste Anzeichen von Furcht. Dann wiederholte er heiser, aus trockener Kehle die Frage vom Anfang: »Wer sind Sie? Ihn hab' ich schon mal irgendwo gesehen.« Und er bewegte ruckartig den Kopf zu Woronow.

»Yasnow, wir möchten nicht warten. Entweder Sie kooperieren, oder wir lassen Sie hier sitzen und geben die Fotos zur Post. Aber die für Dublin liefern wir persönlich ab. Dann bekommen Sie bald Besuch, Yasnow, und sind morgen schon in der Lubjanka. Unten, nicht oben.«

Yasnow blickte verstohlen auf die braunen Umschläge und dann wieder zu Felinski. Er wußte, daß dieses Gesicht nicht bluffte. Der Mann würde tun, was er sagte. Vor allem hatte er recht: Wenn die Hunde von der Botschaft die Fotos zu sehen bekamen, waren sie im Nu bei ihm, und danach würden sie keine Gnade kennen. Er hörte seine Stimme heiser sagen: »Was wollen Sie eigentlich genau?«

»Fangen wir mit O'Malley's Farm an.«

Als Felinski das sagte, wurde Yasnow klar, daß es zwecklos war, Tricks zu versuchen. Sie wußten offenbar schon eine Menge.

Sie hatten fast drei Stunden lang geredet, wobei Felinski Stichworte notierte, und waren doch erst halb durch den Dubliner »Apparat«, als Felinski die Vernehmung unterbrach. Er blickte fragend zu Woronow, der nickte: »Yasnow, wir legen mal eine Pause ein. Was wollen Sie machen?«

»Wie meinen Sie das? Ich bin doch hier – was kann ich tun?«

»Ich meine nicht jetzt gleich. Wenn Sie uns entgegenkommen, können wir auch Ihnen entgegenkommen. Was möchten Sie?«

Yasnow hob die Schultern und schürzte die Lippen. »Sagen Sie's mir, Genosse. Das ist Ihre Entscheidung, nicht meine.«

Felinski beschloß, es langsam und plump anzugehen.

»Würden Sie gern für uns arbeiten?«

Yasnow schüttelte den Kopf. »Niemals. Die hätten mich in einem Monat.«

»Wie wär's mit einer Pension und einem Wohnsitz in Amerika?«

Yasnow sah rasch auf. Es waren also CIA-Leute.

»Sie geben mir Protektion?«

»Selbstverständlich.«

Yasnow blickte sehr freundlich drein. »Darüber könnte man vielleicht noch reden.«

Felinski lächelte. »Wir möchten, daß Sie mit uns kommen.«

»Wohin?«

»Nach London. Hübsch ruhig und brav.«

Zum erstenmal sah Yasnow wirklich geschlagen aus. Die Adrenalinzufuhr hatte aufgehört, und jetzt war er wehrlos. Deshalb hatte Felinski gewartet.

Felinski griff zum Telefon und rief Maxwell an. »Ja«, sagte er. »Auf geht's.«

Eine halbe Stunde später war Maxwell eingetroffen. Er gab ihnen einen zusätzlichen Paß, und als sie fort waren, ließ er zwei SIS-Leute herein, die sich den Raum Zentimeter für Zentimeter vornahmen. Sie packten alles, was sie fanden, in eine Tragetasche, und nach fast zwei Stunden gingen sie.

19

Der Fahrer brachte sie bis auf ein paar hundert Meter vor die Grenze. Die anderen warteten bereits, und zehn Minuten später hatten sie die Grenze hinter sich. Ein Helikopter mit leerdrehendem Rotor stand auf einer Wiese bereit. Er brachte sie zum Flughafen in Belfast. Die RAF flog sie nach Northolt, und per Auto fuhren sie zur Laker's Farm. Sie wurden erwartet: Im Kamin brannte Feuer, und Mrs. Weeks briet Eier mit Speck. Der amerikanische

Austauschfarmer war in das freie Zimmer im kleinen Haus der Weeks' gezogen.

Felinski hatte überlegt, daß die Farm das sicherste Versteck für Yasnow sei, solange er im Verhör stand. Es würde hier zwar Probleme schaffen, aber nicht so viele Probleme wie Yasnow in London. Ein Field Security Sergeant hielt in Yasnows Zimmer Wache, und alle hatten fast bis Mittag durchgeschlafen. Bis dahin waren die Akten aus der Curzon Street gekommen und Klapptische in Felinskis Arbeitszimmer aufgestellt worden. Ein Kofferwagen des Abhördienstes stand auf der Wiese hinter dem Farmhaus, und die Ergebnisse der Vernehmung Yasnows gingen sofort an die Botschaft in Dublin weiter an Maxwell. Er hatte nach der Abreise der anderen in der amerikanischen Botschaft Quartier bezogen.

Unter den Sachen, die Maxwell in Yasnows Zimmer gefunden hatte, war ein 10-Seiten-Manuskript auf russisch. Maxwell konnte weder russisch sprechen noch lesen, aber er hatte es mit der Diplomatenpost herübergeschickt. Sie hatten auch ein Bündel gefälschter britischer Pässe und eine Auswahl von KGB-Utensilien gefunden. Sie hatten die Diode aus dem Telefon entfernt und einen Mikrodetektor aus dem Badezimmer.

Gegen Abend lief das Verhör reibungslos. Sie würden alles noch einmal durchgehen, wenn sie die Informationen an Ort und Stelle prüften, und eine Unmenge Details mußten noch gesiebt und eingeschätzt werden.

Um acht an diesem Abend rief Felinski das Mädchen an.

»Lavender?«

»Steve, du bist wieder da. Bist du auf der Farm?«

»Ja. Kann ich rüberkommen?«

»Natürlich, soll ich dich mit dem MG abholen?«

»Schön, ich geh schon mal los. Dann bin ich auf dem Feldweg.«

»Geht es dir gut, Steve?«

»Natürlich. Wieso?«

»Du hörst dich etwas komisch an. Nervös oder so. Du hast dich doch nicht anders besonnen?«

»Kein Gedanke, Liebes. Und du?«

»Sei nicht albern. Gut, ich hol den Wagen raus. Tschüs.«

Sie trafen sich etwas mehr als eine Meile von der Farm entfernt. Als er den Hügelkamm überschritt, konnte er das Licht ihrer Scheinwerfer sehen, das den Kurven und Windungen der Straße über die Marsch folgte. Er blieb an der großen Ulme stehen und wartete auf sie. Erst im letzten Moment sah sie ihn, und das kleine weiße Auto hielt mit quietschenden Reifen, und sie kam herausgestürmt.

Fast eine Stunde später erst, nachdem er den ganzen Klatsch der Romney-Marschen zu hören bekommen hatte, fragte sie ihn nach der Farm. »Steve, was ist auf der Farm los? Daddy sagt, er hat einen Wohnwagen auf der Wiese hinterm Haus gesehen, und da sei auch ein Militärjeep und ein Menge Betrieb.«

»Das gehört mit zu dem, was mich weggeführt hat, Liebes.«

»Um ein Haar hättest du gesagt: ›Zerbrich dir nicht dein hübsches Köpfchen‹, Steve.«

Er lachte. »Das hätte ich *nicht* beinah gesagt. Hör zu, Schatz, es hat mit einer Sache zu tun, die ich im Krieg gemacht hab', und ich kann noch nicht darüber reden.«

Sie hatten im Pfarrhaus Kaffee getrunken, und danach hatte sie ihn zurück an die Kreuzung gebracht, wo der Weg zur Farm abging. Er hatte ihr beim Wenden zugeschaut und das an den Bäumen hochgleitende Licht der Scheinwerfer gesehen, als sie den Hügel hinauffuhr.

Am Abend nach Yasnows Verschwinden aus dem Hotel hatten die beiden KGB-Leute von der Botschaft sein Zimmer untersucht. Sie wußten innerhalb von fünf Minuten, daß er geflohen war. Die leere Talkumpuderdose im Bad, die den Mikrodetektor enthalten hatte, und die fehlende Diode am Telefon unterstrichen nur die grundlegende Tatsache.

Eine Stunde später begannen andere mit der Durchsuchung seines Schreibtisches in der Lubjanka. Ein zweites Team untersuchte seine Wohnung. An beiden Orten war nichts verdächtig, nichts in Unordnung. Doch bei der Schreibtischkontrolle verteilten sie seine Akten über die laufende Arbeit an zwei seiner Untergebenen. Es war einer von diesen, der Yasnows Notizen zu Leggats Tagebuch las und ihre Bedeutung erkannte. Unverzüglich wurde ein Team für die Auswertung der Tagebuchinformationen zusammengestellt. An alle Botschaften erging ein Aufruf, die nötigen Schritte zur Auffindung Yasnows zu unternehmen. Ein Dreierteam wurde nach Dublin eingeflogen, um Yasnows Wegen und Kontakten nachzugehen. Und Ulijanenko von der sowjetischen Botschaft in London erhielt einen Anruf von Semitschastni persönlich, ein Team abzustellen, das Felinski und Woronow ausfindig zu machen und geeignete Maßnahmen zu ergreifen habe.

Es war Woronow, der Yasnow als erster durchschaut hatte. Während einer Vernehmungspause saßen sie in Felinskis Arbeitszimmer. Woronow hörte zum hundertsten Mal »Raindrops keep falling on my head« und trank schlückchenweise ein Glas Milch. Dabei träumte er von lasterhaftem Nichtstun. Felinski las die *Farmer's Weekly* und zitierte stöhnend die Packstellenpreise für Eier. Als die Musik endete, sagte Woronow, den Plattenstoß durchstöbernd: »Herrgott, ich glaube, wir werden alt, Steve; dieser Hurenhund nimmt uns doch auf die Schippe.«

Felinski drehte sich auf dem ledernen Hocker um. »Ich wette meine Haut auf das, was wir aus ihm rausgeholt haben.«

Woronow schüttelte den Kopf und schwenkte die Hand mit dem leeren Glas. »Hör zu, Steve, Yasnow und ich sind von der gleichen Schule. Er will einen Deal machen, ja? Folglich hält er was in der Hinterhand. So würde ich vorgehen, und so geht er vor.«

»Also?«

»Also wickeln wir den Handel pro forma ab. Das tun wir gemeinsam. Du mußt über das Geschäftliche reden, denn mir wird er nicht abnehmen, daß ich dazu befugt bin. Und recht hat er. Ich funke erst dazwischen und kralle ihn mir, wenn ihr euch fast geeinigt habt. Sei vorsichtig, wirf ihm nicht alles in den Schoß, sonst weiß er, daß es faul ist. Laß ihn zahlen dafür.«

Eine Stunde später unterhielt sich Felinski mit Franks. »Wir haben etwas Wichtiges aus Yasnow rausgeholt, das Ihre politischen Freunde wissen sollten. Die Sonderkollekte ist vom Präsidium auf Eis gelegt worden. Die laufende Wühlarbeit in Großbritannien haben sie gebilligt, aber nicht das Unternehmen Sonderkollekte. Es wurde auf Planung zurückgetellt.«

»Nun, das hört man gern. Das wird den Amerikanern gefallen. Sind Sie sicher, daß er nicht blufft?«

»Er blufft nicht, weil der Rest seiner Geschichte besagt, daß KGB und Armee es alleine durchziehen. Sie blasen die Sonderkollekte nicht ab.«

Ein langes Schweigen entstand am anderen Ende, und dann sagte Franks: »Was wollen Sie tun?«

»Ich habe es mit Woronow durchgesprochen, und wir sind beide der Meinung, daß das Aufbrechen der subversiven Netze vor allem anderen Vorrang hat. Wenn sie damit baden gehen, besinnen sich die Jungs noch mal. Und im Zweifelsfall kann wohl jemand vom Auswärtigen Breschnew informieren. Besser wäre es allerdings, wir brauchten das nicht, denn es könnte einen ziemlich lauten Knall geben. Wenn wir also zu den Festnahmen schreiten, halten Sie möglichst jede Publicity raus. Lassen Sie mich wissen, falls irgend jemand mit unserer Grundeinschätzung nicht übereinstimmt.«

»Gut. Soll ich's an Maxwell weitergeben?«

»Tun Sie das. Seine Leute dürften sich freuen. Es sieht aus, als ob man auf dem Gleichgewicht, das sie angestrebt haben, in Moskau ebensoviel Wert legt wie in Washington. Nur die wilden Jungs stiften Unruhe.«

Eine Meldung vom SIS Dublin besagte, daß allem Anschein nach ein anderer KGB-Mann die Verbindung mit der Gruppe aufrechterhielt, aber keine Treffen mehr stattfinden. Die Gruppe hatte offensichtlich Anweisung, sich still zu verhalten, bis die Lage geklärt war.

Woronow hatte den maschinegeschriebenen Text, der bei der Durchsuchung von Yasnows Zimmer sichergestellt worden war, übersetzt. Er gab Aufschluß über das gesamte Netz von Dublin nach Großbritannien und lieferte genug Namen und Einzelheiten, um die meisten Beteiligten identifizieren und festnehmen zu können. Aber soweit war es noch nicht. Felinski funkte die näheren Angaben für eine Überwachung durch den Special Branch nach Curzon Street.

Nur zwei Lampen brannten im neunten Stockwerk eines der Bürohochhäuser nahe der Victoria Station. Und nur ein einziger Mann war in den beiden Büroräumen. Die Klimaanlage gab einen leisen Summton von sich, der die Luft in dem großen Büro in Schwingung zu versetzen schien. Der Mann war jung, und während er an der Datenstation saß, sah er angespannt und nervös aus. Er blickte auf die Digitaluhr an der anderen Wand. Was er hier machte, war erst die zweite kriminelle Handlung in seinem Leben. Die erste war nicht gerade schlimm gewesen, er hatte einem Freund seinen Paß ausgeliehen. Als er ihn zehn Tage später zurückbekam und die französischen Einreisestempel sah, konnte er nicht genau sagen, ob ihm das angenehm oder unheimlich war. Er hatte nicht allzu lange darüber nachgedacht, und es hatte nie Rückwirkungen gehabt.

Tatsächlich *gab* es eine Rückwirkung, aber davon wußte er nichts. Ortsverbände der Kommunistischen Partei hatten unter anderem die Aufgabe, nützliche Leute für das KGB zu rekrutieren. Im allgemeinen war ein Mitglied jeder Zweigstelle verantwortlich für die Auswahl möglicher Rekruten, und das lief stets nach dem gleichen Prinzip ab. Die potentiellen Neuzugänge wurden um eine kleine Gefälligkeit gebeten, die nachweisbar gegen das Gesetz verstieß; etwas für die Partei. Ließen sie sich ohne Murren darauf ein, waren sie reif. Sie hatten etwas getan, das man als Druckmittel gegen sie verwenden konnte, und wer erst einmal A gesagt und eine unerlaubte Handlung begangen hatte, würde beim nächstenmal B sagen und etwas ganz klar Ungesetzliches tun. Manche fühlten sich geschmeichelt von dem Vertrauen, das man ihnen bezeugte, aber andere bekamen es zugleich ein wenig mit der Angst. Harold Marks war früher Operator gewesen und jetzt Programmierer, und er schaute auf den dreißig Zentimeter langen Vordruck herunter und studierte ihn zum letzten Mal. Es war kein von ihm geschriebenes Programm, aber er wußte, was es war. Sie hatten keinen Hehl daraus gemacht. Als er auf die Uhr schaute, sprang sie auf 22 h 45, und er drückte die Freigabetaste der Datenstation. Er tippte einen siebzehnstelligen Code an, und als die Lämpchen aufleuchteten, speiste er seine Frage ein.

Im Parlament und in zahlreichen Unterausschüssen hatte es lange Debatten über Datenschutz gegeben. Über die Notwendigkeit, der Polizei den Zugang zu Informationen zu verwehren, die einzelne Behörden unabhängig voneinander gesammelt hatten. Steuerrückzahlungen, Krankengeschichten und eine Unzahl anderer erhobener Daten könnten vielen Polizeidienststellen nützlich sein. Auch die kommerziellen Datenspeicher kämen sehr zustatten. Ein Einblick in die von den fünf großen Banken erfaßten Daten könnte dem Betrugsdezernat manch schöne Stunde bescheren. Aber die Briten haben Spaß an ihrem Räuber- und Gendarmspiel, und sie schätzen es nicht, wenn der Polizei beim Gaunerfang allzu große Chancen eingeräumt werden. Es muß fair zugehen. Will man aber die Adresse sämtlicher Männer, Frauen und Kinder mit dem gleichen Nachnamen feststellen, so bietet sich nur ein einziger Weg an. Es dauert vielleicht zehn Minuten, bis die Initialen und Adressen der vielen Smiths' und Jones' ausgedruckt sind. Die Polizei hat dazu keinen Zugang. Sie liegen alle codiert auf Magnetband im Rechenzentrum des Gesundheitsministeriums in Gateshead. Und man muß einen streng geheimen Code anwenden, bevor man auch nur an den Computer herankommt.

Es war dieser Code aus siebzehn Ziffern, den Harold Marks in die Tastatur getippt hatte. Offenbar gab es in Großbritannien nur neun Personen mit dem von ihm eingespeisten Namen, und ihre Adressen hatte der Schnelldrucker in 3,4 Sekunden zu Papier gebracht. Marks riß den Druckbogen ab, faltete ihn säuberlich zusammen und steckte ihn unter sein Hemd. Das andere Blatt vernichtete er im Schredder, schaltete die Datenstation, den Drucker und das Licht aus und schloß die Tür zum Flur hinter sich.

Der Wachmann am Haupteingang tauschte den *Evening Standard* gegen die *Evening News* von Marks ein und ließ ihn aus dem Gebäude.

Der Ausdruckbogen war recht kurz, denn es gab nur drei Anschriften in ganz Großbritannien, wo Männer namens Felinski lebten.

20

Man nennt sie »Höker« in Kent. Männer, die die Farmen der Romney-Marsch abklappern, um überzählige Eier zu kaufen und Hennen, die nicht mehr legen. Der zerbeulte, handlackierte grüne Lieferwagen hatte vor dem Farmtor geparkt, und der dünne Mann in dem alten Armeemantel war zum Innentor geschlurft und hatte geklingelt. Es dauerte einige Minuten, bis jemand kam, und die Blicke des dünnen Mannes erfaßten den Wohnwagen mit den zehn Meter hohen Peitschenantennen ebenso wie den Militärjeep und das Kraftrad auf dem Platz vor dem Silo.

Der Mann, der aus einer der Legehallen zu ihm herüberkam, fragte ihn, was er wünsche. Anscheinend gab es weder Eier noch Hennen zu kaufen. Und all das war in gedehntem Texaner-Englisch gesagt worden. Um sicherzugehen, stellte der »Höker« eine letzte Frage.

»Wo ist der Olle?«

»Der was?«

»Der Olle, der Alte, der, mit dem ich sonst immer rede.«

»Er hat leider zu tun.«

»Weiß er, daß sie drüben in Dymchurch die Geflügelpest haben?«

»Nein, davon hatten wir noch nichts gehört. Ist es schlimm?«

»Ich weiß nicht genau, Meister, aber sagen Sie's ihm mal.«

»Werde ich tun. Danke für den Hinweis.«

Der Höker wandte sich zum Gehen, drehte sich dann zögernd wieder um.

»Grüßen Sie Mr. Felinski von mir, ja?«

»Selbstverständlich, gern. Guten Morgen auch.«

Der »Höker« hatte sich nicht noch einmal umgesehen, aber er schien Mühe mit dem Anlassen des Lieferwagens zu haben. Er brachte ihn zwar in Gang, würgte ihn aber auf dem Weg vor dem Farmhaus ab. Ein Field Security Sergeant kam den Pfad hinunter, doch das Fahrzeug sprang ruckartig an, bevor er das Gatter in der niedrigen Hecke erreichte. Er kam allerdings nahe genug, daß der »Höker« die grünen Abzeichen des Nachrichtenkorps sehen konnte.

Der »Höker« war in der Kneipe in Appledore zwar nur geduldet worden, aber bei seinem halben Liter hatte er eine Menge über den Mann erfahren, der an der Straße nach Rye Landwirtschaft betrieb.

Sein Mitfahrer im Fond des grünen Lieferwagens hatte sich mucksmäuschenstill verhalten und keinen Ton gesagt. Doch er war es, der dem Mann von der sowjetischen Botschaft Bericht erstattete, als sie sich später an diesem Tag im »Golden Egg« am Leicester Square trafen.

Die beiden anderen Erkundungsteams waren leer ausgegangen, doch es gab wenig Zweifel, wo ihre Beute sich befand. Und abgesehen von allem anderen hatten sie Woronow an einem der Fenster bemerkt.

Felinski war erstaunt über den Umfang der KGB-Netze in Glasgow und London, und er und Woronow hatten Yasnow fast bis zur Erschöpfung verhört. Felinski selbst war langsam mit seinen Kräften am Ende. Namen und Adressen, Codewörter und tote Briefkästen schwirrten ihm durch den Kopf, und schließlich telefonierte er Maxwell, herüberzukommen und die Analyse der Netze zu übernehmen, bevor es ans Ausheben ging. Der SIS hob nie ein ganzes Netz aus, sie ließen immer zwei oder drei Chargen auf freiem Fuß. Andernfalls hätte man beim nächsten Agentennetz, das die Sowjets aufbauten, im dunkeln getappt. Läßt man zwei oder drei ungeschoren, kann man beobachten, wie das neue Netz um sie herum gebildet wird, und man weiß, woran man ist. Es mag riskant sein, aber nach einer völligen Zerschlagung steht man gleich wieder im Wald.

Maxwell hatte den nächsten Tag darauf verwandt, die Aufrollung der Netze in Glasgow, Mittelengland und London zu planen. Die Mittel des Special Branch waren jetzt mehr als ausgeschöpft, und Maxwell hatte Hilfe von der CIA angefordert. Und Hilfe von der Kripo für die beiden Tage vor den Festnahmen wie auch bei den Festnahmen selbst.

Woronow und Felinski hatten Yasnow weiter unter Druck gesetzt, und ein Sicherheitsbeamter tippte seitenweise Aussagen mit seiner Unterschrift.

Kurz vor acht an diesem Abend stellte Felinski fest, daß er es satt war, und er rief das Mädchen an.

»Lavender?«

»Nein, nicht Lavender, Steve. Ihre Mutter spricht.«

»Ist Lavender zu Haus, Mutter? Ich wollte vorbeikommen.«

»Sie ist doch bei dir, mein Lieber.«

Und auf der Stelle, als wäre seine ganze Ausbildung und all seine Erfahrung in eine einzige Mikrosekunde kanalisiert worden, wußte Felinski Bescheid. Aber er redete weiter. Er brauchte die Einzelheiten.

»Sag mir, was passiert ist.«

»Na, gar nichts, mein Lieber. Sie ist gleich mit los, als dein Freund vorbeikam.«

»Wann war das?«

»Ach herrje, so vor anderthalb Stunden oder auch zwei.« Dann die erste Aufwallung von Argwohn und Besorgnis: »Heißt das, sie war noch nicht bei dir, Steve?«

»Nein. Leider nicht. Jetzt hör mir genau zu. Wenn das Telefon klingelt, gehst du nicht dran. Ich komme sofort rüber. Ich bin in fünfzehn Minuten da.«

Er war in zehn dort.

»Kannst du den Mann beschreiben?«

Die Tränen waren sehr nah, und ihre Stimme zitterte.

»Ein junger Mann, Steve. Hörte sich nett an. So ein lächelnder Typ. Groß und ziemlich gutaussehend. Sportliche Jacke und Hose.«

»Was hat er gesagt?«

»Er sagte, du hättest ihn nach Lavender geschickt. Du wolltest nach Rye, da könnte sie mitkommen.« Sie schaute ihn an, und ihr brach die Stimme. »Sie war so froh, Steve, wir hätten doch nie gedacht . . .« und dann kamen die Tränen zum Ausbruch. Es hatte keinen Zweck, noch irgend etwas zu fragen. Den Wagen hatten sie doch innerhalb von zehn Minuten gewechselt. Er verlor Zeit, wenn er erst zur Farm zurückfuhr, aber es war besser, nicht noch mehr vor der verzweifelten Frau zu sagen. Er holte Lavenders Vater aus der Kirche und versprach ihm, er würde später anrufen.

Felinski telefonierte die Nachricht von der Entführung des Mädchens nach Curzon Street und wartete auf den unvermeidlichen Anruf. Während er auf und ab ging, hörte er die Stimmen von Woronow und Yasnow im Nebenzimmer. Es war Mitternacht, als das Telefon läutete, und Felinski zwang sich, es sechs Mal klingeln zu lassen, bevor er den Hörer abnahm. Die Stimme war gebildet und sehr kühl.

»Mr. Felinski?«

»Am Apparat.«

»Ich glaube, wir haben beide etwas verloren, Mr. Felinski, denken Sie vielleicht an einen Tausch?«

»Wovon reden Sie?«

»Aber Mr. Felinski, tun wir doch nicht so.«

»Was schwebt Ihnen vor?«

»Nichts Kompliziertes, Mr. Felinski, ein offener Tausch.«

»Wann?«

»Das ist Ihre Sache. Sie können die Zeit bestimmen, wir bestimmen den Ort.«

»Und der wäre?«

»Sagen wir, eine der Botschaften.«

»Welche?«

Der Sprecher lachte leise. »Wir melden uns noch.«

»Wann?«

»Ich sagte, das überlassen wir Ihnen.«

»Morgen um vierzehn Uhr, das heißt, heute.«

Das Telefon klickte, der Anrufer hatte aufgelegt. Felinski überspielte das Band nach Curzon Street.

Woronows Augen waren vor Ermüdung blutunterlaufen, aber er redete, als hätte der Tag eben erst begonnen.

»Viel mehr ist nicht zu holen, Steve.«

Felinski sah ihn an. »Woran denkst du?«

»Warum tauschen wir ihn nicht gegen das Mädchen aus? Das wollen sie doch.«

Felinski schüttelte den Kopf. »Er ist ein Hauptzeuge. Er könnte vor Gericht aussagen.«

»Du kriegst doch hundert, die du vor Gericht bringen kannst. Es ist nur noch eine Frage der Zeit, bis die ganzen Netze aufgerollt sind. Wozu brauchen wir Yasnow?«

»Die Netze bestehen weitgehend aus unseren Landsleuten. Ein Oberst des KGB, der über die Operation aussagt, ist ein echter Trumpf.«

»Überhaupt nicht, Steve. Das weißt du doch genau. Die Russen werden sagen, er sei geistesgestört, oder es sei ein abgekartetes Spiel – den üblichen Quatsch.«

»Warum wollen sie ihn dann zurück?«

»Hauptsächlich, damit sie einen Sündenbock haben, wenn ihr zur großen Enttarnung schreitet. Er soll der große böse Wolf sein, der das Ganze heimlich ausgeheckt hat. Unterstützt von britischen und amerikanischen Geheimdiensten, versteht sich. Er reißt sie aus allem raus. Deshalb wollen sie ihn, Genosse.«

Felinski antwortete nicht. Er saß da und schaute aus dem großen Fenster der Farm. Nach ein paar Minuten sprach Woronow wieder.

»Was wollen deine Leute wegen dem Mädchen und Yasnow unternehmen?«

»Sie haben es mir überlassen.«

Woronow ging zur Anrichte hinüber und goß sich einen Whisky ein.

»Was zu trinken, Steve?«

»Im Moment nicht.«

Ein langes Schweigen trat ein, dann setzte Woronow sein leeres Glas ab. »Warum hast du ihnen gesagt, sie sollen um zwei anrufen?«

»Weiß der Himmel. Ich wollte einfach Zeit zum Nachdenken.«

»Ist dir klar, daß sie dann noch nicht austauschen?«

Felinski fuhr herum. »Wieso nicht?«

»Sie testen dich. Wollen sehen, ob du bereit oder in der Lage bist, zu verhandeln. Sie werden neue Forderungen stellen. Je länger sie dich hinhalten, dich an der Strippe hängen lassen, desto mehr Zeit haben sie, ihre Agenten zu warnen. Machen wir uns nichts vor, in diesem Augenblick rollen in der Moskauer Zentrale eine Menge wichtiger Köpfe, und das hört so schnell nicht auf. Da wird nach Sündenböcken gesucht, und die wahrscheinlichen Kandidaten werden rackern wie die Teufel, um keinen Ärger zu bekommen.«

Woronow blickte mitfühlend in das gequälte Gesicht von Felinski.

Die Sorge verwandelte sich allmählich in Angst, und das hinterließ Spuren. Woronow war sicher, daß die Russen keinen ehrlichen Tausch vorhatten, sie klopften Felinski nur ab. Für Woronow sah es aus, als hätte Leggat vor seinem Tod geredet. Leggat war der einzige Mensch in der Moskauer Zentrale, der von Felinski gehört haben konnte. Aber als er darüber nachdachte, wurde ihm klar, daß sie Felinskis Namen wohl automatisch durch den Computer hatten laufen lassen, um zu sehen, ob es Querverbindungen gab, und der Name mußte in seiner – Woronows – Nachkriegsbefragung aufgetaucht sein. Das lag zwar Jahre zurück, doch die Karten und Namen waren alle in die Datenbank des Zentralarchivs übernommen worden. Es nützte ihnen nicht eben viel, aber es würde Leggats Geschichte untermauern. Und sie würden wissen, daß Yasnow inzwischen restlos ausgepreßt war. Das Mädchen war nur ihr Eröffnungszug.

Yasnow war eingeschlafen. Erschöpft und zitternd hatte er dagesessen, unfähig, noch ihre Fragen aufzunehmen. Der Arzt hatte ihm eine Spritze gesetzt, und das Verhör war für acht Stunden unterbrochen worden. Er hatte ihnen nur noch sehr wenig zu geben.

Sie spielten die Tonbänder ab, die sich mit den beiden letzten Sitzungen der Sonderkollekte und seiner Instruktion durch Semitschastni befaßten. Felinski drückte auf Stop und sah zu Woronow hinüber. Woronow lächelte halb.

»Was gibt's zu lächeln, Kliment?«

»Ich habe gerade an dasselbe gedacht wie du.«

»Du meinst Moskau?«

Woronow nickte, sagte aber nichts. Doch seine Augen blieben aufmerksam auf Felinskis Gesicht.

»Haben wir seine Telefonnummer?«

»Semitschastnis? Ja, sie steht auf den ersten Protokollseiten.«

»Und wenn er nicht da ist?«

»Er wird dasein. Er wird dort schlafen, bis die Sache vorbei ist.«

»Was meinst du, wie jetzt die allgemeine Reaktion in Moskau aussieht?«

»Das Präsidium wird sich fragen, was zum Teufel eigentlich gespielt wird, denn es kennt nur die halbe Geschichte. Es wird denken, daß die Briten auf ein paar KGB-Netze allzu empfindlich reagieren – und wahrscheinlich wüßte es gern, warum das KGB sich genauso anstellt.«

»Und das KGB?«

»Sonnenklar. Die setzen alles daran, wieder auf den Ausgangspunkt zurückzukommen. Aber das können sie Rudowski und Woroschilow nicht verkaufen. Nicht ohne einen verdammt guten Grund.«

»Und den könnten wir ihnen liefern.«

»Ja. Aber es muß aussehen wie ein Deal. Wenn ihr einen Drohung daraus macht und sie in die Knie zwingt, schlagen sie postwendend woanders Krach, nur um zu zeigen, daß sie noch im Geschäft sind.«

»Aber wenn wir sie ungeschoren lassen, können sie es noch mal probieren.«

Woronow schüttelte den Kopf. »Erstens laßt ihr sie nicht ungeschoren. Ihr werft so etwa hundert Leute von der Botschaft raus. Ihr stellt eure Landsleute und alle anderen, die ihr aus den Netzen holt, vor Gericht. Und ihr liefert ihnen Yasnow aus. Sie wollen einen Sündenbock, dem sie den Prozeß machen können. Dafür ist Yasnow genau der Richtige.««

»Und das Mädchen?«

Woronow schüttelte den Kopf. »Erwähn' sie erst gar nicht. Sonst setzt ihr euch allen möglichen Spielchen aus.«

Felinski rief Franks an und stellte den Plan in großen Zügen dar, um die Zustimmung des Auswärtigen Amtes zu bekommen. Schließlich war es dann der Premierminister, der die Genehmigung des Kabinetts erteilte. Eine Stunde später saßen in Tunbridge Wells und London Sondertelefonisten bereit. Felinski hörte, wie der Londoner Telefonist des Abhördienstes überprüfte, ob Semitschastni selbst am anderen Ende war. Schließlich erwähnte der Telefonist den Namen Yasnow, und Semitschastni bestätigte rasch, daß er am Apparat sei. Die Sonderleitung war störungsfrei, und Felinski konnte die Spannung seines Gesprächspartners jedesmal spüren, wenn die kalte Stimme eine Zwischenfrage stellte. Als Felinski seine Bedingungen dargelegt hatte, war eine Schweigepause am anderen Ende eingetreten, und dann hatte Semitschastni gefragt, ob irgendein sowjetischer Diplomat informiert worden sei. Beruhigt, daß das nicht der Fall sei, forderte er die Auslieferung Yasnows. Felinski willigte ein. Daraufhin verlangte der KGB-Vorsitzende eine Garantie, daß die Presse nicht unterrichtet würde und daß, wenn die Botschaftsangehörigen zu unerwünschten Personen erklärt würden, nur die Agententätigkeit als Grund genannt werde. Selbst als Felinski ihm das zugesichert hatte, betonte er noch, daß die Partei und das Ministerium für auswärtige Angelegenheiten sehr heftig reagieren würden, weil sie den eigentlichen Grund nicht kannten. Felinski bestätigte ihm, das sei vorauszusehen und werde vorsichtig gehandhabt. Schließlich ging Semitschastni zu weit und forderte die Auslieferung Woronows. Felinski lehnte ab und konterte, indem er von Semitschastni einen Beweis verlangte, daß er in der Lage sei, das ganze Unternehmen Sonderkollekte vom Tisch zu fegen. Ein sekundenlanges Schweigen entstand, und dann sagte Semitschastni, er sehe keine Möglichkeit, das zu beweisen. Felinski wartete ein paar Augenblicke, um die Aussage zu voller Wirkung kommen zu lassen und verlangte dann die Übersendung einer Fotokopie des Minutenprotokolls der letzten Sonderkollektenversammlung an die britische Botschaft in Moskau. Zögernd machte Semitschastni den Gegenvorschlag, sie an die britische Botschaft in Paris zu senden. Felinski akzeptierte und verlangte dann eine Kopie des Minutenprotokolls der nächsten Versammlung. Semitschastni fluchte grob und willigte nach einem kurzen Schweigen ein. Felinski war die Einzelheiten noch einmal durchgegangen, und damit hatte sich der Fall. Daß es keine Nettigkeiten, nicht eine Sekunde der Entspannung gegeben hatte, war Felinski nur recht. Soweit Semitschastni die Fäden in der Hand hielt, waren alle zurück am Ausgangspunkt. Das Gleichgewicht würde von neuem bestehen.

Als es zwei Uhr und später wurde und kein Kontakt mehr wegen des Mädchens zustande gekommen war, machte Felinski sich klar, daß man ihn fast einen Tag lang ausgeschaltet hatte. Er rief Franks an, der sofort mit dem Wagen herunterkam.

»Steve, ich kann mir denken, wie unglücklich Sie jetzt sind. Möchten Sie aussteigen?«

»Nein. Mir geht soviel im Kopf herum, die Unmenge von Einzelheiten in der Geschichte . . .«

Das Telefon klingelte, und Felinski schnappte sich den Hörer, ließ ihn fallen und hob ihn wieder auf.

»Ja, wer spricht?«

»'n Abend, Felinski, hab' leider schlechte Neuigkeiten für Sie.«

Felinski schwieg; er hatte Angst, was sie wohl sagen würden, aber genug Selbstbeherrschung, um zu warten. Dann fuhr der Sprecher fort: »Hier ist jemand, der es Ihnen kurz erklären wird«, und fast ohne Zwischenpause hörte Felinski eine harte, schnarrende Stimme, die auf russisch sagte: »Wir möchten, daß Sie jede Aktion gegen unsere Leute einstellen, Felinski, sonst bringen wir das Mädchen um.« Und die Verbindung brach ab.

Knapp drei Minuten später klingelte das Telefon wieder. Die Leute vom Abhördienst verlangten Franks. Er hörte zu und sagte schließlich ruhig: »Ja, überlassen Sie das mir.« Er wandte sich an Felinski.

»Steve, wir haben den Anruf zurückverfolgt.«

»Das war doch Selbstwahl, es ging nicht über die Vermittlung.«

»Stimmt, aber wir haben an fünf Schaltstellen ein Sonderteam eingesetzt. Wir hätten die falschen abdecken können, aber zufällig hatten wir Glück.«

»Wo waren sie?«

»In einem Wohnblock in Putney. Wir konnten die Wohnung ermitteln, bevor sie auflegten. Ein SIS-Kommando ist unterwegs. Möchten Sie hin?«

Felinski nickte. Das Gefühl der Betäubung wich. »Kümmern Sie sich bitte um Lavenders Eltern? Die Polizei ist schon da – ich meine, versuchen Sie, sie zu beruhigen.«

»Ab mit Ihnen, Steve. Nehmen Sie meinen Wagen. Ich vertrete Sie hier mit Woronow und Maxwell, bis Sie zurück sind.«

Franks ging in das Arbeitszimmer und winkte Woronow zu sich. Yasnow schlief in einem Sessel, und der Field Security Sergeant saß ihm gegenüber. Franks schloß leise die Tür und führte Woronow ins Wohnzimmer.

»Setzen Sie sich.«

Er teilte Woronow mit, was passiert war.

»Wieviel braucht ihr noch von Yasnow?«

Woronow blickte hellwach auf. Er ahnte, was kommen würde. »Nichts mehr. Wir könnten noch Einzelheiten erfahren. Ein paar Namen, die ihm noch nicht eingefallen sind. Aber wir haben alles, was wir brauchen.«

»Gut. Ich möchte, daß Sie Yasnow übernehmen.«

Woronows Augen waren auf dem Gesicht von Franks, und er sah ihn einige Sekunden ohne zu zwinkern an, ehe er sprach. »Es ist Ihnen wohl klar, daß sie das Mädchen dann umbringen.«

»Steve wird in zwei Stunden dort sein, also ist sie durchaus sicher.«

Woronow stand langsam auf und ging zu der Anrichte, auf der die Getränke standen. Er goß sich einen Wodka ein, dann drehte er sich um und lehnte sich gegen die Wand. Er nahm einen großen Schluck, ließ gut die Hälfte des Getränks in seinen Magen rinnen und sah zu Franks hinüber. Sie würden es nie lernen. Sie waren soviel besser als das KGB. Das KGB war kein Vergleich. Aber sie würden die Eigenart der Sowjets niemals wirklich begreifen. Sie gingen von ihren eigenen Maßstäben aus. Sie erfaßten nicht die Bauernschläue, die Brutalität, die Gleichgültigkeit gegenüber dem Leben. Er schüttete den restlichen Wodka hinunter, schloß einen Moment lang die Augen und sagte dann, ohne Franks dabei anzusehen: »Das Mädchen wird nicht dort sein. Sie wird inzwischen außer Landes sein. Bestenfalls ist sie noch auf einem Schiff in irgendeinem Hafen, aber auch das ist unwahrscheinlich.«

»Wie kommen Sie darauf?«

Woronow seufzte und verschränkte die Arme. »Ich war einer von ihnen, Mr. Franks.«

»Sie würden sie nicht außer Landes bringen, nur um sie zu töten.«

»Hören Sie, die haben ein Druckmittel gegen Felinski. Sie schonen lediglich ihre Waffen. Wenn sie nicht bekommen, was sie wollen, bringen sie sie um. Und sie werden sehr viel mehr wollen als Yasnow.«

»Yasnow ist also nicht wichtig?«

»Doch. Weil sie einen Schuldigen brauchen, und weil sie ihn in Moskau brauchen. Wenn ihr einfach die subversiven Netze dichtmacht, werden sie behaupten, ihr unterdrückt die Arbeiter, aber wenn Yasnow in London vor Gericht erscheint, wissen sie, daß die halbe Welt euch glauben wird. Kommt er nach Moskau, so haben sie jemand, dem sie die Schuld anhängen können; sie veranstalten einen Schauprozeß oder etwas derart und stellen eure Glaubwürdigkeit stark in Frage.«

Franks schaute Woronow an und sagte ruhig: »Sie haben sicher recht, Kliment. Trotzdem darf Yasnow nicht verfügbar sein – nie mehr.«

»Und das Mädchen?«

»Darauf kann ich leider keine Rücksicht nehmen.«

»Und Felinski?«

Franks wich den zwei kalten grauen Augen über dem grimmigen Mund nicht aus.

»Er braucht es erst mal nicht zu wissen. Ich werde ihm sagen, wir hätten Yasnow weggebracht, jetzt wo er ausgeredet hat, damit wir seine Rückkehr in die Wege leiten können.«

»Und wenn er's dann weiß. Wenn er weiß, daß seine Abmachung

mit Semitschastni nicht beachtet wurde. Und daß deswegen das Mädchen tot ist. Was dann?«

»Dann bricht er zusammen. Das wird furchtbar für ihn.«

Es war Woronow, der Yasnow den Kaffee brachte, aber Franks hatte dabeigestanden und zugesehen. Als Yasnow das bittere Aroma schmeckte, hatte er das Gesicht verzogen und zu dem großen Russen aufgeschaut. Dann schlossen sich seine Augen fest, und ein leiser Seufzer entwich ihm. Wenige Sekunden später fühlte Franks den erstarrten Puls. Ein Krankenwagen kam noch vor Tagesanbruch und fuhr kurz darauf zurück in Richtung London.

Woronow hatte bis Mittag durchgeschlafen. Von Felinski gab es keine Nachricht. Während er sich rasierte, versuchte Woronow den Gedanken an Felinskis Kummer, wenn er von dem Mädchen erführe, zu verdrängen. Vielleicht würde er niemals Gewißheit haben. Aber Woronow wußte instinktiv, daß die Moskauer Zentrale erkennen würde, welchen Schaden sie anrichten konnte, wenn sie den Engländer wissen ließ, daß die Rechnung für die nicht erfolgte Auslieferung Yasnows beglichen worden war und daß keine Hoffnung mehr bestand. Nach dem Rasieren kleidete er sich an, und als er seinen dicken Mantel überzog, wußte er, daß er niemals derjenige sein könnte, der es Felinski sagte. Derjenige, der wartete, während ihm die Nachricht ins Bewußtsein drang.

Als er den Weg entlangwanderte, verpaßte er beinah die rote Telefonzelle. Sowie sich die Tür hinter ihm schloß, begann er die Anweisungen im Fernsprechbuch durchzulesen. Er sprach zwanzig Minuten lang, und sie sagten ihm, es würde drei Tage dauern. Sein erstes Angebot hatten sie ausgeschlagen, das zweite aber akzeptiert.

21

Der Wohnblock bestand aus dem, was Makler und Siedlungsplaner als Luxusapartments bezeichnen, aber äußerlich hatte er die ganze funktionale Strenge eines Krankenhauses aus der Vorkriegszeit. Roter Blendstein, metallene Fensterrahmen und große zweiflügelige Türen, die in ein kleines, teppichbelegtes Foyer führten. Es waren drei aneinandergebaute Blocks. Ein länglicher mit vier Eingangshallen, und zwei kürzere, die eine wohlgepflegte Gartenanlage umschlossen. Der Garten fiel von dem verglasten Pavillon eines Pförtners schräg ab zu dem länglichen Block. Felinski hatte das Auto auf dem Besucherparkplatz abgestellt, und ein Zivilpolizist war zu ihm gekommen, als er hinüber auf Putney Heath schaute. Ein Verwaltungsbüro lag nicht weit von einem Garagenkomplex, und dort wartete der Einsatzleiter des SIS. Es war ein ziemlich kleiner, rothaariger Schotte, der bei ihrem Eintritt über einen Tisch gebeugt stand und einen Lageplan und einen Grundriß betrachtete. Er blickte hoch, als die Tür aufging, und lächelte dann. »Schön, Sie zu sehen, Sir. Es ist alles unter Kontrolle.«

»Wie viele sind es?«

»Nur zwei. Den einen haben wir identifiziert. Er gehört zu den Jungs vom zweiten Netz, ist nach dem Ungarnaufstand 56 herübergekommen. Arbeitet beim Internationalen Fernamt. Heißt Gabor. Der andere ist viel jünger. Sie haben ein paar Telefongespräche geführt. Wir haben Bänder und Abschriften davon. Gabor hat die Privatnummer eines Angehörigen der sowjetischen Botschaft angerufen. Kein langes Gespräch, aber die vom anderen Ende haben ihm Dampf gemacht. Der Jüngere rief seine Freundin an. Wir haben sie überprüft. Da könnte es Komplikationen geben, Sir. Sie hält sich in der irischen Botschaft auf, bildhübsches Mädchen, die Tochter eines Senators, eines irischen, genau gesagt. Sie steht auf Ihrer Rädelsführerliste – Sara Mathews.«

»Miss Coombs ist also nicht in der Wohnung?«

Der kleine Schotte sah ernst drein und sprach leise. »Leider nein, Sir.«

»Am besten zeigen Sie mir mal den Grundriß.«

»Gut, Sir. Sie sind in der Wohnung dort in dem langen Block. Man nimmt Eingang zwei, und es ist Parterre rechts. Wir haben einen Schlüssel, aber es könnte von innen verriegelt sein. Wenn man reinkommt, ist da ein ziemlich langer Flur. Drei große Zimmer rechts, Küche, Bad, Toilette und noch zwei Zimmer links. Wir beobachten die Vorder- und Rückseite mit je zwei Mann, und einen meiner Leute habe ich im Treppenhaus postiert.«

»Haben Sie Handfeuerwaffen?«

»Sicher. Einen Smith & Wesson 38 und eine Luger. Was ziehen Sie vor?«

»Ich nehme die Luger.«

Felinski hatte dem SIS-Mann fünf Minuten Zeit gegeben, seine

Leute zu verständigen, dann war er den Weg, der die Rasenfläche durchschnitt, entlanggeschlendert. Alle auf den Garten hinausgehenden Fenster der Wohnung waren mit Jalousien verdunkelt, aber aus dem Wohnzimmer schien Licht durch die Rippen. Er stieß die große Schwingtür auf und stand im Foyer.

Aus der Wohnung zur Linken konnte er die Kennmelodie der ITN-Zehnuhrnachrichten hören. Die Tür auf der rechten Seite bestand aus massiver Eiche. Er beugte sich herab und legte das Brecheisen leise auf den gefliesten Fußboden. Der Schlüssel war mit Vaseline eingefettet und glitt lautlos ins Schloß. Er ließ sich ungehindert drehen, und Felinski drückte langsam und sachte gegen die Tür. Sie war nicht verriegelt; er öffnete sie gerade weit genug, um hineinzuschauen. Das hintere Ende des Flurs lag im Dunkeln, aber in Türnähe war es hell. Eine große Pflanze stand linker Hand in einem Steinguttopf, und in der Küche, ebenfalls links, brannte Licht. Vorsichtig trat er ein. Von den Geräuschen im Foyer abgeschnitten, konnte er Stimmen hören, und aus einem Radio klang Jazzmusik. Leise schloß er die Tür und blieb stehen. Jemand lachte in dem Zimmer. Sie waren beide drinnen. Er schob seine Hand in die Tasche und entsicherte. Er zog die Pistole und hielt den Schalldämpfer mit der linken Hand fest, bis sie gut in seiner rechten lag. Er würde zwei Schritte brauchen, um die Tür zu erreichen, und beim ersten sahen sie vielleicht seinen Schatten in den rechteckigen Milchglasscheiben, durch die das Licht auf den Flur drang. Er machte den ersten Schritt, griff nach der bronzenen Klinke und schob sachte die Tür auf.

Sie saßen beide, und der blonde junge Mann lachte gerade. Das Lachen erfror, und er machte Anstalten aufzustehen.

»Bewegt euch nicht.«

Der andere Mann, Gabor, drückte seine Zigarette aus und erwiderte Felinskis Blick. Keiner fragte, was er wollte, aber beide hatten bemerkt, daß die Luger nicht wankte. Er sah den Jüngeren an.

»Wo ist das Mädchen?«

Der junge Mann grinste blöde und faßte sich an die Haarwelle, die auf seine Wange fiel. »Was für ein Mädchen?« sagte er.

Der Schalldämpfer hatte scharf gezischt, und zwischen den Wildlederschuhen des Jungen ragten zwei große weiße Holzsplitter vom Fußboden aus einem Loch in dem grünen Teppich. Der andere Mann bewegte sich unbehaglich.

»Nächstes Mal ziele ich höher, und das wird der Tochter des

Senators nicht recht sein.« Er stieß zornig mit der Pistole nach dem Jungen, der zu Tode erschrocken aussah.

»Sie ist nicht hier.« Sein Mund blieb offenstehen; Angst schnürte ihm die Kehle zu. Dann, als sich die Pistole auf seine Leistengegend richtete, schrie er auf. Er hob die Hand, wie um das Geschoß damit abzuwehren. »Nein, nicht, ich sage es Ihnen.« Felinski zielte wieder mit der Waffe auf ihn, und der Junge bog sich aufgeregt vor und zurück. »O mein Gott, die bringen mich um. Die bringen mich um.« In dem Moment war der Ungar gesprungen. Das Geschoß stoppte ihn auf halbem Weg, als es seine Kniescheibe in Stücke riß, und er prallte in den Sessel zurück, den Kopf vor Schmerz hin und her werfend. Er wollt an sein Knie fassen, aber die Schmerzen waren zu stark, und noch während seine Hand sich krümmte, sank er in Ohnmacht.

Der Jugendliche zitterte, und seine Augen waren auf Felinskis Gesicht. »Bitte tun Sie's nicht. Ich sage Ihnen, wo sie ist.«

»Wo?«

»Sie ist in der Republik.«

»Wo?«

»Auf einer Farm.«

»O'Malley's Farm?«

Der Mund des Jungen klappte auf. »Sie wissen's also.«

»Hast du sie in Tenderden abgeholt?«

»Ja.«

»In wessen Auftrag? Wer hat dir gesagt, was du tun sollst?«

Der Junge zeigte auf seinen bewußtlosen Gefährten. »Das hat er mir gesagt. Später übernahm der Mann von der Sowjetbotschaft.«

»Welcher Mann von der Botschaft? Wie heißt er?«

»Julianzki oder so ähnlich. Ich kann mich nicht erinnern.«

»Wie haben sie sie weggebracht?«

»Mit einer Privatmaschine von einem Platz in Yorkshire aus. Die gehört einem gewissen Onkel Tom. Seinen richtigen Namen kenne ich nicht. Auf der Farm ist eine kleine Landebahn für Schädlingsbekämpfungsflugzeuge.«

»Was tust du sonst noch für sie?«

»Nur Telefondienst, und manchmal helfe ich bei Jobs.«

»Was für Jobs?«

»Wenn Leute aus der Reihe tanzen.«

»Was bezahlen sie dir?«

»Sie bezahlen mich nicht.«

»Was bekommst du?«

Der Junge sah blaß aus, und in seinem Hals klopfte der Puls. »Ich tue es für Sara.«

»Ist sie dein Mädchen?«

Der Junge schüttelte den Kopf. »Nein, sie geht mit dem Holländer.«

»Was hast du dann davon?«

»Sie schläft mit mir, wenn ich Jobs mache.«

»Wie heißt du?«

»Peter Curtis.«

Felinski starrte ihn an. »Bist du der Sohn vor Sir Peter?«

Der Junge nickte.

Sir Peter Curtis war der geschäftsführende Direktor eines staatlichen Industriekonzerns.

Felinski hatte es dem SIS-Team überlassen, die Ordnung wiederherzustellen, sie aber darauf hingewiesen, daß der Jugendliche nicht beschuldigt werden dürfe, da sonst die Zeitungen der Geschichte nachgehen würden.

Felinski fuhr weiter in die Curzon Street und rief Franks und Maxwell an. Er sah die Akten über die sowjetische Botschaft durch und griff Ulijanenko heraus. Er hatte Franks nicht gesagt, was er wegen des Mädchens zu unternehmen gedachte, aber Franks war zu schlau, um nicht von selbst darauf zu kommen. Die Rädelsführer der Netze sollten in einem Großeinsatz, beginnend in achtundvierzig Stunden, festgenommen und unter Anklage gestellt werden. Maxwell hatte den Einsatz mit dem Special Branch abgestimmt, und in größeren Städten war auch die Kriminalpolizei eingeschaltet. Die verschiedenen Gruppen in den subversiven Netzen hatten offenbar Anweisung bekommen, leise zu treten. Die Aktivitäten waren stark zurückgegangen.

Felinski wußte, daß es aussichtslos war, die Befreiung des Mädchens den irischen Behörden zu überlassen. Sie beeilten sich niemals für Engländer, was immer auf dem Spiel stand. Bis es durchdiskutiert war und den Segen irgendeines Ministers fand, war es zu spät. Das Mädchen würde tot sein. Felinski spürte zwar, daß die Kontrolle über die Hauptoperation ihm entglitt, doch war das jetzt weitgehend Routinesache. Und er mußte schnell handeln. Wenn die Verhaftungen anfingen, war das Schicksal des Mädchens besiegelt. Er hatte eine Stunde mit Tim MacNay zusammengesessen, und dann hatte MacNay ein Dutzend Telefongespräche geführt. Als er damit fertig war, schien er in Hochstimmung: »Steve, ich habe eine Mannschaft und ein Schiff zusammen. Alles vom Besten. Bis Sie Ihre Sache erledigt haben und hinkommen, sind die startklar.«

Die irische Botschaft in London ist nicht gerade wegen ihrer architektonischen Schönheit berühmt. Sie ist ein ziemlich schmuddeliger, trister Bau an der Ecke Brosvenor Place und Chester Street. Taxis wenden dort, um elegantere Adressen aufzusuchen. Nachts mutet sie noch trister an, und im Inneren ist selten Licht zu sehen. Sie wird ständig von einem Polizisten bewacht. Er ist trotz der bestehenden Probleme nicht etwa dort, um die Belegschaft vor den Engländern zu schützen, sondern vielmehr vor der einen oder anderen Fraktion ihrer eigenen Landsleute, die nicht damit einverstanden sind, was in ihrem Namen getan oder unterlassen wird.

Felinski hatte das Mädchen von einer Zelle am Belgrave Square aus angerufen. Sie war zunächst mißtrauisch gewesen, als er sagte, er riefe im Namen des Jungen an, doch als er Ulijanenko erwähnte, sagte sie, sie würde sich in fünf Minuten mit ihm an der Ecke treffen. Dann sah er sie auch schon. Sie kam die Treppe in der Chester Street hinunter und hatte irgend etwas Helles an, und als sie die Straße überquerte, sah er, daß sie noch hübscher war als auf den Fotos in ihrem Dossier. Sie folgte ihm den Grosvenor Place hinauf, und er bog in die Halkin Street ein und blieb stehen.

»Miss Mathews?«

Sie blickte zu ihm auf, und die großen grünen Augen musterten sein Gesicht. »Ist etwas schiefgelaufen?«

»Das kann Ihnen Ulijanenko sagen. Ich soll Sie nur holen.«

»Wir müssen uns beeilen. Lange bleiben kann ich nicht. Wo ist Ulij?«

Er lächelte. »Fahren wir los, ja?«

Er hielt ihr die Wagentür auf und stieg auf der anderen Seite ein. Dann nickte er dem Fahrer zu, und sie wandten sich nach Westen. Das Mädchen zündete sich eine Zigarette an und blickte aus dem Fenster. Erst als sie Shepherd's Bush erkannte, machte sie den Mund auf. »Mein Gott, das ist ja Shepherd's Bush. Wohin zum Teufel fahren wir?«

»Wir fahren nach Dublin, Miss Mathews, auf die Farm.«

Sie drehte sich zu ihm herum. »Verdammt, wer sind Sie? Sie

kommen nicht von Ulij oder Peter«, und sie faßte nach dem Türgriff. Felinskis Finger schlossen sich um ihr Handgelenk. »Nur keine Dummheiten, Miss Mathews, sonst tun Sie sich weh.«

Sie lehnte sich zurück, und er wußte, daß sie jetzt einen Schlachtplan überlegte. Ein Posten der Air Force stand am Tor, als sie in Northolt ankamen, und ihm war klar, daß sie das große Holzschild mit dem Namen des Flugplatzes gesehen haben mußte.

Er ließ das Mächen im Wachraum zurück. Dort bekam sie ein dankbares Publikum. Der Adjutant hatte eine Nachricht von Tim MacNay: Das Team sei bereits unterwegs und erwarte ihn in Ardglass. Die Besatzung für den Flug nach Belfast war ebenfalls bereit. Das Mädchen hörte auf zu reden, als er wieder in den Wachraum kam, und ihr hübsches Gesicht erstarrte.

Sie saßen angegurtet auf dem Zweiersitz, und als der Jet dröhnend abhob, legte das Mädchen eine Hand auf Felinskis Arm und schloß die Augen. Die Maschine kletterte im Steilflug durch die Wolken, und bei viertausend Fuß war sie über der Wolkendecke, und der Mond schien auf die Kumulusschleier herab. Der Schatten des Flugzeugs sprang und hüpfte vor und unter ihnen. Dann brachen die Wolken auf, und tief darunter konnten sie das Gleißen des Ozeans sehen. Das Mädchen hatte die Hand auf seinem Arm gelassen, und nach einem Blick auf das Meer wandte sie sich zu ihm und sprach ihn an.

»Die werden das Mädchen umbringen, wenn ihr die Farm angreift.«

Felinski schaute sie an und sagte: »Dann wären Sie die nächste, Miss Mathew.«

»Heilige Maria. Sie nennen mich ›Miss‹, wenn Sie mir in Aussicht stellen, mich zu ermorden.«

»Gehen Sie zur Messe?«

»Hin und wieder.«

»Dann beten Sie, daß Ihre Freunde dem Mädchen nichts antun.«

»Begreifen Sie denn nicht, daß wir diesmal nicht allein sind? England ist erledigt; es kann sich nur noch um Tage handeln. Was Sie jetzt machen, ist sinnlos. Wenn Sie mich umbringen, ändert das überhaupt nichts.«

»Und die Republik? Was fangen die Russen damit an?«

Ihre Augen blitzten, und er wußte, daß er einen wunden Punkt berührt hatte. »Klar wird sich manches für uns ändern, aber bei Gott, erst erteilen wir euch Schweinen mal eine Lektion. Ihr dürft zur Abwechslung für *uns* Straßen bauen.«

»Und die Amerikaner?«

»Was hat denn das Ganze mit denen zu tun?«

Felinski wartete. »Ihre Freunde haben Ihnen also nicht erzählt, worum es eigentlich geht.« Er zögerte und fuhr dann fort.

»Die Russen wollen dieser Sache einen Atomschlag gegen die Amerikaner folgen lassen.«

Der Zorn kam wieder hoch. »Sie verlogenes Schwein. Ihr seid dran, ihr, nicht die Amerikaner.«

Sie gingen in schnellem Tempo nieder und konnten die ihnen entgegenkommenden Lichter des Flughafens sehen. Es war nicht die bequeme Landung einer Passagiermaschine; sie fielen ruckzuck. Sie setzten mehrmals auf der Rollbahn auf, und dann bebte das Flugzeug unter dem ohrenbetäubenden Lärm der Schubumkehr. Sie rollten zu einer kleinen Abstellfläche mit einer Halle, und Männer in Air-Force-Uniformen stellten eine Metalleiter für sie auf. Es war eisig kalt auf dem Asphalt, und das Mädchen fröstelte.

Der Wagen brachte sie in einer Stunde nach Ardglass. Sie fuhren direkt zum Kai. An einem hölzernen Ponton lag ein Seenotkreuzer längsseits. Die Sorte, die mit 35 Knoten die See durchpflügen kann. Alle Air-Force-Kennzeichen waren übermalt worden, und ein Mann in einem Bootsmannsstuhl überpinselte gerade die Nummer auf dem Bug. Die Deckenbeleuchtung erhellte den Hafendamm, und Stimmenlärm drang übers Wasser. Tim MacNay half ihnen beiden ins Cockpit.

»Habt ihr eine Kabine für das Mädchen, Tim?«

»Klar, aber einen Bewacher kriegt sie trotzdem mit – wir wollen ja nicht, daß was passiert, nein?«

Als sie allein waren, goß MacNay ihm einen Whisky in einen Plastikbecher.

»In London gibt es Ärger, Steve. Woronow wird vermißt. Der ganze Verein ist am Rotieren. Er verschwand gestern gegen Mittag. Hat keine Sachen mitgenommen, nichts. Am späten Abend rief er dann wohl in Curzon Street an. Sagte, er hätte Ihnen was auszurichten. Hier – ich hab' die Notiz irgendwo.« Er kramte in seiner Anoraktasche und brachte eine zusammengefaltete Karte zum Vorschein. Als er sie herüberreichte, sagte er: »Woronow bestand darauf, es zu diktieren, weil es wortgetreu sein müsse.«

Felinski faltete die Karte auseinander und trat an eine Wandlampe. Der Text lautete: »Die Brücke ist zerstört stop Sie bringen das Mädchen nicht um stop Kliment Iwanowitsch Woronow stop.«

MacNay schwenkte seinen Whisky. »Ich hab's gelesen, Steve, für den Fall, daß es die Operation anginge. Bin nicht klug daraus geworden. Was halten Sie davon?«

Felinski schwieg einige Augenblicke. Er wußte nicht genau, was es bedeutete. Der Sinn war ein wenig unterhalb seiner Bewußtseinsschwelle. Wie das Erwachen aus einem Traum – man weiß, daß der Traum da war, kennt aber nicht den Inhalt. Er steckte die Karte ein. »Bin mir nicht ganz sicher, Tim, nicht ganz.«

22

Tim MacNay rief Felinski zu: »Steve, darf ich Ihnen den Skipper vorstellen?«

Der Mann, der seine Hand ausstreckte, war gut einsfünfundachtzig und sein Bart entsprechend. Aber der Bart war ordentlicher als seine Kleidung. Er trug eine ölbefleckte Feldanzugjacke und eine Hose, die aussah, als wäre sie von einem Trainingsanzug übriggeblieben. Seine Füße steckten in billigen Wildlederschuhen, doch das braungebrannte Gesicht war fröhlich und wach.

MacNay sagte: »Das ist Commander Andrews, Steve, Royal Navy.«

Andrews' Hand war groß und ihr Druck selbstbewußt. »Tag, Steve. Am besten sage ich gleich klipp und klar, daß ich Royal Navy auf Urlaub bin. Das Marineministerium wäre mit dem kleinen Streich hier überhaupt nicht einverstanden. Ich habe es auf der Herfahrt mit Tim mal durchgerechnet, da kamen dreiundzwanzig Verstöße zusammen, und wenn mir schon dreiundzwanzig einfallen, dann fänden diese Burschen noch mehr. Die Seesoldaten hier sind alle auf Urlaub. Sie haben gültige Scheine, ich habe sie selbst ausgestellt. Zwei Fallschirmjäger sind auch an Bord, aber um die hat sich Tim gekümmert.

Andrews ging die Kajütstreppe hinunter in die Messe, und Felinski und MacNay folgten ihm. Fünf Männer saßen auf den Schaumstoffkojen, und auf dem Deck lagen Zeitungen, die mit MP-Teilen übersät waren. Andrews nickte den anderen zu. »Okay, Leute, das ist Steve, und er führt den Befehl.« Er wandte sich an Felinski. »Ich darf sie Ihnen mal vorstellen. Im Uhrzeigersinn ist da Paul mit den schönen Locken, der Häßliche heißt Ted, dann haben wir Frank und Leslie, das sind zwei von meinen Jungs, und der dort ist Peter. Tom kümmert sich um das Mädchen, und wo ist Joe?«

»Pissen.«

»Nun, das ist die buntgescheckte Mannschaft.«

Felinski lehnte sich gegen das Schott und blickte in die Runde. »Am besten erkläre ich mal, daß wir zu dem, was wir vorhaben, in keiner Weise befugt sind. Wenn wir es vermasseln, gibt es einen Mordskrach. Unser Vorhaben würde einen Sturm der Entrüstung entfachen, wenn wir es in England durchführten. Daß wir es in der Republik ausführen, könnte wirklich Ärger geben. Ich sage das nur, um darauf hinzuweisen, daß wir keinerlei Risiko eingehen dürfen. Wir müssen Erfolg haben, und wir müssen schnell sein. Und wenn möglich, wird niemand verletzt. Weder wir noch sie.« Felinski wandte sich an MacNay. »Haben Sie die Luftaufnahmen, Tim, und die Karten?«

Die Landkarten und Fotos wurden auf dem Tisch ausgebreitet. Felinski beschrieb die Farm, ihre Gebäude und Zuwege und befaßte sich zuletzt mit den beiden vom Hafen herkommenden Straßen. Gegen Ende seiner Ausführungen steckte Andrews den Kopf in den Mannschaftsraum. »Hätten Sie einen Moment Zeit, Steve?«

Im Cockpit beugte sich Andrews über einen Kartentisch, ließ seinen Stechzirkel über zwei Seekarten stolzieren und legte Entfernungen fest. Während er damit beschäftigt war, sprach er ohne aufzusehen.

»Es sind verdammt noch mal fast sechzig Meilen. Mit normaler Besatzung könnte ich es in zwei bis drei Stunden schaffen. Aber wir haben eine Menge Zusatzgewicht und Windstärke vier. Das hört sich nicht viel an, aber die Gute ist ein Gleitboot, und wenn ich sie zu sehr scheuche, geht sie voll Stoff wie gegen eine Backsteinmauer. Ich werde vier bis viereinhalb Stunden brauchen. Das bedeutet, wir haben etwa zwei Stunden für die Ausführung unseres kleinen Plans. Wahrscheinlich ist es noch eine Stunde länger dunkel, aber wenn wir so lange bleiben, verpasse ich die Flut, und der innere Hafenabschnitt trocknet sowieso aus. Ich will nicht auflaufen.«

»Die Zeit dürfte uns reichen. Es ist ja kein fein abgestimmter Plan, eher ein bißchen behelfsmäßig.«

»Hauptsache, wir wissen, woran wir sind.« Andrews rief zu einem Mann am Pier hinauf. »Matrose, lassen Sie einen Turn um den Poller und geben Sie ihn mir.« Der Mann bückte sich, wand das Tau los und legte das Ende in die große Pranke von Andrews. Der sagte, als er es entgegennahm: »Gut. Das gleiche mit dem Haupttau, und das bringen Sie mit runter.« Als der Mann das zweite Tau anreichte, sprang er an Bord. Andrews rief hinter sich in die Dunkelheit: »Okay. Werft beide an, bringt sie auf Zweitausendsieben und laßt sie da.« Das Dröhnen der großen Volvos schien ohrenbetäubend, aber als sie gleichmäßig liefen, rief Andrews durch den Lärm: »Okay, bringt sie auf Sieben-fünfzig runter. Prima.« Er ruckte an der Vorleine, und sie schnurrte vom Poller. Er griff nach vorn, drehte das große metallene Steuer und zog es voll nach Backbord. Dann rief er: »Okay, okay. Steuerbordmotor zugeben.« Sofort drehte sich die Nase des Bootes, er löste die Achterleine, und sie gingen auf 180 Grad. »Gut. Beide Maschinen jetzt auf tausend.« Und das große Boot durchschnitt die See. Andrews wandte sich an Felinski. »Wir haben unten noch eine separate Steuerung. Die brauchen wir vielleicht, falls wir beim Abschied Gesellschaft bekommen.« Dann drehte er sich wieder um und setzte das Ruder in Gang. Ein großer Sestrel-Kompaß befand sich an der Lenkung, und als Andrews noch einen Blick auf die Karte warf, murmelte er laut: »Zwo-zwanzig geographisch, zwo-dreißig magnetisch.« Auf seinen Ruf hin kam einer der Männer. »Übernimm du, Frank. Kurs 2 Grad 30, und du kannst sie nach und nach auf zwanzig Knoten bringen. Ruf mich, wenn du die hast.«

Das Licht auf dem Pier war von Grün auf Weiß umgesprungen, und eine Aldislampe blinkte eine Botschaft. Als sie beendet war, lachte Andrews. »Freches Pack. Sie haben signalisiert, wir sollen ihnen Irisch Moos mitbringen.« Dann waren sie vom Ufer weg, und die Wellen schlugen höher, und der Steuermann bemühte sich, das Tempo auf den Wellengang einzustellen. Andrews kam mit einem Becher in der Hand herauf, der spritzend überschwappte, als er nach dem Handlauf faßte. »Die Jungs warten auf Sie, Steve.«

Felinski ging seinen provisorischen Plan durch und beantwortete anschließend ihre Fragen. Der Wachtposten meldete, das Mädchen sei seekrank und nicht in der Verfassung, ihnen Schwierigkeiten zu bereiten. Dann rief der Bordfunker nach Felinski. Er ging dorthin, wo das große Empfangsgerät am Schott verschraubt war, und der Funker schloß ein Paar zusätzlicher Kopfhörer an den Doppelstecker an. Sie hatten gerade die Schlagzeile verlesen und begannen mit der ersten Kurzmeldung.

»In Moskau wurde heute Sir Piers Lake, der britische Botschafter, in das Außenministerium gerufen. Man beklagte sich, daß Angehörige der sowjetischen Botschaft in London ständig systematischer

Belästigung durch die britischen Behörden ausgesetzt seien. Das Auswärtige Amt lehnte eine Stellungnahme zu den noch ungeprüften Vorwürfen ab.«

Die zweite Meldung war länger. Sie betraf Zusammenstöße zwischen Streikposten und Polizeikräften in Birmingham, Manchester, Glasgow und London. Fünfundsiebzig Personen waren festgenommen und neun Polizisten schwer verletzt worden. Die stellvertretenden Chefs vier großer Gewerkschaften hatten die Regierung vor einem möglichen Generalstreik gewarnt. Der britische Gewerkschaftskongreß war in London zu einer vierstündigen Sitzung zusammengetreten, und aus inoffiziellen Quellen hieß es, die großen Gewerkschaften hätten mit ihrem Austritt gedroht, falls der Kongreß nicht binnen vierundzwanzig Stunden einen Generalstreik genehmige. Der Premierminister plädierte für eine gemäßigte Haltung und wollte am nächsten Abend im Fernsehen sprechen. Ein Gewerkschaftsvertreter hatte ihn in der Sendung *Today's World* als »Verräter« bezeichnet.

Felinski ging zurück in das Cockpit, und jetzt lag eine lange weiße Kielspur hinter ihnen. Andrews gab Felinski das Fernglas. »Wir machen gute Fahrt, da ist das Licht von Haulbowline Rock.« Und während das Fernglas auf und ab wanderte, erhaschte Felinski einzelne Blicke auf einen grauen Granitturm und sah ein schnelles dreimaliges Blinken.

Der Bordfunker brachte einen Zettel. »Nachricht für Sie, Sir.«

Sie war kurz und bündig: FELINSKI STOP SIS VERFÄHRT WIE GEWÜNSCHT STOP.« Das bedeutete, daß er das Mädchen wegschaffen konnte. Sie würden ein Fahrzeug von Dublin nach Howth bringen.

Regen war in der Luft, und die beiden großen Kent-Scheibenwischer wirbelten rund, um Sicht nach vorn zu gewähren. Andrews brüllte ihm ins Ohr: »Der Regen ist eine verdammte Pest, aber genau das Richtige, wenn wir in Howth einlaufen. Da treibt sich dann niemand herum.«

Die Sicht wurde klarer, als sie vor Drogheda waren, und Andrews drückte sich das Fernglas so gut er konnte auf die Augen. »Ja, es ist tatsächlich Drogheda, ich erkenne den Leuchtturm. Sie haben die drei Rotlichter am Hafeneingang. Muß von der Boyne her stürmisch sein. Das heißt, daß da in den nächsten Stunden niemand ausläuft.« Er griff in das Fach neben dem Steuer, holte den Peilkompaß heraus und stand schwankend auf gespreizten Beinen, während er eine Peilung vornahm. »Steuermann, laß sie weit vor der Küste, wir wollen Cardy Rocks umgehen, und an Rockabill brauchen wir auch nicht ran, die haben ein Signalhorn. Bei der ablandigen Brise dürften wir es hören.« Und sie hörten es. Vier Heultöne in der Minute. Der Wind ließ nach und beruhigte sich, aber die See ging immer noch schnell, und das Boot röhrte, während die zwei massiven Volvos seinen Bug immer wieder in die lang rollenden Wellen stießen. Es hob die Nase, wenn die Schrauben volles Wasser griffen, glitt dahin und stürzte krachend nieder, wenn sich die Schrauben halb vom Wasser lösten. Andrews schrie dem Hilfssteuermann zu, das Tempo wegzunehmen. Er wandte sich an Felinski. »Wir haben gut Fahrt gemacht und können ruhig ein bißchen runtergehen. Diese Art Seegang strapaziert einen GRP-Rumpf. Da verzieht er sich leicht.«

Felinski ging die Kajütstreppe hinunter und zu der Kabine im Backbord. Das Mädchen lag auf der Koje, aber sie hatte etwas Farbe um die Wangen. Sie hielt sich ein Papiertuch vor den Mund, und ihre Kleider waren besudelt. Er setzte sich auf den Kojenrand.

»Wie geht's Ihnen jetzt?«

Sie schüttelte den Kopf. »Furchtbar.«

»Wir sind bald dort, dann geht es weg.«

Sie stützte sich auf einen Ellenbogen auf und wischte sich den Mund. Sie sah Felinski ins Gesicht, und nach einigen Augenblicken hob sie ihre Hand, um die seine zu berühren, und sagte: »Wenn ich Ihnen was erzähle, versprechen Sie mir dann, daß Sie dem Holländer nichts tun?«

»Wie soll ich das versprechen? Wenn er uns in die Quere kommt, können wir ihn nicht schonen.« Felinski fand es widersinnig. Das Mädchen war an einer Verschwörung beteiligt, die England in den Bürgerkrieg treiben sollte, fühlte sich unter Mördern und Erpressern zuhause, machte sich keine Gedanken über Menschenraub, aber im Flugzeug hatte sie sich vor Angst an seinem Arm festhalten müssen, und jetzt streichelte sie seine Hand, weil sie die beruhigende Gewißheit suchte, daß sie noch unter Menschen war, die Gnade kannten. Schlief mit irgendwelchen Männern zum Lohn für deren Mitarbeit.

Wieder sprach sie. »Nützt es etwas, wenn ich mit Ihnen zusammenarbeite?«

»Das zu tun, wäre ohnehin klug von Ihnen, Miss Mathews.«

»Aber Sie bringen ihn um?«

»Es besteht keine Notwendigkeit, irgend jemand umzubringen, es sei denn, man macht uns Schwierigkeiten.«

»Sie ist Ihr Mädchen, nicht?«

»Ja.«

»Aber was ich Ihnen sagen kann, bringt Sie wirklich weiter. Vielleicht könnten Sie Ihrem Freund helfen.«

Felinski lächelte. »Sie ist mehr als ein Freund.«

»Ich meine nicht das Mädchen. Ich meine den Mann.«

»Welchen Mann?«

»Ich glaube, er heißt Woronow.«

Felinskis Stimme war rauh. »Was wissen Sie über Woronow?«

»Ich weiß, daß er ein Geschäft mit Ulijanenko gemacht hat.«

»Was für ein Geschäft?«

»Ein Geschäft wegen des Mädchens.«

»Erzählen Sie.«

»Und Sie schonen Jan?«

Er schüttelte den Kopf. »Je nachdem, was er tut.«

»Lassen Sie mich mit ihm sprechen, wenn es die Umstände erlauben? Er kämpft nicht, wenn ich ihm davon abrate.«

»Nach Möglichkeit, okay. Aber keine Versprechungen. Also, was war mit dem Geschäft?«

»Es wurde ausgehandelt, daß sie das Mädchen nicht umbringen. Woronow rief in der Botschaft an und sprach mit Ulijanenko.«

»Und was wurde noch ausgehandelt?«

»Daß Woronow zurück nach Moskau geht. Er sagte ihnen, Yasnow sei tot, und er bot sich selber an. Sie brauchen einen Sündenbock. Ich glaube, sie wollen ihm öffentlich die Schuld an allem geben, was mit dem Englandunternehmen schiefgegangen ist. Ihm den Prozeß machen oder etwas Derartiges. Behaupten, er sei geistesgestört und habe auf eigene Faust gehandelt. Er gebrauchte irgendeine Floskel – Feind von wer weiß was.«

»Feind des Staates?«

»Ja, genau.«

»Wo ist Woronow jetzt?«

»Ich habe keine Ahnung. Ich glaube, das wissen die nicht mal. Er will abwarten, bis er das Mädchen in Sicherheit weiß. Dann stellt er sich. Wie es scheint, waren sie sehr zufrieden mit der Vereinbarung. Mehr weiß ich nicht.«

Yasnow war also tot. Man brauchte nicht lange zu raten, was da geschehen war. Und Woronow hatte begriffen, daß das KGB, wenn Yasnow nicht nach Moskau kam, unweigerlich das Mädchen umbringen würde. Felinski hätte gern gewußt, ob sich auch Franks darüber im klaren gewesen war, als sie Yasnow erledigten. Er hätte gern gewußt, was für ein Gefühl es war, Franks zu sein – die Eltern zu trösten in dem Bewußtsein, daß man ihr Kind praktisch abgeschrieben hatte. Und Woronow. Was war in ihm vorgegangen? Dem Mann, der zu oft die Seiten gewechselt hatte. Was hatte *ihn* motiviert? Ein seltsam widersprüchlicher Mann, der ohne Skrupel tötete und beinah süchtig war nach hübschen Frauen. Ein Mann, der keine Freunde sammelte. Liebhaberinnen ja, aber Freunde, nein. Vielleicht hatte er in Felinski das gesehen, was einem Freund am nächsten kam. Wie man es auch betrachtete, es war eine sonderbare, aufopfernde Haltung. Flüchtig kam Felinski die Frage, wo sich Woronow versteckt halten mochte. Er sah wieder das Mädchen auf der Koje an. Mit ihr als Werkzeug konnte es sehr viel leichter gehen. Jetzt waren andere Spielzüge möglich.

»Hören Sie mir bitte genau zu. Wenn Sie tun, was ich sage, wird unter Umständen niemand verletzt. Sollten Sie irgendwelche Tricks versuchen, werden eine Menge Leute auf die eine oder andere Weise zu Schaden kommen.«

»Ich tue, was Sie sagen, wenn es Jan hilft.«

»Es hilft ihm durchaus.«

Felinski ging zurück ins Cockpit, und gerade als er auf die Teakholzgräting trat, gingen die Maschinen in den Leerlauf, und das Boot begann zu gieren und lief dann mit der hereinkommenden Flut. Andrews sah durch das Fernglas und winkte Felinski herbei. »Steve, ich glaube, wir könnten auf den Hafen pfeifen. Oberhalb von Howth ist eine schmale, ziemlich lange Bucht, da trägt die Tide uns direkt hinein. Wir haben nur sechs Fuß Tiefgang, und nach den Karten dürften es dort zwanzig sein. Sie könnten das Schlauchboot nehmen. Das hieße zwei Touren, aber es sind nur fünfzig Meter. Da stehen keine Häuser, nichts. Beobachter ausgeschlossen. Was halten Sie davon?«

»Meinetwegen. Sie sind der Boss, bis wir an Land gehen. Ich glaube nicht, daß es so lange dauert, wie ich eingeplant hatte.«

Zwanzig Minuten später stand einer der Matrosen auf dem Vordeck, und als Andrews rief, stellte er den Fuß auf die Winschbremse, und rasselnd rollte der Anker heraus und versank. Das Boot schwang in einem weiten Bogen herum, und als sie nach der Flut lagen, rumpelte der Winschmotor, und sie holten das Tau etwas ein. Der Heckanker fiel, und die pendelnde Bewegung ging zurück.

Andrews, der an Bord blieb, hielt die Leinen des Schlauchboots, als fünf von ihnen, darunter Felinski und das Mädchen, hineinkletterten. Dann stießen sie ab, und die Flut trug sie. Einer der Matrosen benutzte ein Ruder als Steuer. Zu rudern war nicht nötig. Sie verschwanden in der Dunkelheit. Fast zwanzig Minuten vergingen, ehe das Schlauchboot den Rest der Gruppe holen kam. Es war Schwerarbeit, gegen die Strömung zu pullen.

Felinski hatte sie alle im Schutz zweier Stechginsterbüsche untergebracht, und er redete leise, während sie zuhörten. »Von hier aus ist es zwar etwas weiter bis zu der Farm, dafür umgehen wir die ganzen Häuser im Ort. Wo die Straße zur Farm abzweigt, steht eine Telefonzelle. Dort bleiben das Mädchen und ich. Wir geben euch fünfzehn Minuten Zeit, die Farm zu umstellen. Tim führt euch. Wenn die fünfzehn Minuten abgelaufen sind, ruft das Mädchen auf der Farm an. Das Ziel ist, van Rijk von der Farm zur Telefonzelle zu locken. Wenn wir ihn soweit haben, daß er mitspielt, begleiten wir ihn auf die Farm zurück. Dann seht ihr uns und seht die Lichter angehen. Ihr schirmt die Vorder- und Hintertür von draußen ab. Der Rest von euch kommt in das Farmhaus. Wenn ihr drin seid, sage ich euch, was zu tun ist. Einer von euch sollte nachsehen, was für Fahrzeuge dort sind. Ihr braucht vielleicht eins. Manchmal ist ein Lieferwagen dort. Der wäre ideal. Irgendwelche Fragen?«

Einer der Soldaten sagte: »Was tun wir, wenn Außenstehende kommen? Die Polizei oder Bekannte von den Farmern?«

»Wir nehmen sie fest und machen weiter. Aber wir lassen sie zurück, wenn wir gehen.«

Sie waren in zwanzig Minuten an der Telefonzelle, und nachdem sie die Uhren verglichen hatten, zog die Hauptgruppe weiter. Ein flacher Graben lief an der Straße entlang, und Felinski bedeutete dem Mädchen, sich dort hinzusetzen. Er öffnete die Tür der Zelle und nahm den Hörer ab. Das Telefon war in Ordnung. Das Amtszeichen kam.

Er setzte sich zu dem Mädchen und sah nochmals auf seine Uhr. Erst eine Minute vorbei. Das Mädchen hatte den hellen Mantel lose um die Schultern gelegt, und er konnte spüren, daß es zitterte.

Dann kam das Mädchen auf van Rijk zu sprechen. Wenn die Operation gelaufen war, hatten sie vorgehabt, zusammen wegzugehen. Was würde jetzt wohl daraus werden?

Als der Zeiger seiner Uhr auf minus dreißig Sekunden wies, stand er auf. Er reichte dem Mädchen seine Hand, zog es auf die Füße und ging mit ihm zu der Telefonzelle. Als sie drinnen standen, sagte er: »Denken Sie daran, es kommt Ihnen allen zugute, daß Sie das machen. Ich werde van Rijk nichts tun, wenn es sich vermeiden läßt.«

Sie seufzte, warf die Münzen ein und wählte die Nummer. Er konnte hören, wie es am anderen Ende läutete. Van Rijk mußte wohl erst aufmachen und hinunter in die Diele kommen. Drei Minuten vergingen, bis es im Hörer klickte, und dann kam eine Frauenstimme. Felinski nahm dem Mädchen den Hörer weg und sagte, die Muschel dicht an seinen Lippen: »Ist van Rijk da?«

Eine Pause entstand am anderen Ende, dann sagte die Frau: »Wer spricht denn?«

»Sagen Sie ihm, es ist Ulij, und zwar dringend.«

Stille trat ein, während sie sich das durch den Kopf gehen ließ, und dann: »Warten Sie. Ich schaue mal.«

Felinski hielt seine Hand auf die Sprechmuschel. »Wenn es van Rijk ist, der sich meldet, gebe ich Ihnen den Hörer.«

Es war van Rijk.

»Van Rijk; hallo?«

»Jan, ich bin es, Sara. Ich muß dich schnell sehen. Es gibt Ärger.«

»Wo bist du?«

»In der Telefonzelle. Wo der Weg abgeht.«

»Was ist denn los?«

»Nicht am Telefon, Lieber. Eil dich mal.«

»Okay.«

Und der Hörer wurde aufgelegt.

Es dauerte knapp zehn Minuten, bis van Rijk in Sicht kam. Er hatte den hellen Mantel des Mädchens gesehen und war wenige Meter dort vorbeigegangen, wo Felinski im Finsteren stand. Er hatte dabei gelächelt. Felinski hörte den Holländer lachen, als er die Arme um das Mädchen legte. Und er hörte den lachenden Protest des Mädchens, als van Rijk sie gegen das Telefonhäuschen drängte. Felinski paßte zwei Minuten ab, dann zog er die Pistole und die kleine Taschenlampe heraus. Mit sechs Schritten war er hinter dem Holländer, und er sagte: »Keine Bewegung, van Rijk. Ich bin bewaffnet. Nehmen Sie langsam die Hände hoch.«

Van Rijk hatte gezögert, und dann hoben sich seine Hände in Kopfhöhe.

»Umdrehen.«

Felinski schaltete die Taschenlampe an, so daß der Holländer die Pistole sehen konnte und das Licht auf sein Gesicht fiel. Es war ein hartes, ledriges Gesicht, doch gutaussehend. Reizvoll für Frauen. Es hatte etwas von André Previn, dachte er.

»Van Rijk, wenn Sie tun, was ich Ihnen sage, wird niemand verletzt. Wenn Sie Tricks versuchen, werden alle verletzt.«

Das kühle Gesicht schaute ihn an, und der Mann sagte: »Was wollen Sie denn?«

»Wir gehen jetzt zur Farm. Dann sage ich es Ihnen. Und ich mache Sie darauf aufmerksam, daß meine Männer schon dort sind. Also ruhig Blut.«

Als sie aufbrachen, würdigte van Rijk das Mädchen keines Blickes mehr. Am Eingangstor der Farm stand Ted im Schatten einer großen Ulme. Seine Maschinenpistole zielte auf van Rijk. »Wir haben die Telefonleitung gekappt, Sir.«

Felinski nickte, und auf dem ausgefurchten Weg zur Farm hinunter konnten sie die Hunde wütend bellen hören.

Joe war an der Haustür, aber er nickte nur, als sie hineingingen. Eine gutaussehende Frau in einem Morgenmantel stand am Telefon, den Hörer in der Hand. Bei ihrem Eintreten legte sie auf. Sie starrte von ihrem Mann zu Felinski, dann auf das Mädchen.

»Was in Gottes Namen ist los, Jan.«

Es war Felinski, der sprach. »Wo ist das Mädchen, Mrs. van Rijk?«

Sie schaute ihren Mann an, sagte aber nichts.

Felinski wartete in der Stille, dann kamen die anderen herein.

»Tim, geraten Sie nicht zwischen mich und diese beiden. Suchen Sie Lavender.«

Er hörte MacNay die Stufen hinaufpoltern. Schwere Schritte ertönten, dann splitterte Holz. Ein paar Minuten später hörte er sie sagen: »Oh, Steve«, aber er blickte nicht von den van Rijks weg.

»Tim, übernehmen Sie jetzt. Lassen Sie zwei von Ihren Jungs auf diese beiden und Miss Mathews aufpassen. Ich schaue mich mal um.«

Innerhalb einer Stunde hatten sie die beiden Funkgeräte, eine Tasche mit ausgedienten Codebüchern und sechs Karteikästen voller maschinengeschriebener Unterlagen in den eintonnigen Lieferwagen verfrachtet. Das Waffenarsenal in der Scheune wurde zu einem Scheiterhaufen gestapelt und mit Benzin übergossen. Sie legten einen Zünder, der in zwei Stunden hochgehen sollte. Für die van Rijks wurde eine Tasche gepackt.

Der Wagen und der Fahrer des SIS wartete mit ausgeschalteten Scheinwerfern an der Telefonzelle.

Als Felinski MacNay seine letzten Instruktionen gab, sagte er: »Lassen Sie sie nicht lange in Belfast, bringen Sie sie so schnell es geht nach London. Übergeben Sie sie Franks, aber warnen Sie ihn, daß es problematisch werden könnte, wenn er sie auf der Stelle anklagt.«

Sie waren mit dem Lieferwagen abgefahren, und er stand mit dem Mädchen auf dem Feldweg. Er drehte sich rasch um und legte die Hände auf ihre Schultern. Sie war dünner im Gesicht, und das schwache Licht des Morgengrauens ließ sie blaß aussehen, doch als er sie anschaute, lächelte sie. »Bist du in Ordnung, Liebes?« Sie nickte: »Ja, und müd bin ich, und Hunger hab ich. Komische Leute sind das – Fanatiker – ein bißchen krank im Grunde.«

»Komm. Bringen wir dich in die Zivilisation zurück.«

Es goß in Strömen, als sie unter dem gläsernen Vordach am Eingang des Shelbourne standen und Felinski ein paar Takte mit dem SIS-Mann redete. Der Empfangschef nahm ihnen im Vorbeigehen die schmutzigen Mäntel ab.

Oben nahm Felinski auf einem der Chintzsessel Platz, während sie sich auszog. Sie setzte sich, nackt, rosig und reizvoll, und während sie über ihr Haar strich, sagte sie: »Haben wir den Iren das wirklich alles angetan, wovon sie unaufhörlich reden?«

»Ja, leider. Aber das ist lange her.«

Sie sah lächelnd zu ihm herüber. »Willst du mich lieben, Steve?«

»Wenn du mich läßt.«

»Schon seltsam, daß ich entführt werden muß, bevor es soweit kommt.«

»Ruf jetzt erst mal deine Eltern an, ich nehme in der Zeit ein Bad. Und wenn du deinen alten Herrn sprichst, frag ihn, wann er uns trauen kann. In wieviel Tagen, nicht Wochen.«

Wieder zurück auf seinem Zimmer, rief Felinski die Botschaft in Dublin an und bestellte Kleider, die sie später am Tag vorbeibringen sollten. Auch für das Mädchen wollte er Kleider. Was für welche, fragten sie. »Einen Pullover. Sie hat Größe 14, aber ich schätze, der Pullover soll Größe 12 sein. Bluejeans, Slip und zwei Paar Schuhe.«

Dann rief er Franks an und berichtete ihm von Woronow. »Irgendeine Ahnung, wo er stecken könnte, Steve?«

»Er wird irgendwo bei einem Mädchen sein, aber darüber hinaus habe ich keinen blassen Schimmer. Ich rufe noch mal an, wenn ich geschlafen habe.«

Franks erwähnte nichts von der Operation.

Felinski lehnte sich in das warme Wasser zurück und legte seine Fersen auf die Hähne. Als er aufwachte, stand das Mädchen da und sah ihn lächelnd an.

»Stephen Felinski, wir können uns in zehn Tagen trauen lassen. Meine Eltern grüßen dich schön, und ich brenne darauf, etwas Schönes mit dir zu machen. Also hör auf, mich anzusehen und komm ins Bett.«

23

In der Wohnung und den Büros in Curzon Street waren die Akten und Dossiers zur Weitergabe unterzeichnet und dem Leiter der Anklagebehörde überstellt worden.

Im Hauptbüro saßen jetzt vier Männer um einen Tisch. Sie erörterten die Möglichkeit, den Übertritt eines sowjetischen Wissenschaftlers, der in dem riesigen Tokamawerk in Kiew tätig war, zu organisieren. Kernfusion war das derzeit Aktuellste in den Bereichen Sicherheit und Forschung. Die Sowjets waren den Briten und Amerikanern voraus. Es gab Hinweise auf Homosexualität in Professor Lewkins Vorleben, und die vier Männer erwogen das Für und Wider von Verführung oder Erpressung. Es sah so aus, als würde man sich auf den britischen Kompromiß einigen. Verführung und Erpressung.

Die Direktoren einer Anzahl von Gefängnissen Ihrer Majestät waren damit beschäftigt, schriftliche Eingaben zum Thema Überfüllung an das Innenministerium zu richten.

Der Generalstaatsanwalt weilte zu einem Höflichkeitsbesuch in seiner alten Kammer, und man empfand es als ziemlich taktlos, daß einer seiner ehemaligen Kollegen, der jetzt die rückwärtigen Bänke der Opposition zierte, sich nach der in verschiedenen Gefängnissen einsitzenden Masse von Untersuchungshäftlingen erkundigt hatte, die noch nicht beschuldigt worden waren.

Sir Max war ein Mann, der stets so aussah, als sei er im Begriff zu lächeln. Tatsächlich lag das an einer billigen Zahnprothese, aber es trug ihm den völlig unverdienten Ruf ein, allen Seiten freundliches Gehör zu schenken. Abwehrend hatte er sich das nächstbeste Buch ergriffen, und nun bearbeitete er den großen Mahagonischreibtisch mit *Lachs auf Törtchen*, als er sagte: »Wir gehen noch den Apparat durch, mein Sohn. Die meisten holen wir wegen Verschwörung ran. Teure Prozesse, aber längere Strafen.«

»Das wird den Gewerkschaften nicht passen.«

Sir Max lachte und nickte. »Natürlich nicht, natürlich nicht. Die hätten eben auf der Hut sein sollen. Das Land war, gelinde gesagt, immer gut zu ihnen. Aber irgendwann ist das Maß dann doch wohl voll. Wie ich höre, sind Sie von einigen Gruppen gebeten worden, die Verteidigung zu übernehmen. Dient der Kammer sicher sehr. Die Anklage vertrete ich selbst.«

Der irische Botschafter am Court of St. James hatte vom Außenminister persönlich den Kopf gewaschen bekommen. Und Miss Sara Mathews war seiner Obhut übergeben worden unter der Bedingung, daß sie unverzüglich in die Republik zurückkehre. Ihr Diplomatenpaß würde künftig von der Regierung Ihrer Majestät nicht mehr anerkannt werden.

In Dublin bekam der britische Botschafter seinerseits vom irischen Außenminister den Kopf gewaschen. Erst nach vagen Drohungen, den Abbruch der diplomatischen Beziehungen zwischen der Republik und dem Vereinigten Königreich betreffend, hatte er die beiden braunen Aktenstücke herausgerückt. Der Minister hatte sich die Inhaltsverzeichnisse angesehen und war erst bleich, dann rot geworden. Das eine war ein Bericht über die Aktivitäten der sowjetischen Botschaft in Dublin und das zweite ein Bericht über die von der Republik aus gesteuerten Umtriebe des KGB in England. Es waren keine vollständigen Berichte, aber sie genügten.

Der Minister hob die Augenbrauen, als er über den Brillenrand hinweg Seine Exzellenz anschaute. »Ich werde das an die zuständigen Stellen weitergeben, George, ich war schon immer der Meinung, wir hätten nie zulassen dürfen, daß die Lumpenhunde sich hier häuslich niederlassen.«

In Washington saß der Präsident an seinem Schreibtisch im Ovalen Office. Seine Smokingjacke hing über der Rückenlehne des Sessels, seine schwarze Schleife war aufgeknotet, und ihre beiden Enden hingen verloren neben den Rüschen seines Hemdes herunter. Der Mann, der ihm gegenübersaß, war groß und dick, so daß er den schlankbeinigen, goldfarbenen Sessel voll ausfüllte. Leise Melodien tönten aus dem Ballsaal, gerade laut genug, daß man die »Gelbe Rose von Texas« heraushören konnte. Der Präsident setzte lächelnd sein Glas ab. »Sie spielen unser Lied, Joe.« Der dicke Mann nickte, dann stand er auf und schloß die Innentür. Als er zum Sessel zurückkam, sagte er: »Ich würde lieber wieder nach Austin gehen als nach Moskau, Mr. President.«

»Noch ein Jahr, Joe, nur um uns über die Runden zu bringen. Dann können Sie zurück nach Washington – oder auch heim zu Mary, wenn Sie das wollen.« Der Präsident neigte den Kopf zur Seite und betrachtete den Whisky in seinem Glas. »Wie haben sie es aufgenommen, Joe?«

»Nun, ich hatte Gelegenheit, mich auf einer Abendgesellschaft einmal zwanglos mit Semitschastni zu unterhalten. In der britischen Botschaft. Er war ziemlich besorgt. Ich schätze, da sind einige Köpfe gerollt. Allerdings weniger, als wenn wir alles ausgeplaudert hätten. Er brachte den üblichen Bockmist, aber sie machen einen Rückzieher; daran besteht kein Zweifel. Er war so dankbar wie ein solcher Hundesohn es nur sein kann. Die Briten haben mit Breschnew ein Wörtchen über die Aktivitäten des KGB in England geredet, und das habe ich ausgenutzt, um dezent anzudeuten, daß Sie zu einem Moskaubesuch im kommenden Sommer bereit wären. Er ist sofort darauf angesprungen, und ich habe die offizielle Einladung mitgebracht. Sie liegt schon im Büro des Außenministers.«

»Wie beurteilen Sie jetzt die Lage, Joe?«

Der Sessel knarrte, als Seine Exzellenz, der amerikanische Botschafter in der Sowjetunion, sein Gewicht verlagerte. Er empfand kein körperliches Unbehagen, es war nichts weiter als der unbewußte Wunsch, sich vor einer Antwort zu drücken. Aber die Augen des Mannes hinter dem Schreibtisch ruhten auf ihm, und seine Antwort wurde erwartet.

»Meiner Ansicht nach, Mister President, ahnt das Präsidium, obwohl es von dem falschen Spiel des KGB und der Armee nichts weiß, daß die Entspannung in Gefahr gewesen ist. Was die Sowjetunion angeht, so gehen wir, wie ich meine, behutsam und taktvoll zu Werke, aber wenn sie irgendwo aus der Reihe tanzen, sollten wir unverzüglich Kontra geben. Ich meine auch, daß eine kleine Geste – ich dachte an einen medizinischen Forschungsaustausch – sehr von Nutzen wäre.«

»Und die Briten?«

»Das ist eher Toms Metier als meines, Sir.«

Der Präsident lächelte. »Ich habe Sie gefragt, Joe. Toms Standpunkt kenne ich.«

Der dicke Mann schürzte die Lippen und rieb sein Kinn.

»Tja, sie waren gewillt, die diplomatischen Beziehungen mit den Sowjets abzubrechen – zu unserem Besten wie zu ihrem eigenen. Sie haben eine Menge Unruhestifter eingelocht. An sich müßte alles glattgehen. Aber ich weiß nicht recht, sie lassen sich von den Gewerkschaften an der Gurgel packen. Sie standen am Rand des Bürgerkriegs. Offen gesagt, sie deprimieren mich. Kommt mir vor, als hätten sie sich vom Zweiten Weltkrieg nie richtig erholt. Sie warten auf einen starken Mann, und sie tun alles, damit es ein Diktator wird. Ich höre mich bestimmt an wie Joe Kennedy, aber das ist mein Eindruck.«

Der Präsident stand auf und brachte seinen Gast an die Tür. »Kommen Sie noch mal zu mir, bevor Sie zurückfliegen.«

Die Pressemeldungen über den Brand auf O'Malley's Farm hatten sich ausnahmsweise an die Tatsachen gehalten. Zu Übertreibungen bestand kein Anlaß. Die ganze Farm samt Nebengebäuden war bis auf die Grundmauern abgebrannt. Am Ort ging das Gerücht, es seien die verbogenen Überreste von Gewehren gefunden worden, und das Feuer habe sich durch explodierende Munition ausgebreitet und verschärft.

Zwei Dubliner Zeitungen hatten die Besitzer, Mr. und Mrs. van Rijk, interviewt, die soeben von einer kurzen Geschäftsreise nach London zurückgekehrt waren. Und sie bestätigten, daß das Anwesen nicht versichert gewesen sei. Es gab andere Stimmen, die behaupteten, es sei doppelt und dreifach versichert gewesen, aber die Versicherungsgesellschaft habe wegen der Gewehre auf dem Grundstück alle Ansprüche zurückgewiesen. Angeblich war es eine Londoner Versicherung.

Franks blickte in seinem Haus in Surrey zur Verandatür hinaus.

Schon eine ganze Weile schaute er über den Rasen hin auf einen Haufen Herbstlaub, das noch brannte, der Rauch kräuselte und drehte sich im Wind. Man hatte ihm wenig Anerkennung gezollt für die geopferte Zeit. Sie waren mit ihren Gedanken bereits beim nächsten Problem. Gott sei Dank hatte es diesmal keine Verbindung mit *seiner* Vergangenheit. Er fragte sich, wie wohl Felinski und das Mädchen zurechtkommen würden. Morgen war die Frau Karl Druschke reif. Er hatte ihr eine Chance gelassen, aber sie nahm überhand. Das war den Rosenbüchern zum Trotz nicht mehr fruchtbar zu nennen, es war der reinste Exzeß.

Felinski hatte den Amerikaner abgelöst. Die Zahlen waren gut. Die betonierte Zufahrt sah großartig aus, und ein knausriges Ministerium war von dem Amerikaner genötigt worden, eine erstklassige Mischanlage zu bewilligen. Aber die Farm wirkte leer und verlassen. Gott sei Dank würde er den Abend im Pfarrhaus verbringen. Das Licht im Aufzuchtstall brannte, und er ging hinüber. Als er die Betonstufen heraufkam, konnte er das schrille Gezeter von achttausend einwöchigen Küken hören. Als er die Tür öffnete, war es vollkommen still. Er schloß sie hinter sich und schaute auf die kleinen gelben Vögel herunter. Ein besonders Mutiger zirpte, dann noch einer, und schon war die Luft wieder von ihrem Lärm erfüllt, während sie zwischen den Futter- und Tränkrinnen umhersausten und scharrten. Die großen Calor-Brutlampen hingen über ihnen wie stählerne Schirme. Er stieg über eine der Wellpappwände, die die Küken im Umkreis der Wärme festhielten. Als er niederkniete, scharten die kleinen Geschöpfe sich um ihn, und ein Held hüpfte auf seine Hand. In fünf Minuten war er wieder ganz Farmer. Er wollte nur noch Lavender bei sich in dem warmen Kreis.

Während des Abendessens hatten sie alle gemerkt, daß er gereizt war. Aber die Welt, aus der er kam, war ihnen fremd. Sie fanden keine Worte. Nur die junge Lavender Coombs fand Worte, und als sie mit ihrer Mutter in der Küche war, hatte sie gesagt: »Ich fahre heute abend noch mit Steve auf die Farm.«

»Aber sicher, Liebes.«

»Nein, ich meine, daß ich bei ihm bleibe, bis wir heiraten.« Dann sah sie die Tränen in den Augen ihrer Mutter. Sie flossen nicht, aber wenn sie zwinkerte, würden sie fließen. Lavender wußte alles über diese Art von Tränen. »Nicht weinen, Mutter. Ich komme schon klar.«

Ihre Mutter streckte die Hand aus und berührte ihr Gesicht. »Ich dachte an Steve, Liebes. Du kommst ja zurecht. Um ihn mache ich mir Sorgen. Ich glaube, der Krieg hat ihn durcheinandergebracht.«

Und dann weinten sie beide, aber es war ein gutes, befreiendes Weinen. Das Weinen am Morgen der Hochzeit.

Die Luftfahrtkorrespondenten des *Daily Express* und des *Daily Mail* tauschten verleumderische Bemerkungen über ihren jeweiligen Chefredakteur aus, während sie in der eisigen Kälte des Londoner Flughafens mit den Füßen stampften. Es war das zweite Mal, daß von London eine russische Concorde abflog – offiziell immer noch die TU-144, aber für die Presse und die Allgemeinheit würde es stets die Concordski sein. Das Flugzeug, das Bristol weit hinter sich gelassen hatte.

Wie andere Zeitungsleute hatten sie den Hinweis bekommen, daß es ein wichtiger Flug nach Moskau sei. Daß eine journalistische Belohnung in der Zukunft winke. Aber es waren lauter Andeutungen und keine Fakten. Dem sowjetischen Pressefunktionär waren heiße Tips nicht zu entlocken, noch nicht einmal kalte.

Die vier Kusnezow-Strahltriebwerke dröhnten im Leerlauf wie ein Donnerwetter. Die Besatzung war vor zwanzig Minuten an Bord gegangen, und am Fuß der Gangway standen vier Männer in dunklen Wintermänteln und Filzhüten, die sie gegen den Wind und den Düsenstrahl auf ihren Köpfen festhielten. Dann wurde es unruhig, und ein großer, stämmiger Mann kam über den Asphalt marschiert. Er trug einen grauen Mantel und keinen Hut. Er hatte schüttere blonde Locken und ein häßlich lächelndes Gesicht.

Etwa auf dem halben Weg zum Flugzeug drehte er sich nach den Flughafengebäuden um, blieb stehen und sah zur Besucherterrasse hinauf. Die Korrespondenten schauten ebenfalls hin, und sie sahen ein sehr hübsches Mädchen, das dem Mann zuwinkte. In der anderen Hand hielt sie einen Strauß roter Rosen. Sie blickten wieder zu dem Stämmigen. Er trug eine Rose im Knopfloch seines Mantels. Einer der vier Männer am Flugzeug rief ihm etwas auf russisch zu. Der Mann drehte sich halb um, und nachdem er die Gruppe eingehend studiert hatte, machte er ihnen eine sehr britische Geste mit zwei erhobenen Fingern. Er wandte sich wieder zu dem Mädchen hin und warf ihr einen beidhändigen Kuß zu. Dann drehte er sich auf dem Absatz, stellte seinen Mantelkragen hoch und ging zu der Flugzeugtreppe. Er sah nicht noch einmal zurück und winkte nicht mehr, und die vier Männer stiegen dicht hinter ihm die Gangway hinauf. Sie wurde weggefahren, als sich die Eingangstür schloß. Es war Zeit, daß alle nach Hause kamen.

Bitte beachten Sie
die folgenden Seiten

Glover Wright

Vom Himmel hoch

Polit-Thriller

Ullstein Buch 10408

ein Ullstein Krimi

Als der Papst bei einem Flugzeugunglück ums Leben kommt, denken die Kurienkardinäle zunächst nur an einen raschen Ersatz.
Doch dann meldet sich in Jerusalem ein komischer Heiliger zu Wort. Und seine Lehre droht die Grundfesten der katholischen Kirche zu sprengen.
Aber im Vatikan kennt man genug Tricks, um ungebetene Heilsverkünder zu vernichten.
Auch wenn sie von den Toten auferstanden sind …

»Einer der ungewöhnlichsten Thriller des Jahres.«

Book Review